J.A. Konrath
Webcam – Er sieht dich

Das Buch

Er stalkt junge Models, die sich vor der Webcam für Geld ausziehen. Er belauert jeden ihrer Schritte aus der dunkelsten Ecke des Internets. Dann kommt er leibhaftig. Das Letzte, was seine schönen Opfer sehen, ist ihr eigenes Blut in ihren Augen.

Tom Mankowski vom Morddezernat in Chicago hat es mit einem extrem verstörenden Fall zu tun. Die Verstümmelungen der Leichen mit Messer und Schere sind grässlich. Immer scheint der Täter zu wissen, welcher Spur der Detective gerade nachgeht – als ob er mit im Raum wäre. Ausgerechnet jetzt, wo Toms Freundin aus L.A. zu Besuch ist, der er einen Antrag machen möchte.

Doch selbst das beobachtet der Killer. Und es gefällt ihm gar nicht.

Der Autor

J.A. Konrath hat im Rahmen seiner Jack-Daniels-Serie bereits zehn Romane verfasst, die in keiner bestimmten Reihenfolge gelesen werden müssen. In deutscher Sprache sind bisher die Titel »Mr. K«, »Kite«, »Der Lebkuchenmann«, »Guter Bulle, böser Bulle«, »Die Psychopathen«, »Der Chemiker«, »Die Scharfschützen«, »Die Erzfeinde«, »Der Nagelkiller« und »Die letzte Runde« erschienen.

Außerhalb der Serie wurden »Alle wollen Tequila«, »Die Brandmörder« sowie der Techno-Thriller »Auf der Liste« veröffentlicht.

Der Autor hat zudem unter dem Pseudonym Jack Kilborn mehrere Horrorromane geschrieben.

Die Verkaufszahlen von J.A. Konraths E-Books haben die Millionengrenze überschritten.

J.A. KONRATH

HORROR

Aus dem Amerikanischen
von Kerstin Fricke

Die amerikanische Ausgabe erschien 2016 unter dem Titel
»Webcam (A Novel of Terror)« im Selbstverlag.

Deutsche Erstveröffentlichung bei
Edition M, Amazon Media EU S.à r.l.
5 Rue Plaetis, L-2338 Luxembourg
September 2018
Copyright © der Originalausgabe 2016
By J.A. Konrath
All rights reserved.
Copyright © der deutschsprachigen Ausgabe 2018
By Kerstin Fricke

Die Übersetzung dieses Buches wurde durch AmazonCrossing ermöglicht.

Umschlaggestaltung: bürosüd⁰ München, www.buerosued.de
Umschlagmotiv: © Benoit Paillé / Getty; © octomesecam / Shutterstock;
© BackgroundStore / Shutterstock; © The7Dew / Shutterstock;
© Piotr Sikora / Shutterstock
Lektorat: Cathérine Fischer
Korrektorat: Manuela Tiller/DRSVS
Gedruckt durch:
Amazon Distribution GmbH, Amazonstraße 1, 04347 Leipzig /
Canon Deutschland Business Services GmbH, Ferdinand-Jühlke-Str. 7,
99095 Erfurt /
CPI Books GmbH, Birkstraße 10, 25917 Leck

ISBN: 978-2-919-80144-2

www.edition-m-verlag.de

ANMERKUNG DES AUTORS

Die Ereignisse dieses Buches spielen etwa zur selben Zeit wie mein Mysterythriller »Der Nagelkiller«, den ich als J. A. Konrath geschrieben habe, sowie die amüsante Kurzgeschichte »Watched Too Long«, die in Zusammenarbeit mit meiner Kollegin Ann Voss Peterson entstanden ist. Einige Charaktere und Situationen werden in allen drei Geschichten erwähnt, da sie sich überlappen und miteinander verknüpft sind.

Sie müssen jedoch nicht alle drei Bücher kennen, um zu verstehen, was passiert. Jede der Geschichten kann auch separat von den anderen gelesen werden, und es gibt keine Spoiler.

Es war jedenfalls eine spannende Herausforderung, drei miteinander verwobene Geschichten zu schreiben, und ich hoffe, dass den Lesern dieses Erlebnis gefällt. Wenn Ihnen Webcam gefällt, sollten Sie sich auch die anderen beiden Geschichten ansehen. Das Schreiben der Trilogie hat mir sehr viel Spaß gemacht.

Außerdem möchte ich darauf hinweisen, dass ich die Pronomen in der Geschichte mit Absicht so gewählt habe. Sie werden später verstehen, was ich meine.

Vielen Dank fürs Lesen!

Joe Konrath

1

Vor zehn Jahren

»Was willst du denn mit dem Schweißbrenner, Daddy?«

Kendal ging neben ihrem Vater her und behielt immer eine Hand am Einkaufswagen. Sie durfte sie während des ganzen Baumarktbesuchs nicht wegnehmen, damit Daddy nicht wütend wurde.

Denn wenn er wütend wurde, war er nicht nett.

»Den brauche ich im Keller.«

»Oh.«

Kendal durfte den Keller nicht betreten. Die Tür war mit drei Schlössern gesichert, und dahinter lebte ein Geist.

Zumindest vermutete Kendal, dass es ein Geist war.

Denn manchmal, wenn sie an der Tür vorbeiging, kam es ihr vor, als würde sie Geräusche hören.

Hin und wieder war sie sich sogar sicher, dass sie etwas hörte.

Kettenklirren.

Stöhnen.

Wimmern.

»Was ist im Keller, Daddy?«

Ihr Vater hielt den Wagen an. Er starrte auf sie herab, und der Blick seiner dunklen Augen schien sie zu durchbohren. Kendal war sich nicht sicher, ob ihn die Frage wütend gemacht hatte. Wenn Daddy wütend war, blieb sein Gesicht immer ganz ruhig.

»Du hast im Keller nichts zu suchen.«

»Ich weiß.«

»Du darfst auf keinen Fall da runtergehen.«

»Ich weiß.«

»Niemals.«

»Das werde ich auch nicht tun, Daddy. Es ist nur so … manchmal höre ich Geräusche.«

Daddys Auge zuckte. Dann hockte er sich hin, damit er mit Kendal auf Augenhöhe war.

»Kannst du ein Geheimnis bewahren, Kendal?«

Sie nickte. Kendal kannte viele Geheimnisse.

Daddy sah sich um, als wollte er sich vergewissern, dass niemand mithören konnte. Sie waren allein in diesem Bereich des Ladens. Er beugte sich nah an sie heran und flüsterte: »Im Keller wohnt ein Monster.«

Kendal spürte, wie sich ihr kleiner Magen zusammenzog.

»Ich dachte … Ich dachte, es gibt keine Monster.«

»Eigentlich nicht. Aber sie ist echt.«

»Dann ist es ein Mädchen?«

Daddy nickte. »Ihr Name ist Erinyes.« Er sprach es Erin-eeees aus. »Sie ist ein sehr böses Monster, daher muss ich sie eingesperrt lassen.«

»Ist sie so böse wie Mommy?«

Ihr Vater hatte ihre Mutter vor Jahren verlassen. Kendal konnte sich kaum noch an sie erinnern, aber Daddy erzählte ihr öfter Geschichten darüber, wie gemein sie gewesen war. Sie war so schlimm, dass Daddy ihren Nachnamen ändern musste, damit Mommy sie niemals finden konnte.

»Sie ist sehr böse, Kendal. Sie ist das schlimmste aller Monster. Erinyes hat rote Augen, große schwarze Fledermausflügel und spitze, scharfe Zähne wie eine Katze. Sie trägt eine Krone aus bissigen Spinnen. Und sie macht ganz schreckliche Dinge.«

Kendal musste auf einmal ganz dringend pinkeln. »Was macht Erinyes denn?«

»Erinyes bestraft Sünder.«

»Sünder?«

»Kleine Mädchen, die ungezogen waren.«

»Wie?«

Daddy stand auf und nahm ein Werkzeug vom Haken. Es sah aus wie eine Zange, war jedoch am Ende komisch gebogen.

»Sie erhitzt Zangen wie diese im Feuer. Bis sie richtig heiß sind. Und dann häutet sie die Mädchen bei lebendigem Leib.«

»Was bedeutet häuten?«, fragte die Zehnjährige.

»Es bedeutet, dass einem die Haut in Streifen abgezogen wird.«

»Igitt.«

Ihr Vater legte die Zange in den Einkaufswagen, in dem bereits Ketten, Vorhängeschlösser und ein Schweißbrenner lagen.

»Das ist ein schrecklicher Anblick«, fuhr Daddy fort. »Und das Monster zwingt einen zuzusehen.«

»Wie?«

»Sie schneidet ihren Opfern die Augenlider ab, damit sie sie nicht schließen können.«

Kendal schloss die Augen und war dankbar dafür, dass sie das konnte. Sie versuchte, nicht daran zu denken, wie furchtbar es ohne Augenlider sein musste, aber je mehr sie versuchte, nicht daran zu denken, desto mehr drängten sich ihr Bilder auf.

»Ich hab Angst, Daddy.«

Er tätschelte ihr den Kopf. »Erinyes ist wirklich schrecklich, darum habe ich sie eingesperrt.«

Daddy ging weiter, und Kendal zwang sich, die Augen zu öffnen und neben dem Einkaufswagen herzulaufen. »Wie heißt sie gleich noch mal? Das Monster, meine ich.«

»Erinyes. Sie ist mehrere tausend Jahre alt und wurde aus dem Blut des Titanen Uranus geschaffen, als sein Sohn ihn kastriert hat.«

»Was ist kastriert?«

»Das ist, wenn man einem Mann die Genitalien abschneidet.«

»Was sind Geni…«

Plötzlich wirbelte ihr Vater herum, packte Kendal an den Schultern und schüttelte sie heftig. »Sag dieses Wort nie wieder! Hast du verstanden?«

Sie kämpfte gegen die Tränen an und nickte so schnell und so bekräftigend, wie sie nur konnte. Kendal kannte das, was da in Daddys Augen funkelte; so sah er einen immer an, wenn er sich so aufregte, dass er sich dann nicht mehr wie Daddy benahm.

»Damit wird Unzucht betrieben, und das ist die größte aller Sünden. Und wenn du sündigst, kommt Erinyes dich holen. Möchtest du, dass das Monster dich holen kommt?«

Kendal schüttelte schnell den Kopf.

»Obwohl ich sie eingesperrt habe, hat Erinyes dich jederzeit im Auge. Immer. Und sie achtet besonders auf kleine Mädchen namens Kendal. Wenn du nachts ein seltsames Geräusch hörst, dann ist sie es. Schritte auf der Treppe? Sie kommt zu dir. Ein Klopfen an der Fensterscheibe? Sie starrt dich an. Ein Kratzen an der Tür? Sie ist da und versucht, in dein Zimmer zu gelangen. Und wenn du sündigst, wird sie dich bestrafen.«

»Ich werde das Wort nie wieder sagen, Daddy.«

Sein Blick wurde sanfter. »So ist es brav.«

Er ließ sie los, und Kendal gab sich die größte Mühe, nicht zu weinen, während sie ihm zur Kasse folgte. Wenn ihr Vater gerade nicht hinsah, schniefte sie trotzdem und wischte sich rasch die Nase mit einem Ärmel ab.

Damit Erinyes es nicht sah.

Als sie nach Hause kamen, wurde Kendal sofort auf ihr Zimmer geschickt, wo sie sich die Kopfhörer aufsetzen musste. Daddy stellte High School Musical auf ihrem iPod an und sagte ihr, dass sie sich das ganze Album anhören sollte und vorher nicht wieder rauskommen durfte.

Kendal gehorchte ihrem Vater. Und sie rührte sich nicht, obwohl sie sehr, sehr große Angst hatte.

Zwischen den Liedern glaubte Kendal, Geräusche zu hören.

Die aus dem Keller kamen.

Kendal wusste, was das war.

Es waren Erinyes' Schreie.

2

Heute

Männer sind Arschlöcher.

Kendal Hefferton saß auf dem Boden und trug knappe Dessous, zu viel Make-up und Schuhe mit derart hohen Absätzen, dass man darin unmöglich laufen könnte. Sie starrte das Bild ihres Dekolletés in der Laptop-Webcam an und fragte sich, welche anderen Wege es noch gab, Geld zu verdienen.

An diesem Abend war nicht viel los gewesen. Sie hatte etwas über achtzig Dollar eingenommen, aber es war schon fast drei Uhr früh, und sie saß seit neun vor dem Rechner. In der Zeit hätte sich sogar Kellnern mehr gelohnt. Im Augenblick hielt sich nur noch ein Mann in ihrem Chatraum auf. Er war ein Stammkunde, der sich den Namen BigBoy6969 gegeben hatte. Sie beschloss, sich noch weitere zehn Dollar zu sichern und danach Feierabend zu machen.

Zeig mir deinen Arsch SEXXYGRRL, tippte er in den Chat.

Kendal alias SexxyGrrl ging auf alle viere, drehte sich um und wackelte für den Kunden, der zwei Dollar pro Minute zahlte, mit dem Hintern vor der Kamera. Danach würde sie für ihn das Höschen ausziehen. Dann den BH. Und sich streicheln. Sobald er gekommen war, würde er sich ausloggen, ohne sich zu verabschieden oder zu bedanken.

Wenigstens musste sie ihre Kunden nicht sehen, da die Kamera auf sie gerichtet war und die am anderen Bildschirm keine hatten. Es hätte sie angeekelt, den Männern beim Masturbieren zusehen zu müssen. Das war das Einzige, wofür sie hierbei dankbar war.

Eigentlich gab es noch etwas anderes, über das sie sich freute. Der Kerl, der sie belästigte, war heute nicht aufgetaucht. Vielleicht hatte der Sexcam-Dienst, für den Kendal arbeitete, ihre Beschwerden endlich erhört und die IP-Adresse seines Computers blockiert. Er war ihr die letzten drei Tage auf die Nerven gegangen und hatte sich stets mit einem neuen Benutzernamen angemeldet. Sex-Chats waren häufig vulgär, und Obszönitäten wurden sogar erwartet, aber der Kerl war nicht ganz dicht. Sicherheitshalber hatte sie Screenshots von seinen letzten Nachrichten gesichert, bei denen er sich als Tilphousia angemeldet hatte. Als sie sich daran erinnerte, erschauderte sie.

TILPHOUSIA: Du bist ja eine Süße!

SEXXYGRRL: Danke! Was möchtest du heute machen? Ich bin sooo geil!

TILPHOUSIA: Macht dir dein Job Spaß?

SEXXYGRRL: Ich liebe ihn! Dabei lerne ich so viele scharfe Kerle wie dich kennen.

TILPHOUSIA: Du bist ganz schön ungezogen.

SEXXYGRRL: Ich bin sehr ungezogen. Gefällt dir mein Körper?

TILPHOUSIA: Du musst bestraft werden.

SEXXYGRRL: Ich steh auf Spanken :)

TILPHOUSIA: Ich will dich ficken.

SEXXYGRRL: Das ist soooo heiß! Du machst mich geil! Sag mir, wie du es gern hast.

TILPHOUSIA: Ich will dich hart ficken.

SEXXYGRRL: Ja, das will ich auch!

TILPHOUSIA: Ich will dich mit einem Fleischermesser ficken.

Kendal musste das zweimal lesen, begriff es aber trotzdem nicht.

TILPHOUSIA: Du wirst mein Messer überall spüren.

Der Kerl war ja gestört.

TILPHOUSIA: Ich schneide dir die Augenlider ab, damit du mir dabei zusehen musst.

Du bist eine sündige Hure und musst Buße tun.

Ich schlitze dir den Bauch auf und

Kendal konnte den Spinner gar nicht schnell genug aus dem Chatroom kicken.

Was stimmte mit diesen Leuten nicht? Wer stand denn auf diesen kranken Scheiß?

Der Anbieter, für den sie arbeitete, schaffte es sonst eigentlich immer, solche Typen gar nicht erst reinzulassen.

Zum Glück war BigBoy6969 schon seit langer Zeit Kunde.

Gefällt dir, was du siehst, Tiger?, schrieb Kendal und setzte das falsche Lächeln auf, das zum Job dazugehörte.

Du bist so heiß, Baby!! Zieh das Höschen aus.

Kendal streifte sich den Slip herunter und ließ sich dabei richtig viel Zeit. Das tat sie nicht etwa, um den Kunden auf die Folter zu spannen, sondern aus rein egoistischen Gründen: Je länger er online war, desto mehr Geld verdiente sie. Wenn sie ihm zu schnell zu viel zeigte, würde er kommen und sich ausloggen. Das Ziel bestand darin, es so lange wie möglich hinauszuzögern.

Mann, ich liebe deinen Arsch. Er ist perfekt. Ich bin schon ganz hart.

Kendal war beeindruckt. Nicht davon, dass er hart war – damit hatte sie gerechnet –, sondern dass er so schnell mit einer Hand tippen konnte.

Ich mag es hart, tippte sie.

Er zuckt schon. Nur deinetwegen. Fünfundzwanzig steinharte Zentimeter, Baby.

Nun musste Kendal wirklich grinsen. Sie arbeitete jetzt seit knapp einem Jahr als Webcam-Model, und keiner ihrer Kunden hatte je einen Kürzeren gehabt. BigBoy6969 hatte vermutlich einen höchstens dreizehn Zentimeter langen Penis. Aufgrund seiner ständigen Grammatik- und Rechtschreibfehler schätzte sie ihn als einen Arbeiter ein, der entweder zu fett oder zu hässlich war, um eine Freundin zu finden, oder noch immer mit seiner Highschoolfreundin verheiratet war, die ihm schon seit langer Zeit keinen mehr blies.

Hör auf, so zu reden, schrieb Kendal. Du machst mich ECHT an, Bigboy. Und ich bin ganz allein. Hier ist keiner, der mich ficken kann.

DU BIST SO HEISS. Zieh den BH aus.

Kendal behielt die Uhr im Auge und zog den BH ganz langsam aus. Bisher hatten sie drei Minuten hinter sich. Sechs Dollar. Sie brauchte noch immer fünfzig Dollar für die Monatsmiete, die in zwei Tagen fällig war. Ihr lag viel an ihrem Apartment in Chicago, und sie schaffte es gerade so, es sich ohne Mitbewohnerin leisten zu können.

Sie überlegte, ob sie mit dieser Arbeit noch einen Schritt weiter gehen sollte. Andere Mädchen verdienten mehr Geld und hatten mehr Stammkunden, indem sie extremere Dinge taten. Kendal beschränkte sich darauf, sich auszuziehen und zu streicheln. Wenn sie Sexspielzeug benutzen würde, könnte sie weitaus mehr verlangen. Oder wenn sie ein Mikrofon aufstellte und mit den Kunden sprach, anstatt alles über die Tastatur einzugeben. Oder wenn sie den Laptop mit ins Badezimmer nahm. Anscheinend gab es einige komische Kerle, die Frauen gern beim Pinkeln zusahen und dafür einen Bonus zahlten.

Aber das war ihr alles zu … na ja … zu persönlich.

Kendal wusste auch, dass diese Denkweise scheinheilig und albern war. Sie und ihre Kolleginnen bezeichneten sich als Models, dabei ähnelte ihr Job eher dem einer Stripperin oder einer Prostituierten, schließlich posierten sie nicht für Fotografen oder stolzierten über einen Laufsteg. Sie zog sich für Geld aus und fasste sich an. Warum sollte sie da nicht noch weiter gehen und noch mehr verdienen? Wo war da der moralische Unterschied?

Vielleicht sollte sie sich auch einen anderen Chatanbieter suchen. Anstatt pro Minute zu bezahlen, arbeiteten andere

Seiten auf Trinkgeldbasis und nutzten dafür eine virtuelle Währung. Für fünf virtuelle Münzen würde sie strippen. Für zehn sich anfassen. Zwar würde es das Problem, dass sie auf Kunden warten musste, immer noch geben – das Warten war das Hauptproblem in diesem Job –, aber es wäre wenigstens etwas anderes.

Du hast mir erzählt, du bist Single und hast keinen Freund.

Das stimmt, antwortete Kendal. Und es entsprach der Wahrheit. Seitdem sie diesen Job machte, wurden ihr die Männer immer unsympathischer. Sie hatte genug von ihnen.

BigBoy6969: Hast du einen Mitbewohner?

Nein. Es war immer riskant, Kunden zu viel zu erzählen, weil einige zu Besessenheit und Stalkertum neigten. Aber sie sagte normalerweise die Wahrheit, wenn man ihr ungefährliche Fragen stellte, was vor allem daran lag, dass sie dann nicht den Überblick über ihre Lügen verlieren konnte.

Du lebst allein und hast keinen Freund und keinen Mitbewohner.

BigBoy schien sich ja sehr für dieses Thema zu interessieren. Aber wenn er lieber über ihre Wohnsituation reden wollte, anstatt sich einen runterzuholen, dann war ihr das nur recht. Es war sein Geld.

Ich bin hier ganz allein, ohne einen Mann in der Nähe, tippte sie daher ein.

Und wer steht dann da neben dir?

Was?

Als Kendal herumwirbelte, kam eine mit einer schwarzen Skimaske bekleidete Gestalt auf sie zu. Sie wollte den Mund aufmachen und schreien, doch da wurde ihr ein kalter, übel riechender Lappen vor das Gesicht gepresst. Der Eindringling fiel auf sie, und während Kendal nach Luft rang, verschwamm alles vor ihren Augen.

Noch ein Atemzug und sie würde das Bewusstsein verlieren.

Sie sah zum Laptop hinüber, zu BigBoy6969, und hoffte darauf, dass er die Moderatoren anpingte und ihnen sagte, was hier gerade vor sich ging. Das war das Letzte, woran sie dachte, bevor sie ohnmächtig wurde.

* * *

Als sie erwachte, lag sie auf ihrem Bett. Ihre Arme und Beine waren mit Klebeband an die vier Bettpfosten gefesselt, und sie hatte einen Knebel im Mund. Der Eindringling war nackt, stand neben ihrem Bett und blickte auf Kendal herab. Sie sah das Fleischermesser in seiner Hand und schrie.

»Weißt du, wer ich bin?«, fragte der Eindringling.

Kendal schüttelte den Kopf. Sie konnte den Blick nicht von dem Messer abwenden.

»Ich weiß, wer du bist. Du bist Kendal. Und du bist etwas ganz Besonderes.«

Erneutes panisches Kopfschütteln. Kendal dachte an die Webcam und hoffte, dass die Polizei bald eintreffen würde.

»Ich bin Erinyes. Du bist eine Schlampe und eine Sünderin, Kendal. Ich bin hier, um dich zu bestrafen. So, wie ich es dir versprochen habe.«

Kendal schrie tief in sich hinein, als sie sah, wie sich die kleine, scharfe Nagelschere ihren Augen näherte.

»Dann wollen wir dir jetzt mal die Augenlider abschneiden. Wäre doch schade, wenn du was verpasst …«

3

Tom Mankowski riss die Augen auf, als sein Handy auf dem Nachttisch neben dem Bett vibrierte. Er sah mit leicht zusammengekniffenen Augen auf den Wecker.

01.03 Uhr.

Jemand in seinem Bezirk war gestorben. Und es musste sich um eine sehr wichtige Person oder um einen ausgesprochen grässlichen Tod handeln, sonst hätte man jemand anderen angerufen. Tom hatte sich eine Woche freigenommen, um Zeit mit seiner Freundin zu verbringen, die tief und fest neben ihm schlief. Sie war aus L. A. zu Besuch, und Tom hatte den Klingelton ausgestellt, damit sie nicht aufwachte, falls wider Erwarten jemand anrief.

»Dein Handy vibriert«, sagte Joan. Sie klang genervt.

»Entschuldige.«

Es summte erneut auf dem Nachttisch. Im Nachhinein wäre ein Klingelton vermutlich doch sinnvoller gewesen.

»Gehst du jetzt endlich ran?«

»Ich habe Urlaub.«

»Warum hast du das Handy dann nicht ganz ausgemacht?«

Verdammt. Sie hatte ihn ertappt.

»Hast du deins ausgeschaltet?«, fragte er. Wenn du in die Ecke gedrängt wirst, greif an.

»Ja.«

»Was ist, wenn ein bekannter Schauspieler anruft? Oder ein Studio?«

Joan war Filmproduzentin. Tom hatte sich an die Tatsache gewöhnt, dass sie jederzeit und an jedem Ort ans Telefon ging. Einmal hatten sie gerade miteinander geschlafen, als Joan einen Anruf von Catherine Zeta-Jones annahm, ohne bei dem innezuhalten, was sie gerade tat. Dabei hatte Joans Anteil an der Unterhaltung vor allem aus gestöhnter Zustimmung oder gebrummter Ablehnung bestanden. Tom hatte so getan, als wäre er genervt davon, dabei war es eigentlich ziemlich heiß gewesen.

Das Handy vibrierte ein weiteres Mal.

»Falls mich jemand anruft, kümmert sich meine Assistentin darum. Jetzt geh schon ran, Tom.«

Er setzte sich auf. »Ich gehe nach nebenan, damit ich dich nicht störe.«

»Ich wurde bereits gestört, Liebling.«

Oje. Joan nannte ihn immer Liebling, wenn sie wütend war. Tom wusste, dass sie so versuchte, ihre Wut hinter Geduld zu verbergen, aber sie klang dennoch schneidend und sarkastisch.

Tom nahm sein iPhone und sah die Nummer seines Partners Roy Lewis auf dem Display.

Vielleicht war es ja doch kein Mord. Möglicherweise hatte Tom Glück und Roy musste sich nur mit einer schlimmen persönlichen Tragödie herumschlagen – wie mit einer Krebserkrankung oder einem Autounfall.

»Stirbst du gerade an einem Karzinom, oder sitzt du in einem brennenden Fahrzeug fest?«, fragte er daher sofort.

Die Hoffnung starb bekanntlich zuletzt.

»Schlimmer«, erwiderte Roy. »Der Schnippler ist wieder da.«

»Scheiße.« Tom hatte so etwas schon seit über einem Monat befürchtet. Der erste Mord war der blutigste gewesen, der sich seit einem Jahrzehnt in Chicago ereignet hatte. Die Tat war derart berechnend und schrecklich gewesen, dass Tom davon ausgegangen war, etwas Ähnliches bald erneut sehen zu müssen. Jemand, der sich solche Mühe machte, tat das nicht nur einmal.

»Ja. Deine Ahnung hat sich bewahrheitet. Wir haben es mit einem Serienmörder zu tun.«

»Kommst du allein damit klar?«, fragte Tom und warf Joan einen Blick zu. Wären ihre Augen Laserstrahlen gewesen, hätte sie ihn auf diese Weise glatt geköpft. Sie hatten Pläne für den heutigen Tag, und am Nachmittag wollte Joan ins Spa gehen, während Tom gedachte, in der Zeit etwas ganz Besonderes zu besorgen.

»Mir ist klar, dass du Urlaub hast, aber du bist in diesem Fall der leitende Detective, Tommy. Kannst du dich rausschleichen, ohne dass Joan aufwacht?«

»Joan ist wach«, sagte Joan. »Hallo Roy.«

Anscheinend hatte Tom die Lautstärke auch nicht leise genug gestellt.

»Hey Joan«, erwiderte Roy. Tom nahm das Handy vom Ohr und aktivierte den Lautsprecher. »Tut mir echt leid, dass ich euch störe, aber das ist ein wirklich wichtiger Fall.«

»Wie geht es Trish?«, erkundigte sich Joan.

»Sie, äh, sitzt gerade neben mir.«

»Hi Joan«, sagte Trish.

»Wollen wir nachher zusammen frühstücken und shoppen gehen?«, schlug Joan vor. »Die Blödmänner, mit denen wir zusammen sind, scheinen ja beschäftigt zu sein.«

»Sagen wir um neun? Wir könnten zu *Yolk* im South Loop gehen und dann die Mag Mile entlangschlendern. Ich könnte mir vorstellen, dass dein Freund dir gern ein paar neue Schuhe spendieren würde. Roy wird mir jedenfalls welche kaufen, nicht wahr, Roy?«

»Alles, was du willst, Baby.« Mit seinem tiefen Bariton klang Roy fast wie Isaac Hayes.

»Alles, was du willst, Baby«, wiederholte Tom an Joan gewandt. Seine Stimme erinnerte jedoch nicht an eine Soullegende, sondern eher an die von Michael J. Fox, als seine Mutter ihm in *Zurück in die Zukunft* einen Abschiedskuss geben wollte.

»Dann bis nachher.« Joan drehte sich im Bett um und wandte Tom demonstrativ den Rücken zu. Sie war noch immer nackt, daher machte das Tom nicht viel aus, da er genug zu sehen bekam.

»Wo hat er zugeschlagen?«, wollte Tom wissen.

Roy gab ihm die Adresse, und Tom ließ einen Finger von Joans Schulter über die Seite bis hinunter zur Hüfte wandern.

»Bin in zwanzig Minuten da«, sagte er.

Er beendete das Gespräch, kuschelte sich an Joan und gab ihr einen Kuss auf den Nacken.

»Du lässt mich sitzen und bildest dir ein, dass jetzt auch noch ein Quickie drin wäre?« Joan schnaubte.

»Hey, ich spendiere dir neue Schuhe.«

»Du musst mir überhaupt nichts kaufen, Tom.«

»Gut. Denn meine Kreditkarte ist längst überzogen, und außerdem verdienst du zehnmal so viel wie ich.«

Sie drehte sich zu ihm, und ihre Augen schimmerten im schwach beleuchteten Schlafzimmer. »Fernbeziehungen sind nicht leicht.«

»Ich weiß.« Das war auch der Grund dafür, dass Toms Kreditkarte überzogen war – er reiste sechsmal im Jahr nach Los Angeles.

»Wir sind beide nicht bereit, unsere Jobs aufzugeben.«

»Ich weiß«, murmelte er und küsste ihr Kinn.

»Wir wollten Zeit für uns haben, und jetzt gehst du doch arbeiten.«

»Du hast so was doch auch schon gemacht. Als ich letztes Mal bei dir war und wir romantisch im *Bestia* essen gegangen sind, hast du Johnny Depp an unseren Tisch eingeladen.«

»Aber nur, weil du aufgesprungen bist und gebrüllt hast: ›Oh mein Gott, das ist Johnny Depp! Hol ihn zu uns an den Tisch!‹«

»*Edward mit den Scherenhänden* ist mein absoluter Lieblingsfilm. Ich muss am Ende immer weinen.«

»Du nimmst mich nicht ernst. Damit unsere Beziehung funktionieren kann, brauchen wir Zeit für uns.«

»Da hast du völlig recht.« Er drückte einen Kuss auf ihren Hals.

»Fang nichts an, was du nicht auch beenden kannst.«

»Ich kann das beenden. Du auch?«

»Ich weiß es nicht.« Joan seufzte und küsste ihn. »Das werden wir wohl gleich herausfinden.«

* * *

Nachdem beide zum Höhepunkt gekommen waren, zog sich Tom an und fuhr zum Tatort. Er hatte einen Thermokaffeebecher bedruckt mit Werbung für einen neuen, von Joan produzierten Bruce-Willis-Film dabei. Das Opfer hatte in einer schicken Gegend gelebt, die von Boutiquen, Cafés und Weinhandlungen geprägt war. Die Apartments hier kosteten zweifellos mehr, als Tom für sein winziges, einstöckiges Stadthaus in Norwood Park zahlte. Er parkte in einer Seitenstraße neben einem Streifenwagen und einer bis zum Überquellen gefüllten Mülltonne und bückte sich unter dem Absperrband hindurch.

»Du hattest noch Zeit, Kaffee zu kochen?« Roy beäugte den Becher neidisch. Er sah ein bisschen so aus wie der Schauspieler Richard Roundtree zu *Shaft*-Zeiten, war allerdings kahlköpfig. Im Gegensatz dazu ähnelte Tom eher Thomas Jefferson. Er hatte sogar den etwas längeren rötlichen Pferdeschwanz, den er nervigerweise jeden Tag gründlich kämmen musste.

»Joan hat mir nach dem Sex Kaffee gemacht«, erwiderte Tom. »Kriegst du nach dem Sex keinen Kaffee?«

»Ich hatte weder Kaffee noch Sex. Sie hat mir die Visa-Karte abgeknöpft. Trish kann diese frühmorgendlichen Anrufe wegen eines Mordfalls nicht leiden und rächt sich dann immer mit Shoppinganfällen.«

»Autsch.«

»Kein Problem. Ich habe die Karte auf dem Weg hierher als verloren gemeldet.«

»Macht sie das nicht wütend?«

»Damit kann ich leben. Schlimmer wäre es, Fünfhundertdollar-Stiefel zu vierzehn Komma neun Prozent Überziehungszinsen zu bezahlen.«

Tom zahlte bei seiner Karte zweiundzwanzig Komma zwei Prozent, sagte aber nichts. Sie näherten sich einem uniformierten Beamten, der vor der Wohnungstür Wache hielt. Der Mann sah mitgenommen aus und hieß laut seinem Namensschild Wheeler.

»Was wissen wir?«, fragte Roy.

»Die Wohnung gehört einer Kendal Hefferton. Zwanzig Jahre alt.«

»Ihr Name ist Kendal?«, hakte Tom nach.

Der Beamte nickte.

»Und sie ist das Opfer?«

»Gut möglich. Es ist, äh, schwer, das eindeutig festzustellen. Sie ist … sie ist …« Wheeler holte tief Luft. »Es sieht übel aus.«

»Waren Sie als Erster am Tatort?«

»Mein Partner und ich sind dem Notruf nachgegangen.« Der Mann zog die Augenbrauen hoch. »Sie sind Detective Mankowski, nicht wahr?«

Tom nickte.

»Und Sie Detective Lewis?«

»Ja.«

»Ich habe von der Sache in South Carolina gehört. Das war eine heftige Geschichte.«

»Nachbarn? Zeugen?«, fragte Tom. Er wollte nicht über South Carolina sprechen und wusste, dass es Roy genauso ging.

»Wir befragen gerade die Nachbarn. Bisher gibt es keine Zeugen. Keine Spuren an der Haus- oder der Wohnungstür. Sie stand offen, als wir eintrafen.«

Auch beim letzten Opfer waren die Türen nicht aufgebrochen gewesen und es hatte so ausgesehen, als wäre der Täter hereingebeten worden.

Oder als könnte er durch Wände gehen.

»Gibt es in diesem Haus Überwachungskameras?«

»Nein. Aber einige Geschäfte an der Straße haben welche, nicht zu vergessen die Verkehrsüberwachung. Ein Team besorgt gerade Kopien.«

»Ist der Gerichtsmediziner schon hier?«, erkundigte sich Roy.

»Nein, nur die Kriminaltechniker.«

Tom und Roy nahmen sich Einweg-Schuhüberzieher aus Plastik und Einmalhandschuhe aus den Schachteln neben der Tür. Dort lagen auch Mundschutze und Wick VapoRub bereit. Die brauchte man normalerweise nur, wenn die Verwesung einer Leiche bereits eingesetzt hatte, damit man den Gestank ertragen konnte. Tom sah Wheeler fragend an.

»Die Innereien des Opfers wurden ... äh ... Sie werden es ja gleich sehen. Es stinkt ganz fürchterlich.«

Nachdem sich Tom und Roy einen Mundschutz aufgesetzt hatten, betraten sie die Wohnung. Schon nach drei Schritten merkte Tom, dass er sich das Mentholgel besser unter die Nase geschmiert hätte. Es stank dermaßen extrem nach Exkrementen, dass ihm die Augen tränten. Außerdem hingen Urin-, kupferartiger Blut- und saurer Gallegeruch in der Luft. Die Kriminaltechniker, die filmten oder Fotos schossen, trugen ihre komplette Schutzausrüstung und Atemmasken.

»Ich gehe das Gel holen«, sagte Roy und lief wieder nach draußen.

Tom atmete tief ein, was er sofort wieder bereute, und hielt die Luft an, bevor er weiter hineinging. Er bemerkte den Laptop, der im Wohnzimmer auf dem Boden stand, aufgeklappt und mit schwarzem Bildschirm. Ein Frauenschuh mit enorm hohem Absatz lag daneben. Die Badezimmertür stand offen, und er steckte den Kopf hinein; alles normal, aber der Duschvorhang hing nicht mehr an den Ringen. Dann ging er langsam durch den Flur in das Zimmer, das der Tatort sein musste, da sich alle Kriminaltechniker dort aufhielten. Obwohl er noch immer den Atem anhielt, tränten seine Augen durch den Gestank in der Luft noch stärker. Er spähte durch die Türöffnung ins Schlafzimmer und versuchte, aus dem schlau zu werden, was sich dort auf dem Bett befand.

Es war ebenso schlimm wie beim ersten Opfer. Die Medien hatten den Mörder »Schnippler« getauft, weil er dem Mädchen die Augenlider abgeschnitten hatte. Die Leiche hatte umso schrecklicher ausgesehen, da die Augäpfel ganz entblößt gewesen waren und ins Leere gestarrt hatten, während sich auf dem Gesicht Qualen und Entsetzen abgezeichnet hatten. Aber in diesem Fall waren abgeschnittene Lider nur ein Teil der Gräueltaten, die man diesem armen Mädchen angetan hatte. Ihr Mund und ihre Vagina waren bis zur Unkenntlichkeit geschändet worden, und man hatte sie teilweise ausgeweidet und das Gedärm um ihren nackten Torso gewickelt.

Auf der Wand hinter ihr stand mit Blut, Fäkalien oder beidem geschrieben:

FURIE

Im Ernst? Tom hatte noch nie einen Tatort gesehen, an dem eine solche Wut erkennbar gewesen war, und er hatte nun wirklich schon eine Menge erlebt.

Jemand berührte Toms Schulter, und er wirbelte herum und keuchte leise auf. Es war Roy, der ihm das Gläschen Wick VapoRub reichte. Tom tauchte einen Finger hinein und schmierte sich etwas unter die Nase, aber zuvor atmete er noch den Gestank ein, der direkt aus der Leichenkammer der Hölle zu stammen schien.

»Das ist eine Schleife«, erkannte Roy.

Tom würgte, spuckte in seinen Handschuh aus und wischte sich den Speichel am Hemd ab, um den Tatort nicht zu verunreinigen.

»Ihre Eingeweide«, fuhr Roy fort. »Der Schnippler hat sie wie eine große Schleife gebunden. Als wäre sie ein Weihnachtsgeschenk.«

4

Erinyes sucht.

Sucht, sucht, sucht, ist immer am Suchen.

Sucht nach ungezogenen Mädchen.

So viele ungezogene Mädchen im Internet. So viele, die bestraft werden müssen.

Das Internet ist ein Porno-Dschungel. Ein Drecksloch.

Es wird erneut eine biblische Flut benötigt, um all die Sünder wegzuspülen.

Aber Erinyes weiß, dass Gott sich nicht dafür interessiert. Er wird kein weiteres Mal eingreifen.

Sodom und Gomorra sind Teil des Alten Testaments.

Selbst das Neue Testament ist zweitausend Jahre alt.

Erinyes wird das Heutige Testament schreiben.

Gottes Rache verüben.

Schön eine tote Hure nach der anderen.

Erinyes sieht sich Pornos an. So viel Dreck. Aber es ist der Dreck der Vergangenheit.

Alte Sünden.

Das Internet ist voll von Dingen, die Menschen getan haben.

Erinyes will wissen, was sie jetzt machen.

Erinyes will die Sünder auf frischer Tat ertappen.

Daher sieht sich Erinyes Webcam-Aufnahmen an. Webcams übertragen live. Webcams sind das Jetzt.

Erinyes sucht nach dem nächsten ungezogenen Mädchen, das bestraft werden muss.

Es sind zu viele. Aber Erinyes hält Ausschau nach einem Bestimmten.

Einem bestimmten Mädchen.

Einem besonderen Mädchen.

Erinyes nutzt dabei Brute-Force-Angriffe.

Erinyes *ist* ein Angriff mit brutaler Gewalt.

Erinyes landet einen Treffer und loggt sich als Administrator ein.

Erinyes sucht.

Sucht.

Nicht gut.

Das bestimmte, besondere Mädchen ist nicht da.

Erinyes muss es anderswo versuchen.

Manchmal dauert die Suche sehr lange.

Das bestimmte, besondere Mädchen ist auf Zack. Es verbirgt sich vor Erinyes. Es will keine Buße tun.

Erinyes hat Geduld.

Erinyes ist die verkörperte Geduld.

Erinyes kann so lange warten, wie es dauert, das richtige Mädchen zu finden.

Dieses bestimmte, besondere Mädchen.

Ein Geräusch aus dem Keller.

Stöhnen. Weinen.

Erinyes blickt vom Computer auf.

Frühstück.

Erinyes geht in die Küche und nimmt die Tüte aus dem Schrank. Greift nach einer Wasserflasche.

Bringt beides in den Keller.

Es ist dunkel. Erinyes' Füße lassen die Stufen knarren, was wiederum ein Wimmern aus der Dunkelheit hervorlockt. Wimmern und Kettenrasseln.

Erinyes sieht den Napf auf dem Boden. Schüttet Hundefutter hinein. Stellt die Plastikflasche mit Antibiotika versetztem Wasser ab und hebt die leere auf.

»Ich habe noch eine bestraft«, sagt Erinyes in die Dunkelheit. »Letzte Nacht.«

Die Dunkelheit antwortet nicht.

Erinyes blickt auf den Betonboden. Da ist getrocknetes Blut.

Sünderblut.

Altes Blut.

»Vielleicht brauchen wir wieder mal neues Blut«, sagt Erinyes und erschaudert bei dem Gedanken.

Ein Stöhnen dringt aus der Dunkelheit herüber.

»Ich habe eine neue Peitsche bestellt. Du hast die alte abgenutzt.«

Weiteres Kettenrasseln. Noch mehr Stöhnen.

Erinyes verlässt den Keller. Verriegelt die Tür. Geht an den Computer.

Erinyes sucht.

Sucht.

Sucht.

Sucht.

Sucht.

Sucht endlos nach dem bestimmten, besonderen Mädchen.

Erinyes sieht auf die Uhr.

Mittagessen.

Erinyes geht in die Küche und nimmt die Tüte aus dem Schrank. Greift nach einer Wasserflasche. Gibt ein Antibiotikum hinein.

Bringt beides in den Keller.

Die Dunkelheit verschluckt Erinyes.

Der Hundenapf ist leer. Erinyes füllt ihn wieder auf. Nimmt die leere Flasche. Lässt die volle stehen.

»Buße. Heute Abend.«

»Bitte … Nicht noch einmal.«

»Es ist zu deinem Besten. Ich rette deine Seele. Du solltest mir danken.«

Erinyes lauscht dem leisen Weinen in der Dunkelheit.

Für seine Sünden zu büßen tut weh.

Wieder nach oben.

Online suchen.

Suchen, suchen, suchen.

Erinyes macht eine Pause von der Suche und sieht sich die Lokalnachrichten an.

Die Polizei hat die Letzte schon gefunden.

Interessant.

Ein weiterer Brute-Force-Treffer.

Dies ist keine normale Sexcam-Seite. Es ist das Haus einer Studentinnenverbindung auf dem Collegecampus. Die Mädchen lassen sich von zahlenden Kunden beobachten.

Erinyes zahlt nicht.

Erinyes loggt sich als Administrator ein.

Sechs Mädchen. Ein Haus.

Erinyes sucht.

Da.

Das bestimmte, besondere Mädchen ist dort.

Jetzt sieht Erinyes zu.

Sieht immer weiter zu.

Dann findet Erinyes alles heraus, was man über dieses bestimmte, besondere Mädchen in Erfahrung bringen kann.

Erinyes kennt sich im Deep Web aus.

Erinyes kennt sich im Darknet aus.

Erinyes weiß, wie man mit Port-Scannern und Würmern umgeht.

Erinyes kommt an Firewalls vorbei. An Passwörtern. An Verschlüsselungsmaßnahmen.

Erinyes ist Scriptkiddie. Erinyes kann so gut wie alles hacken. Und wenn Erinyes es nicht hacken kann, bezahlt Erinyes andere Hacker dafür.

Bitcoins sind im Darknet gefragt.

So erfährt Erinyes alles über das bestimmte, besondere Mädchen.

Kennt ihre Bonität. Wem sie Geld schuldet. Wie viel.

Krankenkasseninformationen. Arzt- und Zahnarztunterhaltungen. Psychologische Vorgeschichte.

Bankbelege. Einkommenssteuerunterlagen.

Schulzeugnisse. Noten. Disziplinarische Maßnahmen.

Gerichtsakten. Familiengeschichte.

Das bestimmte, besondere Mädchen hat keine Geheimnisse mehr. Erinyes weiß alles.

»Hallo Kendal«, sagt Erinyes zum Computerbildschirm. »Ich bin Erinyes. Bald wirst du Buße tun.«

5

Tom Mankowski kehrte in sein einfaches, leeres Heim zurück. Wie erwartet, war Joan nicht da. Sie war noch nicht von ihrer Shoppingtour mit Roys Freundin Trish zurückgekehrt.

Er überlegte kurz, ob er sie anrufen sollte. Er wollte Joans Stimme hören. Nachdem er den ganzen Vormittag mit einer Leiche verbracht hatte, musste er mit jemandem reden, der voller Lebensfreude war. Er wählte ihre Nummer, aber es ging nur die Mailbox ran.

»Hi Babe. Sag mir Bescheid, wenn du noch nicht zu Mittag gegessen hast, dann können wir uns irgendwo treffen. Wie wäre es ansonsten mit Abendessen im *Uno?* Du fehlst mir.«

Tom legte auf, rieb sich die Augen und zog in Betracht, ins Fitnessstudio zu gehen. Vielleicht würde ihm das Training dabei helfen, die grässlichen Bilder aus dem Kopf zu bekommen. Aber wenn er das tat, würde er Joans Anruf verpassen. Daher zog er sich stattdessen bis auf die Boxershorts aus und machte ein paar Liegestütze und Bauchmuskelübungen und stemmte seine Hanteln.

Er fing an zu schwitzen.

Aber die Bilder gingen nicht weg.

Wenn er versuchte, nicht an die verstümmelten Frauen zu denken, sah er die Fakten anstelle der Fotos vor seinem inneren Auge.

Die Mädchen hatten viel gemeinsam, auch wenn sie auf unterschiedliche Art gestorben waren.

Beide waren Webcam-Models.

Beide hatten in Chicago gelebt.

Beide waren in ihrer Wohnung ermordet worden, an ihr eigenes Bett gefesselt.

Beide hatte man gefoltert.

Beiden waren die Augenlider abgeschnitten worden.

Beide hatten schlimme Misshandlungen im Genitalbereich.

In der Wohnung des ersten Opfers hatte der Mörder BUßE an die Wand geschrieben, in der des zweiten FURIE.

Und es mochte Zufall sein, aber beide Frauen trugen den Namen Kendal.

Tom dachte an den ersten Schnippler-Mord an Kendal Zhanping vor sechs Wochen. Todesursache: Verbluten. Sie war an hypovolämischem Schock gestorben; Blutverlust aufgrund schwerer Verletzungen der Halsschlagader.

Der Gerichtsmediziner vermutete, dass es sich bei der Tatwaffe um ein Fleischermesser handelte. Zuerst hatte man es ihr in die Vagina geschoben, um es ihr danach mehrfach in den Hals zu stechen. In seinem Bericht hatte der Gerichtsmediziner, ein sachlicher Mann namens Blasky, geschrieben, dass die Genital- und Rektalverstümmelungen aussahen, als wäre »das Opfer mehrfach vaginal und anal mit dem Messer vergewaltigt worden«.

Tom ging in die Hocke und hielt die Hanteln dabei in Schulterhöhe. Er konnte diese Übung nicht leiden, kämpfte sich jedoch schwer schnaufend durch, da er so den Fall vergessen und sich auf die Schmerzen in seinen Beinen konzentrieren konnte.

Als er fertig war, ließ er unter dem Wasserhahn ein Glas volllaufen, leerte es und füllte es ein weiteres Mal. Er musste unter die Dusche. Nicht nur, um den Schweiß abzuwaschen, sondern auch, um den Geruch des Todes von der Haut zu bekommen.

Zwei Online-Prostituierte namens Kendal.

Zufall?

Roy würde nach Verbindungen zwischen den Opfern suchen. Er hatte vom Tatort aus schon ein wenig herumtelefoniert. Die Frauen hatten nicht für dieselbe Agentur gearbeitet; das wäre auch zu einfach gewesen. Keine der beiden nannte sich online Kendal. Zusammen mit Roy hatte er sich ein wenig über die Sexcam-Geschäfte schlaugemacht und herausgefunden, dass der Großteil der Models anonym auftrat und alles daransetzte, damit das auch so blieb. Tom war davon ausgegangen, dass sie sich auf diese Weise Stalker vom Hals halten wollten. Wenn man sich vor der Kamera auszog und flirtete, wollte man garantiert nicht, dass der unbekannte Perverse, der einem zusah, in der Realität zu Hause auftauchen konnte. Aber nicht nur vor denen wollten sie sich abschirmen. Tom und Roy hatten sich mit einem anderen Model aus Kendal Zhanpings Agentur unterhalten, und die Frau war vielmehr besorgt gewesen, dass Freunde und Familienmitglieder herausbekommen würden, was sie so trieb.

Das ergab Sinn. Die wenigsten Menschen bekamen es im Leben mit einem Serienmörder zu tun, aber jeder hatte Angehörige. Warum sollte man sich wegen Norman Bates Sorgen machen, wenn die weitaus größere Gefahr darin bestand, dass Daddy herausfand, womit man sein Geld verdiente, oder die tratschsüchtige Kollegin Rita, mit der man tagsüber zusammenarbeitete?

Dummerweise gab es jetzt aber einen Norman-Bates-artigen Killer, der Webcam-Models umbrachte.

Wie fand der Täter heraus, wo die Frauen lebten? Und woher kannte er ihren richtigen Namen?

Hatte es dieser Irre nur auf Webcam-Models mit dem Namen Kendal abgesehen?

Als das Handy klingelte, wurde Tom aus seinen Gedanken gerissen. Er freute sich darüber, den Namen Joan auf dem Bildschirm zu sehen.

»Hey Babe. Hast du schon gegessen?«

»Nein, und ich bin am Verhungern. Trish ist wie eine Maschine. Sie ist der reinste Shopinator. Man kann nicht mit ihr reden, sie lässt sich nicht bestechen, sie zeigt keine Gnade, kein Erbarmen und keine Angst und wird erst aufhören, wenn ich vor Erschöpfung tot umfalle. Ach, und mir ist aufgefallen, dass ich meine Kreditkarte am Flughafen von L. A. liegen gelassen habe. Daher musste ich mir deine ausleihen.«

Tom konnte ihr nicht folgen. Er hatte seine Visa-Karte in der Tasche. »Aus meiner Brieftasche?«

»Nein, nicht die. Die Mastercard, die auf deinem Schreibtisch lag. Sie stach mir ins Auge, du warst schon weg, und ich dachte, du hast bestimmt nichts dagegen. War das okay?«

Das war Toms neue Kreditkarte. Er hatte sie noch nicht benutzt, weil er vorhatte, den gesamten Kreditrahmen auszunutzen, um davon einen Verlobungsring für Joan zu kaufen – etwas, das er schon Wochen vor ihrem Besuch hatte tun wollen.

»Selbstverständlich ist das okay«, antwortete er und zuckte zusammen.

»Roys Karte hat aus irgendeinem Grund nicht funktioniert, daher musste Trish auch alles mit deiner Karte bezahlen.«

Tom verzog das Gesicht. Seine Kreditwürdigkeit ging seit Monaten den Bach runter. Er hatte den Kredit für das Haus zweimal zu spät bezahlt, allerdings aus Vergesslichkeit und nicht aus Geldmangel, daher war es unwahrscheinlich, dass er sich noch eine weitere Karte besorgen konnte. Wenn die Frauen seine neue Karte bereits derart belastet hatten, konnte er den Heiratsantrag vorerst vergessen.

»Kein Problem«, erwiderte Tom. »Willst du noch immer um drei ins Spa?«

»Ich weiß nicht, ob ich dafür noch genug Energie habe.«

Sein Plan würde nicht aufgehen. Tom hatte vorgehabt, in der Zeit, in der sich Joan im Spa aufhielt, den Ring zu kaufen. Was jetzt jedoch auch nicht weiter wichtig war, da er ihn sich ja sowieso nicht leisten konnte.

Sein Handy summte erneut, und er sah Roys Nummer.

»Bekommst du noch einen Anruf? Ist das Roy?«

»Ja.« Joan war manchmal auf unheimliche Weise vorausschauend.

»Willst du rangehen?«

»Besser wär's. Aber ich möchte nicht, dass du sauer auf mich bist.«

»Das ist dein Job, Tom. Wir sind nicht mehr in der Highschool, und ich bin kein zickiger, von Hormonen gebeutelter Teenager, der dich kontrollieren will.«

»Okay. Damit das klar ist: Ich darf den anderen Anruf annehmen?«

»Nimm ihn an, Tom. Und melde dich, wenn du das Mittagessen absagen willst.«

»Ich werde das Mittagessen nicht absagen.«

»Schon klar.« Joan legte auf.

Tom war sich nicht sicher, aber sie hatte schon ein bisschen zickig und von Hormonen gebeutelt geklungen. Er nahm Roys Anruf an.

»Ich hab was rausgefunden. Hast du Zeit?«

»Ich bin im Urlaub. Und du weißt genau, was ich heute machen wollte.«

»Was denn?«

»Ich wollte ihr heute einen Antrag machen, Roy. Das habe ich dir doch erzählt.«

»Wann?«

»Vor einem Monat. Im *Tap Room*.«

»Im *Tap Room*? Wir haben uns da die Kante gegeben. Ich weiß nicht mal mehr, wie ich an dem Abend nach Hause gekommen bin.«

»Ich habe dich in ein Taxi gesetzt. Nachdem ich dir gesagt habe, dass ich Joan einen Heiratsantrag machen werde.«

»Ich kann mich beim besten Willen nicht daran erinnern. Du willst Joan heiraten? Herzlichen Glückwunsch, mein Freund! Hast du jetzt Zeit oder nicht?«

»Ich bin mit Joan zum Mittagessen verabredet.«

»Willst du ihr dann die große Frage stellen?«

»Nein, ich habe den Ring noch nicht besorgt.«

»Dann hast du jetzt also Zeit?«

»Was willst du, Roy?«

Sein Partner senkte die Stimme. »Wir haben eine Zeugin, Tom. Jemand hat den Schnippler gesehen.«

Diese Info musste Tom erst einmal verdauen. Das könnte der große Durchbruch sein, den sie sich erhofften. »Konnte sie ihn genau erkennen?«

»Ich werde mich gleich mit ihr unterhalten und dachte, du wärst vielleicht gern dabei.«

Tom wollte nicht dabei sein, aber sein Job erforderte es nun einmal.

»Wo ist die Zeugin?«

»In meinem Büro.«

»Bin in zehn Minuten da.«

Er legte auf und starrte sein Handy an. Während er sich wie der schlechteste Freund aller Zeiten fühlte, tippte er: »Muss das Mittagessen absagen. Tut mir sehr leid. Ich liebe dich.«

Als er die Nachricht abgeschickt hatte, wurde Tom bewusst, dass er vermutlich kein Mann war, den man heiraten wollte. Joan hatte etwas Besseres verdient. Vielleicht war es doch keine so gute Idee, ihr einen Antrag zu machen.

Nach South Carolina hatte Tom ihr versprochen, den Polizeidienst zu quittieren. Er hatte mit Roy darüber nachgedacht, einen Bootsverleih zu eröffnen. Sie waren sogar so weit gegangen, sich die Preise für Boote anzusehen und sich über Kredite zu informieren.

Dann hatte Roy Trish kennengelernt. Es gab diverse Gründe dafür, dass Trish nicht aus Chicago wegziehen wollte, und Roy hatte gute Gründe – größtenteils sexuelle – dafür, dass er Trish nicht verlassen und zusammen mit Tom an die Küste ziehen wollte. Tom konnte es ihm nicht verdenken; er hatte sich das hauptsächlich wegen Joan in den Kopf gesetzt. Daher lagen ihre Träume vorerst auf Eis und ihr Leben ging weiter.

Tom dachte an seine ehemalige Vorgesetzte. Lt. Jacqueline Daniels war jetzt im Ruhestand und hatte den Polizeidienst quittiert, um ihre Tochter großzuziehen. Es war ihr gelungen, dem Job den Rücken zuzuwenden und sich davon fernzuhalten, größtenteils jedenfalls. Tom fragte sich, warum er das nicht ebenfalls schaffte. Wie schlimm konnte das Leben im privaten Sektor schon sein? Mehr Geld. Kürzere Arbeitszeiten. Eine weitaus geringere Chance, umgebracht zu werden. L. A. gefiel ihm zwar nicht besonders, aber er liebte Joan. Es gab Schlimmeres, als seine Karriere für die Frau, die man liebte, aufzugeben.

Sein Handy summte. Er wollte die Nachricht eigentlich gar nicht lesen, tat es aber trotzdem. Sie stammte, wie erwartet, von Joan.

Sag mir Bescheid, wenn du das Abendessen auch absagen musst.

Tom presste die Lippen aufeinander und zog sich an. Vielleicht gelang es ihnen dank dieser Zeugin ja, den Schnippler zu fassen und den nächsten Mord zu verhindern, mit dem Tom felsenfest rechnete.

Der vermutlich wieder an einer Frau namens Kendal verübt werden würde.

6

Kendal Smith schaltete die Duschkamera mithilfe des Wandschalters aus. Das grüne Licht unter der Kamera blinkte und wurde rot.

Sie hängte zur Sicherheit noch ein Handtuch über die Linse, drehte das Wasser auf und wartete, bis es warm wurde. Dabei warf sie einen Blick auf ihr Handy, obwohl sie das gerade eben erst getan hatte.

12.18 Uhr.

In zweiundvierzig Minuten musste sie einen Test in Abnormaler Psychologie schreiben. Es dauerte exakt elf Minuten und sechsunddreißig Sekunden, um zum Campushof zu laufen – eintausendzweihundertzweiundfünfzig Schritte – und je nachdem, wie viel auf dem Campus los war, zwischen vier Minuten und vierundfünfzig Sekunden und fünf Minuten und neunzehn Sekunden, um den Seminarraum im Herschell-Gebäude zu erreichen. Das bedeutete, dass sie sieben Minuten zum Duschen hatte und weitere sieben, um sich anzuziehen und das Haus der Studentinnenverbindung zu verlassen.

All das ging ihr durch den Kopf, während sie bis fünfunddreißig zählte, denn so lange dauerte es, bis das Wasser warm genug war. Danach überprüfte sie die Wassertemperatur.

Perfekt.

Sie überprüfte sie erneut.

Und ein drittes Mal.

Kendal wusste, wie albern das war. Solange die Kameras an waren, hatte sie sich meist auch unter Kontrolle. Aber das Badezimmer war der einzige private Raum im Haus, daher konnte sie ihren Zwängen hier nachgeben. Tatsächlich war das sogar der Hauptgrund dafür, dass sie die Kameras ausschaltete. Sie war weniger besorgt darüber, dass Fremde sie nackt sehen konnten, sondern wollte vielmehr nicht, dass jemand mitbekam, wie sie sich wie eine Verrückte verhielt.

Okay, das entsprach nicht ganz der Wahrheit. Die Vorstellung, jemand könnte sie beim Duschen beobachten, gefiel ihr auch überhaupt nicht.

Ich bin echt gestört. Als wäre meine Zwangsneurose nicht schlimm genug, muss ich auch noch prüde sein.

Vielen Dank auch, Vater.

Kendal checkte die Wassertemperatur noch dreimal, obwohl sie längst wusste, dass sie perfekt war, bevor sie sich auszog und unter die Dusche trat. Während sie sich die Haare wusch, zwang sie sich, nicht die Kacheln an der Wand zu zählen.

Das hielt sie jedoch nur fünfzehn Sekunden durch, dann begann sie doch damit, wobei sie die Seifenschale als zwei Kacheln zählte, weil sie so viel Platz einnahm. Nachdem sie sich die Haare dreimal schamponiert hatte, stieg sie nach genau drei Minuten wieder aus der Dusche. Sie trocknete sich ab und zog sich etwas verfrüht an, um dann bis zehn zu zählen, das Handtuch von der Kamera zu nehmen und sie wieder einzuschalten.

Okay, tu so, als wärst du ganz normal. Du schaffst das.

Kendal verließ das Badezimmer und war sich jeder einzelnen der auf sie gerichteten Kameras bewusst. Die Geräte fühlten sich an wie Augäpfel, und ihr war, als würde sie ein Fremder von der anderen Seite des Raumes aus beobachten. Sie konnte die Kameras nicht leiden. Sie hasste sie abgründig und aus ganzem Herzen.

Sie verabscheute sie noch viel mehr, weil sie sie brauchte. Die Kameras bezahlten ihr das College.

Kendals Teilstipendium hätte ohne das zusätzliche Einkommen, das ihr die Kameras einbrachte, nicht ausgereicht, um ihr das Studium zu finanzieren. Keiner am Campus wusste davon, und selbst, wenn es so wäre, hätte niemand zusehen können, da niemand aus dem Staat Illinois auf die Webcams zugreifen konnte. Die anderen neunundvierzig Staaten sowie der Rest der Welt konnte sich jedoch auf http://www.HotSororietyGirlsLive.com einloggen und die Schwestern von Epsilon Epsilon Delta vierundzwanzig Stunden am Tag und sieben Tage die Woche beobachten, solange er dafür bezahlte.

Einige der anderen performten richtig vor den Kameras. Zwei der sechs Mädchen, die in Doppel-E-D lebten, waren süchtig nach Aufmerksamkeit und zwei andere regelrechte Exhibitionistinnen. Nur Kendal selbst und Linda – Kendals einzige richtige Freundin, die sie auch ins Haus geholt hatte – waren zurückhaltender. Sie brachten ihre Freunde nicht mit ins Haus (nicht dass Kendal einen Freund gehabt hätte), um heimlich vor den Kameras mit ihnen Sex zu haben, wie es die anderen taten. Sie strippten und masturbierten auch nicht – allerdings zeigte Linda gelegentlich ihre Brüste, da sie der »Free the Nipple«-Bewegung angehörte. Außerdem achteten sie beide (aber vor allem Kendal) darauf, in den Chats nichts Sexuelles zu posten, auch wenn sie zehnmal mehr verdient hätten, wenn sie etwas lockerer gewesen wären.

Aber Kendal war eben kein lockerer Typ.

Sie verließ das Haus um genau 12.29 Uhr und zählte im Kopf die Schritte, während sie zum Seminarraum ging. Dabei ging sie gedanklich noch einmal durch, was sie für den Test

43

heute alles gelernt hatte, darunter auch zwei Abschnitte der fünften Auflage des »Diagnostischen und Statistischen Manuals Psychischer Störungen«.

Kendal wusste mehr über psychologische Störungen als jeder andere neunzehnjährige Student und wahrscheinlich auch mehr als viele der älteren Semester ihres Studiengangs. Sie lebte schließlich schon ihr ganzes Leben lang mit ihrer Zwangsneurose und den extremeren psychologischen Störungen naher Familienmitglieder.

Vor Kurzem hatten sie Geschlechtsidentitätsstörungen, disruptive Impulssteuerung und Verhaltensstörungen durchgenommen. Letzteres war besonders relevant für Kendal, da der DSM-5 antisoziale Störungen diesem Bereich zuordnete.

Mit anderen Worten: Dazu gehörten die Psychopathen.

Psychos, insbesondere Theodore Millons tyrannische Untergruppe, die sich am Schmerz anderer ergötzte, machten Kendal Angst.

Aus gutem Grund. Kendal hatte Erfahrung mit Sadisten und die Narben, um es zu beweisen; sowohl mentaler als auch körperlicher Natur.

Seltsamerweise hatte der psychische Schaden Kendal nicht in eine kreischende Irre verwandelt, und obwohl sie zu Paranoia neigte, ging es ihr heute deutlich besser als damals, als sie in ständiger Angst hatte leben müssen. Sie hatte wieder gelernt, anderen zu vertrauen. Hin und wieder ging sie sogar mit einem Jungen aus. Manchmal las sie Horrorromane, solange darin ein Monster, ein Dämon oder etwas Übernatürliches vorkam. Aber Folterpornos oder Thriller mit Serienkillern, in denen der verrückte Täter Frauen bestrafen wollte, ertrug sie nicht.

Wer dachte sich diesen kranken Scheiß nur aus und bezeichnete es auch noch als Unterhaltung?

Nach fünfhundertundzwei Schritten musste Kendal ausweichen, um einer Spinne auf dem Bürgersteig aus dem Weg zu gehen. Igitt. Diese Viecher waren einfach nur eklig. Sie hatten zu viele Beine. Zu viele Augen. Mandibeln. Machten ihre Opfer im Netz bewegungsunfähig, um ihnen das Blut auszusaugen. Kendal erschauderte. Schreckliche Kreaturen. Kendal hatte irgendwo gelesen, dass ein normaler Mensch im Schlaf durchschnittlich acht Spinnen pro Jahr verschluckte. Die Tiere wurden vom Kohlendioxid oder etwas anderem angezogen und krabbelten einem in den Mund.

Was Tiere betraf, konnte sich Kendal nichts Schlimmeres vorstellen.

Leider gab es in der Welt der Menschen Schrecklicheres. Viel Schrecklicheres.

Aber Kendal wollte nicht darüber nachdenken.

Nach sechshundertundacht Schritten spürte Kendal ein Kribbeln im Nacken.

Jemand beobachtet mich.

Kendal kannte dieses Gefühl nur zu gut. Sie lebte jeden Tag im Haus der Schwesternschaft damit. Blicke waren auf sie gerichtet, was bewirkte, dass ihr die Härchen auf den Unterarmen zu Berge standen. Kendal blieb stehen, was sie auf dem Weg sonst nie tat, und sah vorsichtig über die Schulter.

Da.

Ein Stück die Straße entlang.

Ein dunkler Lieferwagen mit getönten Fenstern.

Einen halben Block entfernt und deutlich langsamer, als es die Geschwindigkeitsbegrenzung erlaubte.

Es war fast so, als würde er Kendal folgen.

Der Wagen blieb kurz hinter ihr stehen und versperrte die komplette Fahrbahn. Kendal hörte den rumpelnden Motor, was vermutlich an einem defekten Auspuff lag. Der Fahrer im Auto dahinter hupte, doch der Lieferwagen fuhr nicht weiter.

Kendal versuchte, den nächsten Schritt zu machen, konnte sich jedoch nicht bewegen, da sie sich verzählt hatte.

Wo war ich stehen geblieben?
Ich habe vergessen, bis wohin ich gezählt habe!

Kendal hatte einmal in der Junior High versucht, einer Freundin zu erklären, warum sie alles zählen musste. Wie es typisch für diese Erkrankung war, konnte Kendal nicht anders; es war ihr nicht möglich, dem Drang zu widerstehen. Genauso wenig, wie die Hand über eine Flamme zu halten, selbst wenn man es tun wollte, da man sie doch reflexartig wieder wegzog. Ähnlich war es bei Kendal, sie schaffte es einfach nicht, das Zählen sein zu lassen. Das war keine Frage der Willenskraft. Wenn sie nicht zählte, wurde Kendal von ihrer Angst übermannt und war davon überzeugt, dass sie etwas falsch gemacht hatte. Dann fing sie an zu zittern, zu weinen, hielt den Atem an und wurde schließlich ohnmächtig. Sie konnte es nicht kontrollieren. Die Angst, nicht zu zählen, war schlichtweg größer als jede andere.

Eingeschlossen die vor diesem schwarzen Lieferwagen.

Kendals Verstand schien sich zu teilen, wobei die eine Hälfte sich einen unheimlichen Fahrer vorstellte, der ihr etwas Schlimmes antun wollte, während die andere verzweifelt versuchte, sich an die letzte Zahl zu erinnern, bei der sie mit dem Zählen aufgehört hatte.

Ihre Hände zitterten. Ihre Blase zog sich zusammen. Sie bekam keine Luft mehr und fühlte sich hilflos, wie sie einfach nur dastand, darauf wartete, dass etwas Schreckliches passierte, und einfach nicht weglaufen konnte.

Moment! Es war sechshundertzwölf! Ich bin bei sechshundertzwölf!

Sie atmete erleichtert auf. Dann starrte sie ihre Füße an und zwang sie, sich in Bewegung zu setzen, was in einem Laufstil, der zwischen schnellem Gehen und Rennen lag, endete.

Sechshundertvierzig, sechshunderteinundvierzig, sechshundertzweiundvierzig, sechshundertdreiundvierzig …

Kendal wagte bei Schritt sechshundertsechsundsechzig –
einer Zahl, die sie aufgrund ihrer streng religiösen Erziehung
nicht leiden konnte – noch einen Blick nach hinten und
befürchtete schon, den Lieferwagen neben sich zu entdecken.

Aber dem war nicht so.

Der Lieferwagen war nicht mehr zu sehen.

Woraufhin sich Kendal fragte, ob sie sich das alles nur eingebildet hatte.

Habe ich schon wieder Halluzinationen? Ist das ein Rückfall?

Doch darüber konnte sich Kendal jetzt keine Gedanken
machen. Sie musste pünktlich im Seminarraum ankommen.
Wenn sie zu spät kam, drohte die nächste Panikattacke.

Sie hatte nach eintausendzweihunderteinunddreißig
Schritten den Platz erreicht, war jedoch nicht erleichtert.
Sonst brauchte sie stets eintausendzweihundertzweiundfünfzig
Schritte dafür. *Immer.*

Da sie derart aufgewühlt war, riskierte Kendal es, sich zum
Affen zu machen, und verbrachte dreißig absurde Sekunden
damit, im Kreis zu gehen, bis sie die Zahl eintausendzweihundertzweiundfünfzig erreicht hatte, um dann rasch zum
Herschell-Gebäude zu eilen, wobei sie nicht bemerkte, dass der
Fahrer des Lieferwagens ein Stück die Straße hinauf geparkt
hatte und sie durch ein Fernglas beobachtete.

7

Bei der Zeugin handelte es sich um eine große, kräftige Frau, die um die zwanzig sein musste. Sie hatte blasse Haut, hohe Wangenknochen, auf denen zu viel Rouge aufgetragen war, einen markanten Unterkiefer und dichtes schwarzes Haar mit sehr kurzem Pony, was aussah, als wäre sie mit einem Foto von Bettie Page zum Friseur gegangen und er hätte es übertrieben. Sie saß Roy gegenüber an seinem Schreibtisch und zog die Schultern ein, was auf eine Depression, Erschöpfung oder beides hindeuten konnte. Aber ihre Augen wirkten klar und wachsam, und sie blickte zu Tom hinüber, als er näher kam.

»Detective Tom Mankowski, das ist Tanya Punire«, sagte Roy.

Tom reichte ihr die Hand. Obwohl ihr Blick sanftmütig wirkte, hatte sie einen kräftigen Händedruck, der Selbstsicherheit vermittelte.

»Freut mich, Sie kennenzulernen«, sagte sie mit einer heiseren Stimme, die stark an Tina Turner erinnerte.

»Danke, dass Sie hergekommen sind.« Tom nahm neben Roy Platz.

»Haben Sie in diesem Fall die Leitung?«, wollte Tanya wissen.

»Wir erstatten unserem Vorgesetzten Bericht, sind aber die leitenden Detectives.«

Tanya senkte den Blick. »Ich habe gesehen, was diesem Mädchen zugestoßen ist. In den Nachrichten. Der Schnippler. Warum nennen sie ihn so?«

Tom dankte den Medien innerlich dafür, dass sie so hilfreich waren und Serienkillern derart tolle Namen gaben. Vor einiger Zeit hatten Tom und Roy einen Fall bearbeitet, bei dem mehrere Menschen skalpiert worden waren und der mit den Gangs aus dem Bezirk in Verbindung zu stehen schien, und die Zeitungen hatten den Täter den Skalpierer genannt. Sehr innovativ.

»Weil er den Opfern die Augenlider abschneidet«, antwortete Tom.

Tanya nickte langsam. »Damit sie mit ansehen müssen, was er mit ihnen macht.«

Daran hatte Tom noch gar nicht gedacht. Das war durchaus möglich – und verdammt unheimlich. »Mein Partner sagte, Sie hätten den Mörder möglicherweise gesehen?«

»Ja. Um vier Uhr früh.«

»Sind Sie um diese Uhrzeit immer schon auf den Beinen?«, erkundigte sich Roy.

»Manchmal. Ich arbeite zu Hause und oft zu sehr ungewöhnlichen Uhrzeiten. Manchmal gehe ich spazieren und hole mir im Supermarkt um die Ecke einen Energydrink.«

Tom warf einen Blick auf das Formular für die Zeugenaussage, auf dem Roy schon einiges ausgefüllt hatte, und stellte fest, dass Tanya einige Blocks von Kendal Hefferton entfernt wohnte.

»Und das haben Sie in dieser Nacht auch getan?«, fragte Tom.

»Ja.«

Er nahm sich einen Stift und machte sich Notizen. »Und was haben Sie gesehen?«

»Ich hatte mir gerade ein Red Bull gekauft und war auf dem Heimweg. Er kam aus dem Haus und hätte mich beinahe umgerannt.«

»Als hätte er es eilig?«, hakte Roy nach.

»Als hätte er es verdammt eilig.«

»Konnten Sie ihn gut erkennen?«, fragte Tom.

Tanya nickte. »Er war weiß. Vielleicht Mitte vierzig. Gut aussehend. Wie dieser Ukrainer aus der Realityshow. Maddoks Chmerkolinivskiy.«

Tom hielt im Schreiben inne. »Wer?«

»Mad-doks Ch-mer-ko-li-niv-skiy.«

Den Namen hatte Tom noch nie gehört. »Äh, wie buchstabiert man das?«

»Ich glaube, Maddoks mit K und S, nicht mit X, und der Nachname endet mit IY.« Tanya steckte die Hände in die Taschen ihrer viel zu großen Jacke, als würde sie etwas suchen. »Ich habe mein Handy vergessen. Hat Ihrs Internet?«

Tom nickte. Tanya streckte eine Hand aus, und er gab ihr sein Handy. Sie hielt es sich dicht vor das Gesicht und kniff die Augen etwas zusammen, während sie mit den Daumen auf dem Display herumdrückte. Nach etwa fünfzehn Sekunden legte sie das Handy auf den Schreibtisch.

»Maddoks Chmerkolinivskiy. Der Kerl, den ich gesehen habe, hatte eine breitere Nase und dichtere Augenbrauen, aber ansonsten hätten sie Zwillinge sein können.«

Tom starrte die Wikipedia-Seite des Schauspielers an, den Tanya attraktiv fand.

»Was hatte er an?«

»Einen langen schwarzen Mantel. Jeans. Eine Wollmütze.«

»Hatte er etwas in der Hand?«, schaltete sich Roy wieder ein.

Tanya schüttelte den Kopf.

»Plastiktüten?«, hakte Tom nach. »Einen Duschvorhang?«

Erneutes Kopfschütteln.

»Und Sie sagen, er hätte es eilig gehabt?«

»Er rannte beinahe. Ist gegen mich geprallt. Ich wäre beinahe hingefallen. Einen Moment lang dachte ich, es wäre Maddoks. Sie wissen schon, der aus der Show. Aber er hatte eine Plauze.«

»Eine Plauze?«

»Einen Bierbauch. Maddoks Chmerkolinivskiy hat keinen Bierbauch, sondern den Körper eines Unterwäschemodels.«

Roy und Tom stellten Tanya noch eine weitere Viertelstunde lang abwechselnd Fragen, aber sie konnte sich an keine weiteren Details erinnern. Roy beendete das Gespräch mit: »Würden Sie ihn bei einer Gegenüberstellung wiedererkennen?«

Tanya nickte. »Auf jeden Fall. Er war mir ja noch näher, als Sie es jetzt sind. So nah, dass ich seinen Atem riechen konnte.«

»Wie roch er denn?«, wollte Tom wissen.

»Nach Fleisch. Als hätte er gerade ein blutiges Steak gegessen. Ein sehr blutiges.«

Tom und Roy tauschten einen schnellen Blick. Dann dankten sie Tanya, und sie ging hinaus.

»Was denkst du?«, fragte Roy.

»Wir sollten ein Team zum Gebäude schicken und den Anwohnern ein Foto von Max, Maddox, oder wie immer dieser Promi heißt, zeigen. Vielleicht wohnt er ja da oder er ist unser Mann.«

»Was ist mit dem nach Blut riechenden Atem?«

»Ich rufe den Gerichtsmediziner an. Er soll die Leiche auf Speichel untersuchen. Wenn der Schnippler Blut trinkt, hat er vielleicht DNA zurückgelassen.«

Roy nickte. »Was hältst du von dieser Tanya?«

»Sie würde eine gute Zeugin abgeben, da sie sehr selbstsicher ist.«

»Ist dir aufgefallen, dass sie intersexuell ist?«

Tom blinzelte. »Was?«

»Entweder intersexuell oder transgender«, sagte Roy. »Ich bin mir nicht sicher, was von beidem. Keine Gesichtsbehaarung und keine Auswölbung in der Hose – denn die hätte man in der engen Jeans gesehen. Aber große Hände und Füße und schlanke Hüften. Sie wurde entweder vor Kurzem operiert oder ist intersexuell.«

»Ich weiß nicht genau, wo da der Unterschied ist.«

»Transgender nennt man einen Menschen, der einem Geschlecht angehört, sich jedoch dem anderen zugehörig fühlt«, erklärte Roy. »Intersexuell ist jemand, der ohne eindeutige Geschlechtsorgane geboren wurde.«

»Wie ein Hermaphrodit«, erkannte Tom.

»Echte Hermaphroditen sind sehr selten. Aber Tanya könnte mehrere andere Merkmale aufweisen.«

»Und das alles weißt du, weil …?«

»Trish ist intersexuell.«

Tom starrte ihn verwirrt an. »Deine Freundin?«

»Sie wurde mit CAIS, kompletter Androgenresistenz, geboren.«

Tom wusste nicht, was er dazu sagen sollte. »Aber sie sieht aus …«

»Wie eine Frau. Ich weiß. Sie sieht absolut aus wie eine Frau. Aber Trish hat ein Y-Chromosom und keine Eierstöcke. Und sie hat innenliegende Hoden.«

»Sie … sie hat Eier?«

»Sei nicht so voreingenommen, Tom.«

Tom breitete die Hände aus. »Das bin ich doch gar nicht. Ich will es nur verstehen.«

»Äußerlich ist sie eine Frau. Sie hat alles, was eine Frau haben sollte, bekommt nur keine Körperbehaarung. Innerlich fehlen die Eierstöcke, was bedeutet, dass sie nicht ihre Tage kriegt und keine Kinder bekommen kann.«

»Stattdessen hat sie Hoden.«

Roy nickte. »Unterentwickelte. Sie produzieren keine Spermien.«

»Und du hast das schon die ganze Zeit gewusst?«

»Sie hat es mir bei unserer ersten Verabredung erzählt.«

Das musste Tom erst einmal verdauen. »Versteh das nicht falsch, Roy, aber ich hätte nie erwartet, dass du so … fortschrittlich bist.«

»Liebe macht blind«, erwiderte Roy. »Und der Sex ist einfach unglaublich. Würdest du anders für Joan empfinden, wenn sie intersexuell wäre?«

Tom musste nicht über die Antwort nachdenken. »Nein. Ehrlich gesagt wäre es sogar sehr angenehm, wenn sie ihre Tage nicht kriegen würde.«

»Siehst du«, meinte Roy, »du bist eben doch ein sexistisches Arschloch. Wir führen hier eine tiefgründige Unterhaltung über Geschlechter, und du musst einen billigen PMS-Witz machen.«

»Das war kein Witz. Sie gleicht dann jedes Mal einem Werwolf bei Vollmond.«

Roy blieb ernst. »Wieso erzähle ich dir das alles überhaupt, wenn du dich doch nur wie ein Teenager verhältst?«

»Das ist nichts, was ich nur hinter Joans Rücken sagen würde. Sie hat es selbst zugegeben. Nur weil es ein Stereotyp ist, bedeutet das noch lange nicht, dass es nicht der Wahrheit entspricht.«

»Welche Stereotypen gibt es denn über farbige Männer?«, fragte Roy.

»Dass ihr gute Basketballspieler seid, ein übertriebenes Interesse an Turnschuhen und große Schwänze habt.«

»Das ist beleidigend. In meinem Fall trifft alles drei zu, aber ich bin stellvertretend für Schwarze mit kleinen Schwänzen beleidigt, die da nicht mithalten können.«

Tom lachte, und Roy tat nicht länger so, als wäre er verärgert, und fiel mit ein.

»Okay, nimmst du die Wohnung oder den Gerichtsmediziner?«

»Ich nehme die Wohnung. Treffen wir uns in zwei Stunden wieder?«

Tom nickte, sie stießen die Fäuste gegeneinander, und Roy ging hinaus. Einen kurzen Augenblick lang dachte Tom noch über Trish nach. Wie sie sich wohl gefühlt haben musste, als all ihre Teenagerfreundinnen ihre Tage bekamen, sie aber nicht. Er stellte sich vor, wie sie zum Arzt gegangen war und dort erfahren hatte, dass sie zum Teil männlich war. Oder sogar ganz. Tom begriff nicht genau, wie das funktionierte, aber er wusste, wie es war, zu hören zu bekommen, dass man anders war als die anderen.

Anderssein fühlte sich nicht gut an. Aber in Anlehnung an Thomas Jeffersons Ausspruch war er der Meinung, dass das Glück auf den Entscheidungen beruhte, die man traf, und nicht davon abhing, womit man geboren worden war.

Er dachte an Jeffersons zahlreiche Errungenschaften und seinen eigenen minimalen Beitrag zum Wohl der Menschheit und machte sich wieder an die Arbeit.

8

Eintausendzweihunderteinundfünfzig,
eintausendzweihundertzweiundfünfzig.

Kendal stand mit dem Schlüssel in der Hand vor ihrem Haus. Sie berührte dreimal den Türknauf, schloss auf, ging hinein und atmete auf.

Der Tag war an Kendal vorbeigelaufen, da sie ständig an den Lieferwagen dachte, der ihr gefolgt war. Auf dem Heimweg hatte sie sich so oft umgeschaut, dass sie langsam Nackenschmerzen bekam, den Wagen aber kein weiteres Mal gesehen.

Nun fragte sie sich, ob er wirklich da gewesen war oder ob sie wieder Halluzinationen hatte.

Sie sah in den Korb für Briefe neben der Haustür, nahm zwei an sie adressierte Umschläge heraus und ging am Wohnzimmer vorbei. Linda und Hildy lagen auf dem Sofa und sahen sich einen dieser Filme an, in denen die Heldin in einen heißen, unsicheren Vampir im Teenageralter verliebt war, der sehr oft mit nacktem Oberkörper herumlief.

»Hey Schlampe, wie war die Uni?«, fragte Linda, ohne den Blick vom Fernseher abzuwenden.

»Ich hab dem Professor einen geblasen und hatte auf seinem Schreibtisch Sex mit zwei Typen, während er zugesehen hat. Zu schade, dass du nicht da warst. Was habt ihr so getrieben?«

»Wir haben nackt eine Kissenschlacht gemacht und dann Kokain von den Titten der anderen geschnupft. Zu schade, dass du nicht da warst.«

Zu Beginn des Semesters dachten sich Kendal und Linda immer ungeheuerliche Lügengeschichten aus, um die Abonnenten bei der Stange zu halten und ihnen zu vermitteln, dass sie etwas wirklich Episches verpasst hatten. Diese Witze waren derart in ihren Alltag übergegangen, dass sie »Zu schade, dass du nicht da warst« inzwischen ebenso häufig wie »Hallo« sagten.

»Jemand hat für dich angerufen«, berichtete Hildy. »Die Nachricht liegt neben dem Telefon.«

»Wer war's denn?«

»Irgendein Stalker, der dir den Kopf abschneiden will.«

Kendal erstarrte. Hildy war ein typischer Cheerleader, und ihr Humor war bei Weitem nicht so raffiniert wie Lindas.

Nachdem sie sich wieder gefasst hatte, wollte Kendal wissen: »Hatte der Stalker auch einen Namen?«

»Steht alles in der Nachricht.«

Kendal ging in die Küche, entdeckte den Zettel mit ihrem Namen darauf neben dem altmodischen Tastentelefon, das nicht einmal schnurlos war.

12.26 Uhr – Dr. Semnai, Carpenter-Klinik

Kendal kniff die Augen zusammen. Die Carpenter-Klinik lag auf dem Campus, aber Kendal hatte geglaubt, sie wäre wegen Umbau geschlossen. Sie rief die Nummer an, die Hildy unter die Nachricht gekritzelt hatte, und nach dem vierten Klingeln ging eine Frau ran.

»Klinik.«

56

»Hier ist Kendal Smith«, flüsterte sie. »Ich habe eine Nachricht erhalten, dass ich zurückrufen soll.«

»Wie war der Nachname?«

Kendal hielt eine Hand über das Mundstück und buchstabierte ihren Nachnamen. Sie wollte nicht, dass einer der Zuschauer ihren richtigen Namen kannte. Das war die oberste Regel hier im Haus.

»Einen Moment bitte.«

Kendal hörte die Fahrstuhlversion eines alten Nirvana-Liedes. Sie warf einen Blick zu der nächsten Küchenkamera hinüber, spürte ein Prickeln im Nacken und wandte ihr schnell den Rücken zu.

»Miss Smith? Sie haben einen Termin für eine Mammografie.«

»Was? Wegen Verdacht auf Brustkrebs?« Kendal senkte die Stimme. »Ich bin neunzehn Jahre alt. Sind Mammografien nicht eher was für alte Frauen?«

»Laut Ihrer Krankenakte haben Sie starke Antipsychotika eingenommen.«

»Das ist schon sehr lange her.«

»Derartige Medikamente können dem Körper auch noch Jahre später schaden.«

»Soll das etwa heißen, dass ich von meinen Medikamenten Krebs bekommen kann?«

»Es gibt zumindest ein erhöhtes Risiko.«

»Sind Sie sicher? Wissen Sie, was ich genommen habe?«

»Ihre Krankenakte wurde während einer Routineüberprüfung gezogen. Es ist sehr wichtig, dass wir der Sache sofort auf den Grund gehen. Haben Sie schon Knoten bemerkt? Spannungen? Hat sich das Aussehen Ihrer Brüste verändert, oder fühlen sie sich anders an?«

Kendal spürte, dass sie errötete. »Nein.«

»Veränderungen an den Brustwarzen?«

»Was? Nein, natürlich nicht.«

»Uns wäre es dennoch lieber, wenn Sie sich hier vorstellen würden. Ich kann Ihnen morgen um Viertel nach drei einen Termin geben. Wissen Sie, wo Sie uns finden?«

Kendal wurde ein bisschen schwindlig, und sie musste sich auf der Arbeitsplatte abstützen.

»Ich ... Das geht alles so schnell.«

»Es kann auch nicht warten, Kendal. Die Untersuchung ist für Sie kostenfrei. Sie ist in der Krankenversicherung inbegriffen, die zu Ihrem Stipendium gehört. Wir müssen uns das wirklich sofort ansehen.«

Sie kaute auf der Unterlippe herum. Die Kameras schienen sich wie Laserstrahlen in ihre Haut zu bohren. »Okay. Morgen, Viertel nach drei.«

»Dann bis morgen.«

Die Frau legte auf. Kendal starrte den Telefonhörer noch einen Augenblick an, bevor sie ihn wieder auf die Gabel legte.

Brustkrebs? Im Ernst? Was zum Teufel sollte das?

Sie ging in ihr Zimmer und ignorierte Linda, die sich im Vorbeigehen nach ihr erkundigte. »Alles okay, Schlampe?«

Nein. Es ist überhaupt nichts okay.

Kendal schloss ihre Zimmertür, verriegelte sie, setzte sich an den Schreibtisch und schaltete den Monitor ein. Sie hatte eigentlich vorgehabt, sich über die Medikamente zu informieren, die sie früher eingenommen hatte, und einige Informationen über Brustkrebs nachzulesen, stellte dann jedoch fest, dass sich acht Kunden in ihrem Chatroom aufhielten.

Verdammt.

Als Cam-Model für www.HotSororityGirlsLive.com bekam Kendal einen Gehaltsscheck dafür, dass sie einfach nur in diesem Haus wohnte, aber auch Boni für Extras. Nacktheit und Sex wurden am besten bezahlt, aber Chats mit den Kunden verdoppelten immerhin ihren Grundlohn und es gab außerdem

Trinkgeld. Kendal brauchte das Geld. So sehr sie es auch verabscheute, mit den Voyeuren in Kontakt zu treten, die sie beobachteten, war es doch klüger, nett zu ihnen zu sein.

Sie loggte sich als SHY1 ein und ging die Fragen durch.

BOFFA DEEZ: Alles okay, Shy?

Watchdawg: Was hat das mit dem Krebs zu bedeuten, Kleine?

Prsnal: Brauche ein Update!

Unique NY: Was sollte der Anruf, Shy1? Hast du etwa Brustkrebs?

ALLEC2: Hast du Angst?

Free-mustache-rides: Bitte sag uns, was los ist.

Tuscon4evah: Das klingt echt ernst, Mädchen.

Boffa deez: Details, bitte!

1rover1: Lässt du dir die Titten einquetschen?

Allec2: Was für Medikamente hast du genommen?

Kendal tippte: Danke, dass ihr euch Sorgen macht! Ich bin gerade ein bisschen durch den Wind und werde dann morgen zum Arzt gehen.

Aus irgendeinem Grund fand sie die Vorstellung, dass namen- und gesichtslose Kerle sie beim Lesen einer Zeitschrift beobachteten, noch unheimlicher als den Gedanken, dass sich namen- und gesichtslose Kerle einen runterholten, während sie Sport trieb. Diese Männer bezahlten dafür, anderen Menschen zuzusehen. Jemandem, dem sie nie begegnen würden. Das war doch bizarr.

Daher hatte Kendal beschlossen, die Abonnenten nicht länger als Menschen anzusehen. Sie waren für sie eher wie Tamagotchis. Sie hatte als Kind mal eins dieser virtuellen Haustiere gehabt. Dabei handelte es sich um einen Schlüsselanhänger mit einem digitalen Hund auf einem kleinen Bildschirm, um den sie sich alle paar Stunden kümmern musste, indem sie ihn fütterte oder mit ihm spielte, damit er nicht starb. Kendal hatte mit diesem vermeintlichen Tier nicht viel anfangen können, daher war es auch nach wenigen Tagen gestorben. Auch mit den Abonnenten konnte sie sich nicht anfreunden, aber indem sie sich vorstellte, sie wären nicht real, fiel ihr der Umgang mit ihnen leichter. Und je mehr sie mit ihnen interagierte, desto mehr Geld verdiente sie.

Das Fenster mit dem Instant Messenger poppte auf. Diese Nachrichten konnte nur sie und kein anderer sehen. Die Nachricht stammte von Allec2, einem Benutzer, der ihr nichts sagte.

Allec2: Wie wär's mit einem Privatchat?

Kendal antwortete, dass sie nichts machte, was mit Sex zu tun hatte. Er erwiderte, dass er nur einige private Fragen an sie hätte, aber da Kendal gerade acht zahlende Kunden im Chatraum hatte, lehnte sie ab und antwortete, sie wäre zu beschäftigt.

Nachdem sie etwa zwanzig Minuten lang allgemein über ihre Gesundheit und ihr Wohlergehen geplaudert und geheucheltes Mitleid sowie freundliche Worte erhalten hatte, waren vierzig Dollar an Trinkgeld hereingekommen und nur noch drei Abonnenten übrig. Allec2 war einer davon, und er schickte ihr zehn Dollar, woraufhin ein Kassengeräusch aus den Lautsprechern kam.

Allec2: Wollen wir jetzt chatten?

Private Chats brachten zehnmal so viel Geld ein wie die allgemeinen. Kendal war das sogar lieber, da es ihr schwerfiel, mehreren Unterhaltungen gleichzeitig zu folgen. Sie tippte: Okay, solange es nicht pervers wird.

Danach verabschiedete sie sich von den anderen beiden Kunden und ging mit Allec2 in einen privaten Chatroom.

Shy1: Jetzt hast du mich ganz für dich allein.

Allec2: Endlich. Wie fühlst du dich?

Shy1: Ich hab noch immer Angst.

Allec2: Du bist wirklich viel zu Jung für eine Mammografie.

Shy1: Angeblich gehöre ich zu einer Risikogruppe.

Allec2: Gab es Vorfälle in deiner Familie?

Das wusste Kendal nicht. Es war gut möglich. Als ihre Mom sie verlassen hatte, war sie noch sehr jung gewesen.

Shy1: Wegen Medikamenten, die ich genommen habe.

Allec2: Antipsychotika?

Shy1: Ja. Ich hatte früher ein paar Probleme.

Allec2: Sexueller Missbrauch?

Kendal erschauderte. Sie legte sich eine Decke um die Schultern und machte es sich auf ihrem Schreibtischstuhl bequem.

Shy1: Ich möchte nicht darüber reden.

Allec2: Ich hab eine Weile Clozapin genommen und hab mich dadurch ganz komisch gefühlt.

Shy1: Ja, ich auch. Mir war die ganze Zeit schwindlig.

Allec2: Ich hab ständig gezittert. Aber es hat gegen die Zwänge geholfen.

Shy1: Ich weiß nicht mehr, ob es mir geholfen hat. Das ist Jahre her. Ich erinnere mich kaum noch an was aus der Zeit. Mein alter Psychiater glaubte, ich würde einige Erinnerungen blockieren.

Allec2: Der Verstand versucht, sich vor schlimmen Dingen zu schützen. Dann redet man sich ein, dass Missbrauch normal wäre.

Shy1: Das hat mein Psychiater auch gesagt.

Kendal hatte noch mit niemandem darüber geredet. Ihre Therapie war schon sehr lange her. Aber Allec2 schien es auf gewisse Weise zu verstehen.

Shy1: Ich dachte, jeder würde so leben. Dass jeder einen solchen Vater hätte. Dass jeder Dinge sehen würde.

Allec2: Was für Dinge hast du denn gesehen?

Shy1: Manchmal, wenn es richtig schlimm wurde, war ich an einem anderen Ort.

Allec2: In deinem Kopf?

Shy1: Ja! Ich hatte einen imaginären Freund, mit dem ich reden konnte und den ich für real hielt. Ich konnte ihn sehen. Jedenfalls habe ich mir das eingebildet. Aber er hat mir geholfen, wenn es richtig schlimm wurde.

Allec2: Bist du dir sicher, dass er nicht real war?

Shy1: Er kann unmöglich real gewesen sein.

Allec2: Dann hast du also Selbstgespräche geführt?

Shy1: Ich schätze schon.

Allec2: Wäre es möglich, dass du gerade auch Selbstgespräche führst und dass ich gar nicht da bin?

Kendal blinzelte. So langsam wurde es komisch.

Shy1: Dann tippe ich also meine und deine Sätze?

Allec2: Guckst du beim Tippen auf die Tastatur oder auf den Bildschirm?

Shy1: Auf den Bildschirm.

Allec2: Dann könnten deine Finger doch gerade meine Antwort schreiben, ohne dass es dir bewusst wird.

Kendal versuchte, gleichzeitig ihre Finger und den Monitor im Auge zu behalten. Allec2 schrieb nichts mehr. Erst als sie ihre Aufmerksamkeit wieder ganz auf den Bildschirm richtete, erschien dort eine Nachricht von ihm.

Vielleicht solltest du doch lieber wieder deine Medikamente nehmen.

Shy1: Ich muss jetzt aufhören.

Allec2: Du siehst aus, als wärst du ein bisschen durcheinander.

Kendal sah sich in ihrem Zimmer um und betrachtete die ganzen Webcams. Selbstverständlich beobachtete Allec2 sie. Er bezahlte eine monatliche Gebühr für dieses Privileg.

Shy1: Es war ein harter Tag. Ich bin müde.

Allec2: Die Uni?

Shy1: Ja.

Allec2: Infinitesimalrechnung ist übel.

Sie fragte sich, woher er wusste, dass sie sich gerade mit Infinitesimalrechnung beschäftigte. Vermutlich hatte sie es mal erwähnt oder er hatte ihr Lehrbuch gesehen.

Oder Allec2 ist wirklich nur eingebildet und ich führe Selbstgespräche. Vielleicht habe ich einen schizophrenen Anfall.

Allec2: Sag mal, Kendal, war dein imaginärer Freund im Keller eingesperrt und schrie sich die Seele aus dem Leib, wenn dein Dad da runterging?

Kendal blockierte den Benutzer und schob den Stuhl vom Schreibtisch weg, während ihr das Herz bis zum Hals schlug. Dann starrte sie ihre Finger an.

Verdammt, habe ich das eben geschrieben?

Er hat mich Kendal genannt.

Woher kennt er meinen Namen? Er kann meinen Namen nicht kennen.

Im Keller eingesperrt?

Was zum Henker geht hier vor sich?

Mir ist schwindlig.

Ich muss mich hinlegen.

Ich will mich hinlegen, ohne dass mir jemand dabei zusieht.

Sie schaltete die Webcams in ihrem Zimmer aus. Das würde ihrem wöchentlichen Gehaltsscheck zwar nicht guttun, aber sie wollte jetzt nicht beobachtet werden. Als sie alle deaktiviert hatte, legte sie sich ins Bett, machte sich ganz klein und schloss die Augen.

9

Erinyes schlägt die Augen auf.

Es ist ruhig im Haus. Lautlos.

Aber das Haus ist nicht leer.

Erinyes sieht auf die Uhr. Bald ist Lieferzeit. Der Fahrer kommt nie zu spät.

Erinyes wartet an der Tür und schaut durch das Guckloch.

Sieht den Lieferwagen vorfahren.

Sieht, wie der Mann die Pakete auslädt.

Sieht, wie er den Umschlag mit dem Bargeld unter der Fußmatte hervorholt.

Sieht ihn wegfahren.

Erinyes schließt die Tür auf und sammelt die braunen Schachteln ein. Darauf stehen lauter falsche Absenderadressen, die mit gestohlenen Kreditkartennummern bezahlt wurden. Käufe aus dem Darknet, die unter falschem Namen an ein Postfach geschickt, weitergeleitet und von einem privaten Kurier abgeliefert werden.

Sie lassen sich unmöglich zurückverfolgen. Dafür sind viel zu viele Schutzmaßnahmen getroffen worden.

Erinyes stellt die Schachteln auf den Esstisch. Nimmt sich ein Teppichmesser.

Es ist Weihnachten.

Der Weihnachtsmann hat Erinyes Geschenke gebracht.

Spironolacton.

Mehr Vantablack-Make-up.

Cyproteronacetat.

Eier der Feldwinkelspinne.

4-Hydroxybutansäure.

Einen Generalschlüssel für Sargent-Schlösser.

Clindamycin.

Eine neue neunschwänzige Katze.

Erinyes inspiziert die Peitsche. Die vorherige war durch übermäßigen Gebrauch porös geworden. Diese scheint von besserer Qualität zu sein. Die neun Peitschen bestehen aus geschmeidigem Kuhleder. Der Griff wurde aus gewickeltem Stahl geschaffen und verleiht der Waffe ein größeres Gewicht. An jedem Schwanzende befindet sich ein spitzer Metallstachel. So scharf, dass Erinyes' Fingerspitze bei der bloßen Berührung zu bluten beginnt.

Das ist kein billiges S/M-Spielzeug, mit dem man seinen Partner auspeitscht, weil man *Fifty Shades of Grey* im Schlafzimmer nachspielen will. Dies ist ein anständiges Werkzeug, mit dem man jemanden schwer bestrafen kann.

Buße. Längst überfällige Buße.

Erinyes schließt die Kellertür auf und geht nach unten.

»Die Spinnen sind angekommen«, sagt Erinyes in die Dunkelheit. »Bald wirst du deine Krone bekommen.«

Ein Wimmern und das Klirren von Ketten, die über den Zementboden gezogen werden.

»Per UPS ist außerdem eine neue Peitsche gekommen.«

Leises Stöhnen.

»Du wirst für deine Sünden mit vergossenem Blut büßen. Die Bestrafung wird deine Seele läutern.«

»Bitte … nicht.« Die Stimme klingt demütig. Schwach.

»Willst du denn nicht, dass deine Sünden vergeben werden?«

Keine Antwort. Erinyes drückt die Aufnahmetaste des Handys.

»Denkst du, du hättest für deine Verbrechen genug gesühnt?«

»Gnade. Bitte.«

»Erinyes kennt keine Gnade. Nur Bestrafung.«

Erinyes hebt die Peitsche hoch.

»Tu mir nicht mehr weh.«

»Deine Sünden sind es, die dir wehtun. Ich bin hier, damit du büßen kannst.«

Erinyes fängt an.

Die Buße ist laut. Und sehr blutig.

10

»Ich verdiene meinen Lebensunterhalt mit dem Sezieren von Leichen, aber bei dieser hat sich mir der Magen umgedreht.«

Tom hatte auf seinem Handy Facetime aktiviert, um mit Dr. Phil Blasky zu sprechen, der gerade im Leichenschauhaus des Cook County arbeitete. Blasky stand über Kendal Heffertons Leiche, und seine Stimme hallte durch den Kühlraum und von dem vielen Beton und rostfreien Stahl wider.

»Sehen Sie sich das an.« Blasky wechselte zur rückseitigen Kamera. Tom mochte es nicht, wenn Blasky das tat, und er zuckte beim Anblick des Opfers zusammen.

»An diesen Wunden hier in Vagina und Anus lassen sich erhöhte Histaminwerte nachweisen, was darauf hindeutete, dass sie ante mortem zugefügt wurden.«

»Sie war noch am Leben«, übersetzte Tom.

»Sie war am Leben und hat sich gewehrt. Es gibt viele Abwehrwunden.«

»Hat der Mörder Spuren hinterlassen?«

»Keine einzige. Ich habe jeden Quadratzentimeter ihres Körpers mit einer alternativen Lichtquelle abgesucht und überall Proben genommen, aber der Täter hat nicht einmal eine Wimper verloren.«

Das war nicht gut. Zwar halfen einem DNA-Spuren nicht immer dabei, Verdächtige zu fassen, aber sie waren vor Gericht Gold wert. Tom hatte gehofft, dass der Mörder irgendetwas zurückgelassen hätte.

»Was ist mit dem Klebeband, mit dem sie gefesselt war?«, fragte er.

»Das ist ganz normales Klebeband.«

»Fingerabdrücke?«

»Ovale Flächen, wo er die klebrige Seite berührt hat, aber keine Fingerabdrücke. Er hat Handschuhe getragen.«

»Gibt es Anzeichen für eine Vergewaltigung?«

»Abgesehen vom Fleischermesser konnte ich keine finden. Keine Haut unter ihren Fingernägeln. Falls sie sich gewehrt hat, dann hat sie ihn nicht gekratzt.«

»Wir glauben, er könnte möglicherweise ihr Blut getrunken haben.«

»Dann hat er alle Spuren beseitigt. Ich konnte keine Speichelreste finden.«

Tom hatte einen schrecklichen Einfall und zuckte zusammen, als er ihn aussprach. »Könnte er vielleicht einen Strohhalm benutzt haben?«

»Sie meinen, er hat ihn in eine Vene gesteckt, um wie aus einer Saftpackung zu trinken?«

»Ja.«

»Mit Ihnen stimmt was nicht, wenn Sie so etwas auch nur denken können. Aber falls der Mörder das getan hat, dann ist mir die Eintrittsstelle nicht aufgefallen.«

Tom seufzte. »Was können Sie mir noch sagen?«

»Ihre Backenzähne sind locker, aber sie hat keine Prellungen im Gesicht oder an den Wangen.« Blasky schob dem Opfer eine Hand in den Mund und wackelte mit einem Zahn. »Ich vermute, dass sie geknebelt war und fest auf den Knebel gebissen hat.«

»Ein Ballknebel? Wie für Pferde?«

»Davon gehe ich aus. Er wurde ihr weit in den Mund geschoben und am Hinterkopf festgeschnallt. Soweit ich gehört habe, wird das auch bei Bondage-Spielchen gemacht.«

»Was sagt die Blutanalyse?«

»Ich warte noch auf die Ergebnisse. Das Labor braucht immer ewig, wie Sie ja wissen. Aber ich habe eine Theorie, wie er sie gefesselt hat.«

»Könnte es einvernehmlich gewesen sein? Ein Cam-Model, das beschließt, sich als Callgirl was dazuzuverdienen, und der Kunde steht auf Fesselspielchen?«

Blasky stellte die Kamera erneut so ein, dass er zu sehen war, und verzog das Gesicht. »Würden Sie sich von einem Kerl, dem Sie nicht vertrauen, fesseln lassen?«

»Es gab keine Hinweise auf gewaltsamen Einbruch in ihre Wohnung. Sie könnte ihn reingelassen haben.«

»Oder sie war bewusstlos.« Er drehte das Handy herum. »Sehen Sie die kleine Stelle über ihrer Nase und unter dem Kinn?«

»Ja.«

»Mein Steckenpferd sind antike medizinische Geräte. Wussten Sie, dass ich über einhundert Reflexhämmer habe, die vor neunzehnhundertfünfzig hergestellt wurden? Es ist schon ziemlich verrückt, was man auf eBay alles bekommt. Diese Verbrennungen sehen für mich so aus, als müssten sie genau zu einer Chloroformmaske passen.«

Tom dachte an alte Schwarz-Weiß-Filme, in denen sich ein Attentäter von hinten an eine Frau heranschleicht, um ihr ein in Chloroform getränktes Tuch auf Mund und Nase zu pressen.

»Ist Chloroform denn immer noch erhältlich?«

»Man kann alles kaufen. Einhundert Reflexhämmer, sage ich nur. Chloroformmasken bestehen aus Draht oder Gittergeflecht. Sie passen genau über Mund und Nase, und man kann ein Tuch darin befestigen. Wenn Sie die Maske finden, kann ich Ihnen sagen, ob sie zu den Verletzungen passt. Das ist genauso gut wie ein DNA-Beweis.«

Blasky fing an, über eine Mandelguillotine von neunzehnhundertdreiundzwanzig zu sprechen, aber Tom blieben die Einzelheiten erspart, da er einen Anruf bekam.

»Ich muss da rangehen, Phil. Sagen Sie Bescheid, wenn Sie noch etwas finden.« Er nahm den Anruf an. »Hi Babe«, sagte er zu Joan. »Was gibt's?«

»Ich wollte mich nur mal erkundigen, ob unsere Verabredung zum Abendessen noch steht.«

»Natürlich steht sie noch. Nichts könnte mich von einem Abendessen mit dir abhalten. Bist du noch mit Trish unterwegs?«

»Ja. Wir waren im *Uno* essen.«

Da hatte Tom abends mit ihr hingehen wollen, und jetzt musste er sich wohl etwas anderes ausdenken. »Und, wie war's?«

»Da gibt es keinen Ziegenkäse.«

»Natürlich gibt es da keinen Ziegenkäse. Wir sind in Chicago, nicht am Rodeo Drive.«

»Jetzt werd nicht patzig. Du bist doch derjenige, der mich versetzt hat.«

»Ich bin nicht patzig, Süße, ich …«

»Bist du noch bei der Arbeit?«

»Ja, aber nicht mehr lange. Wollen wir noch ins Kunstmuseum gehen? Da ist gerade eine O'Keefe-Ausstellung.«

Es piepte, da ein weiterer Anruf hereinkam. Tom ignorierte es.

»Willst du nicht rangehen?«, fragte Joan.

Tom sah auf das Display. Es war die Nummer des Kriminallabors.

»Ich kann zurückrufen.«

»Ich höre doch an deinem Tonfall, dass es wichtig ist.«

»Du bist wichtig, Babe.«

Das Piepen hörte nicht auf. Tom fragte sich, warum seine Mailbox nicht ranging.

»Das mit dem Kunstmuseum ist eine schöne Idee«, sagte Joan schließlich.

»Wollen wir uns da in einer Stunde treffen?«

»Gern. Dann habe ich wenigstens was zu tun, falls du nicht auftauchst.«

»Ich gebe mein Bestes, Joan. Ich habe den ganzen Tag an dich gedacht.«

»So, so.«

Sie klang nicht überzeugt. Endlich hörte das Piepen auf.

»Wirklich.«

»Okay, ist ja gut. Aber warum bist du bei der Arbeit und denkst an mich, anstatt bei mir zu sein und an die Arbeit zu denken?«

»Wir haben uns vorgenommen, unsere Jobs nie zum Thema zu machen«, erwiderte Tom. »Darum lebst du noch immer in Los Angeles und ich wohne weiterhin in Chicago. Das ist Teil unseres Lebens, und wir hatten beschlossen, den anderen nicht zu bitten, etwas daran zu ändern.«

»Und was wäre, wenn wir es doch tun?«

»Was?«

»Was wäre, wenn ich dich bitten würde, deinen Job für mich aufzugeben, Tom? Würdest du es tun?«

»Bittest du mich gerade darum?«

»Soll ich es denn tun? Oder willst du mich darum bitten?«

»Wir hatten uns versprochen, das niemals zu tun. Ich weiß, dass deine Arbeit wichtig ist.«

»Aber Filmverträge sind nicht so wichtig wie das Fassen von Mördern, richtig?«

»Das habe ich nie gesagt«, protestierte Tom.

»Das musst du auch gar nicht. Ich habe heute Morgen einen Anruf bekommen und musste einen Regisseur beruhigen, damit sich ein Zweihundert-Millionen-Dollar-Blockbuster nicht seinetwegen verzögert. Wenn du einen Anruf bekommst, ist jemand gestorben. Da ist es doch offensichtlich, dass dein Job wichtiger ist als meiner.«

Wieder piepte es in Toms Handy. Es war dieselbe Nummer.

»Du solltest rangehen«, meinte Joan. »Vielleicht ist noch jemand gestorben.«

»Können wir diese Diskussion im Museum fortsetzen?«

»Ein Feigling streitet sich häufiger als ein mutiger Mann.«

»Was war das? Hast du gerade Jefferson zitiert? Bist du mir wirklich gerade mit einem Jefferson-Zitat gekommen?«

»Schick mir eine Nachricht, wenn du das Essen absagen musst«, sagte Joan und legte auf.

Tom wollte sich darüber aufregen, aber da er den Anruf jetzt annehmen musste, verdrängte er seine Frustration.

»Mankowski.«

»Sind Sie in Ihrem Büro, Detective? Ich könnte hochkommen?«

»Wer ist da?«

»Firoz.«

»Wer?«

»Detective Firoz Nafisi.«

»Wie bitte?«

»Ich bin der Computertechniker des CPD und habe Kendal Heffertons Laptop untersucht. Sie leiten den Fall doch, oder nicht?«

»Ja, zusammen mit Roy Lewis.«

»Kann ich raufkommen?«

»Sicher.«

»Bin gleich da.«

Tom öffnete den Ordner mit seinem Tatortbericht zum ersten Opfer. Er vertiefte sich erneut darin. In ihren Anblick, wie sie ans Bett gefesselt und bis zur Unkenntlichkeit geschändet dalag. Dachte an den Geruch. Die blutige Schrift an der Wand. Er hatte schon oft genug mit Gewalt zu tun bekommen. Gewalt gesehen. Gewalt gespürt. Aber dies war eine ganz neue Ebene. Der Täter hatte alles genau geplant. Er hatte sich Zugang zur Wohnung verschafft und sein Folterwerkzeug, das Klebeband, den Knebel, das Chloroform und die Maske mitgebracht. Doch da waren auch eine solche Wut und eine derartige Wildheit zu erkennen, dass der Mord aussah wie das Werk eines völlig Durchgeknallten.

»Detective?«

Tom schrak zusammen, als ihn jemand ansprach. Er blickte auf.

»Ich bin Firoz.«

Der Mann, der ihm die Hand hinstreckte, kam Tom bekannt vor, und er versuchte, sich seine Überraschung nicht anmerken zu lassen.

Firoz sah Maddoks Chmerkolinivskiy ungemein ähnlich, was wiederum bedeutete, dass er so aussah wie der Verdächtige, der laut Tanya Punire das Haus des zweiten Opfers verlassen hatte.

11

Der Mann blutet.
Der Mann hat Schmerzen.
Der Mann zerrt an den Ketten.
Der Mann weiß, dass es kein Entkommen gibt.
Der Mann denkt an Monster.
Der Mann weiß, dass sie real sind.
Der Mann weint.
Der Mann weint um sich.
Der Mann weint um die Welt.
Der Mann weiß, dass es keine Vergebung gibt.
Für niemanden.

12

Kendal ging an ihr Handy.

»Hallo?«

Zuerst nur Stille. Dann:

»*Denkst du, du hättest für deine Verbrechen genug gesühnt?*«

Die Stimme klang seltsam und sehr weit weg. »Hallo?«

»*Gnade. Bitte.*«

»Wer ist da?«, fragte Kendal.

»*Erinyes kennt keine Gnade. Nur Bestrafung.*«

»*Tu mir nicht mehr weh.*«

»*Deine Sünden sind es, die dir wehtun. Ich bin hier, damit du büßen kannst.*«

Dann ein Knallen und ein Schrei, bei dem Kendal sämtliche Haare zu Berge standen.

Die schrecklichen Geräusche hörten nicht auf. Schläge und Schreie, und Kendal begriff, dass sie zuhörte, wie jemand geschlagen wurde.

Sie legte auf und hielt das Handy auf Armeslänge von sich weg.

Unbekannte Nummer.

Was zum Teufel war da gerade passiert?

Kendal rannte aus ihrem Zimmer in die Küche, zwängte sich an Linda vorbei, nahm sich ein Glas, das zum Abtrocknen in der Spüle stand, und hielt es unter den Wasserhahn. Sie stürzte das Wasser herunter.

»Hast du so einen großen Durst?«, meinte Linda lachend.

Kendal erwiderte nichts und füllte das Glas erneut.

»Hey, ist alles okay?«

Kendal hatte auch das zweite Glas geleert und holte tief Luft. »Ich hatte gerade einen echt merkwürdigen Anruf.«

»Merkwürdig obszön? Ein Kerl, der sich stöhnend einen runterholte? Du Glückspilz. Solche Anrufe kriege ich nie.«

»Es hörte sich eher an, als würde jemand geschlagen.«

»Das ist ja sogar noch heißer.«

»Wirklich geschlagen. Jemand, der um sein Leben schrie.«

Linda starrte sie fassungslos an. »Sollte das ein Witz sein?«

Kendal lehnte sich an den Küchenschrank und ließ die Schultern hängen. »Falls es einer war, dann fand ich ihn nicht witzig.«

»Kanntest du die Nummer?«

»Es war ein unbekannter Anrufer.«

»Du kannst Stern siebenundsechzig oder Stern neunundsechzig wählen, um zurückzurufen, selbst wenn es eine unbekannte Nummer ist.«

»Ich will ihn aber nicht zurückrufen.«

»Gib mir dein Handy.«

Kendal zögerte, reichte Linda dann aber doch ihr Handy. Linda bewegte die Daumen so schnell über das Display, dass sie zu verschwimmen schienen.

»Wann hast du den Anruf bekommen?«

»Gerade eben.«

»Er ist aber nicht in deiner Anrufliste.«

»Was?«

»Laut der Liste wurdest du gestern das letzte Mal angerufen.«

»Aber jemand hat gerade …«

»Hast du ihn vielleicht gelöscht?«

Kendal verzog das Gesicht. »Nicht dass ich wüsste.«

»Wenn du ihn gelöscht hast, können wir auch nicht zurückrufen.«

Linda gab ihr das Handy zurück. Kendal starrte es an und fragte sich, was eben wirklich passiert war.

Hatte sie geschlafen?

Geträumt?

Halluziniert?

Halluzinationen gehörten zu den maßgeblichen Symptomen einer Schizophrenie. Ein weiteres war Paranoia. Dass man sich einbildete, beobachtet zu werden.

Kendal warf einen Blick zu den Küchenkameras hinüber. Sie wurde tatsächlich beobachtet.

Aber wollte man ihr auch schaden?

Sie musste an den Lieferwagen denken, der ihr auf dem Weg zur Uni gefolgt war. Hatte es ihn wirklich gegeben? Oder den Chat mit Allec2? Oder den Anruf eben?

Oder waren ihre früheren Leiden zurückgekehrt?

»Shy?«, fragte Linda und benutzte ihren Decknamen. »Du siehst aus, als wärst du kurz vor dem Durchdrehen.«

»Ich würde jetzt gern einen Spaziergang machen. Kommst du mit?«

»Ich muss noch ein Geschichtsreferat vorbereiten. Vielleicht schaffe ich es, ein paar Wikipedia-Seiten so geschickt zu kopieren, dass es nicht auffällt. Mein Prof macht nämlich immer eine Google-Suche.«

Kendal umklammerte ihren Arm. »Nur um die Ecke, um Eis zu kaufen oder so. Ich lade dich ein.«

»Du weißt doch, dass ich auf Diät bin, Schlampe.«

»Okay, dann kaufen wir eben Sellerie. Bitte.«

»Ich habe irgendwo gelesen, Sellerie hätte negative Kalorien. Wenn man den kaut, verbrennt man sogar mehr Kalorien, als man zu sich nimmt.«

»Dann lass uns gehen. Ich kaufe dir zehn Pfund Sellerie, dann hast du Größe vierunddreißig, bis wir wieder hier sind.«

Linda verzog das Gesicht, als hätte sie Verstopfung. »Ach, das ist echt verlockend, aber ich muss mich jetzt wirklich an den Schreibtisch setzen. Ich habe heute schon genug rumgetrödelt.«

Mit diesen Worten verließ sie die Küche, und Kendal starrte erneut ihr Handy an.

Hab ich den Anruf gelöscht?

Oder hat Linda es vielleicht getan?

Ist es immer noch Paranoia, wenn wirklich jemand hinter einem her ist?

Sie schloss die Augen. Dachte an ihren Vater. An all die Dinge, die er ihr angetan hatte. An all das, womit er ihr gedroht hatte.

Aber er war fort, und das schon seit langer Zeit. Kendal brauchte das Geld, das sie dank der Webcams verdiente, aber wenn auch nur die geringste Chance bestanden hätte, dass ihr Vater sie irgendwie finden konnte, wäre sie mit nichts als der Kleidung am Leib losgerannt und erst stehen geblieben, wenn ihre Schuhsohlen durchgelaufen wären.

Kendal schlug die Augen auf und zwang sich, die Kameras nicht anzustarren, spürte sie aber trotzdem auf dem Körper wie Hände, die sie betatschten. Sie musste hier raus. Und zwar sofort.

Sie zählte ihre Schritte – achtzehn – bis zur Haustür und berührte den Türknauf dreimal, bevor sie ihn umdrehte, und machte sich an die sechshundertundacht Schritte bis zum Laden an der Ecke.

Als sie gerade mal neunundzwanzig Schritte gemacht hatte, erschauderte sie. Es war kalt, und sie hatte keine Jacke angezogen. Sie schlang die Arme um ihren Oberkörper und wurde schneller.

Nach einhundertfünfundfünfzig Schritten bog sie um die Ecke und sah den Lieferwagen. Es war derselbe, der ihr zuvor auch schon gefolgt war. Dunkel, getönte Fenster, äußerst langsames Tempo.

Der Wagen kam auf sie zu.

Kendal erstarrte. Sollte sie wegrennen? Die Polizei rufen? Sich kneifen, um sich zu vergewissern, dass es keine Halluzination war?

Der Wagen hielt neben ihr, und der Fahrer ließ den Motor laufen.

Lauf weg!, sagte sich Kendal.

Aber sie hatte vergessen, bei welcher Zahl sie war.

Wie schon an diesem Morgen bekam sie keine Luft mehr. Ihre Beine fingen an zu zittern, und ihre Füße schienen Wurzeln geschlagen zu haben.

Bis zur Ecke waren es einhundertfünfundfünfzig. Wie viele Schritte hatte sie seitdem gemacht? Zehn? Fünfzehn?

Die Seitentür des Lieferwagens wurde langsam geöffnet.

Kendal sah sich panisch und hilfesuchend um. Vor ihr sah sie einen Streifenwagen, der auf sie zukam.

Ich muss schreien. Wenn ich schreie, halten die Polizisten an.

Doch sie bekam keinen Ton heraus. Sie sah mit tränenverhangenen Augen zu, wie der Streifenwagen an ihr vorbeifuhr.

Die Tür des Lieferwagens war jetzt ganz geöffnet. Im Inneren war es dunkel, aber Kendal glaubte, eine hockende Gestalt zu erkennen. Jemand, der ganz in Schwarz gekleidet war. Aber er sah seltsam aus, eher wie ein Schatten als wie ein Mensch.

Wo habe ich aufgehört?!?

Kendal zählte innerlich von einhundertfünfundfünfzig weiter in der Hoffnung darauf, dass ihr eine Zahl bekannt vorkommen würde. Vom Sauerstoffmangel wurde ihr langsam schwindlig, und der Schatten im Lieferwagen schien sich zu bewegen, als würde er sich bereit machen, um sie anzuspringen.

Einhundertzweiundsiebzig, einhundertdrei…

Ja, genau! Einhundertdreiundsiebzig!

Sie sog die Luft ein und rannte zurück zu ihrem Haus. Sie lief so schnell, wie sie zählen konnte. Als sie keuchend und am ganzen Körper zitternd vor der Tür stand, fiel es ihr schwer, den Schlüssel ruhig genug zu halten, um aufzuschließen zu können. Ihr Handy vibrierte.

Kendal wollte die SMS nicht lesen.

Sie tat es trotzdem.

Du kannst weglaufen, aber ich weiß, wo du wohnst.

Sie drehte sich langsam um und sah den schwarzen Lieferwagen nur wenige Meter von sich entfernt am Straßenrand parken.

Dann drehte sich die Welt um sie herum, ihre Beine gaben nach, und sie verlor das Bewusstsein.

13

»Detective Nafisi?«, fragte Tom und beäugte den Mann, der neben seinem Schreibtisch stand.

Der Mann reichte Tom die Hand und schüttelte sie erstaunlich kraftvoll. »Bitte nennen Sie mich doch Firoz.«

»Tom.«

»Ich wollte aus zwei Gründen persönlich mit Ihnen sprechen, Tom. Erstens, weil ich Sie unbedingt kennenlernen wollte. Ich habe von der Sache in South Carolina gehört, von dem, was Sie und Roy Lewis durchmachen mussten. Das muss ganz schön heftig gewesen sein.«

Tom nickte. »Und der zweite Grund?«

»Ich habe etwas auf Kendal Heffertons Laptop gefunden und wollte Ihnen das selbst zeigen.« Firoz bemerkte den leeren Stuhl Tom gegenüber. »Darf ich?«

»Bitte.«

Er zog den Stuhl neben Tom, drehte ihn herum und setzte sich so darauf, dass er die Arme auf die Rückenlehne legen konnte. »Ich hörte, Sie wurden gefoltert.«

Tom machte es nichts aus, dass der Mann direkt war, aber Firoz hatte irgendetwas an sich, das abschreckend wirkte, und Tom hatte den Eindruck, auf dem Prüfstand zu stehen.

»Was haben Sie gefunden?«, fragte er und ignorierte den Kommentar.

Firoz starrte Tom einen Augenblick lang an. »Das Opfer hatte Probleme mit einem Online-Kunden. Der Mann war ein Cyberstalker.«

»Ist das nachweisbar?«

Erneut hielt Firoz kurz inne. »Bis zu einem gewissen Grad. Aber je besser der Cyberstalker ist, desto schwerer macht er es einem, ihn aufzuspüren. Wissen Sie viel über Computer?«

»So viel wie jeder andere, schätze ich.«

»Wenn die Geräte über ein Computernetzwerk mit-einander kommunizieren, hat jedes eine einzigartige Internet-Protokoll-Adresse. Diese ist nachvollziehbar, es sei denn, jemand verschleiert sie aktiv. Bei so etwas wie einer E-Mail wird die IP aufgezeichnet. Aber in einem Chatroom wie dem, den das Opfer für den Webcam-Dienst genutzt hat, lassen sich die Spuren praktisch nicht mehr nachvollziehen. Sobald sich der Stalker abmeldet, lässt er sich nicht mehr aufspüren. Aber Kendal war schlau. Sie hat Screenshots gemacht. Beim letzten Mal ist er unter dem Namen Tilphousia eingeloggt gewesen. Seine Drohungen passen zu der Art, wie sie ermordet wurde.«

»Wie schreibt man Tilphousia?«, erkundigte sich Tom und griff zu einem Stift.

Firoz buchstabierte ihm den Namen.

»Haben Sie diese Screenshots?«

»Ich habe sie Ihnen per E-Mail geschickt, bevor ich rauf-gekommen bin. Sehen Sie doch mal nach, ob sie angekommen sind.«

Tom drehte sich zum Bildschirm um, öffnete sein E-Mail-Programm und stellte fest, dass er eine neue Nachricht von superhackercop17 erhalten hatte. Er klickte sie an, öffnete die Anhänge und erstellte eine Diashow der Screenshots. Die eine Hälfte des Bildschirms nahm ein Foto von Kendal Hefferton ein, ein Schnappschuss ihres Live-Feeds. Sie trug Dessous und sah angewidert aus. Tom konnte das verstehen. Auf der anderen Bildschirmseite wurde der Chattext angezeigt. Tom ging Tilphousias Drohungen durch und wurde immer wütender.

»Ein ziemlicher Psycho, was?«, meinte Firoz.

Tom nickte.

»Gehen Sie mal weiter. Das vorletzte Bild ist von einer E-Mail, die Kendal erhalten hat. Der Absender trägt einen anderen Namen, aber der Tonfall ist derselbe.«

Tom entdeckte die E-Mail und las sie sich durch.

Kleine ungezogene Mädchen müssen bestraft werden. Akzeptiere dein Schicksal und akzeptiere deine Buße. Rache entspringt dem Blut von Uranus, Hure.

»Können Sie die E-Mail zurückverfolgen?«, wollte Tom wissen.

»Das habe ich längst getan. Klicken Sie das letzte Bild an.«

Tom tat es. Er starrte den Bildschirm an, blinzelte mehrmals und war verwirrt.

»Erkennen Sie sie wieder?«, fragte Firoz und kniff die Augen zusammen.

»Das verstehe ich nicht«, gab Tom zu.

»Was ist daran so schwer zu verstehen?«, entgegnete Firoz. »Das ist die E-Mail, die ich auf Kendals Laptop gefunden habe. Wissen Sie, woher sie kam?«

»Natürlich nicht. Wieso sollte ich das wissen?«

»Weil Sie von Ihrem Konto abgeschickt wurde.«

14

Erinyes sieht zu.

Zuzusehen ist leicht, wenn es so viele Kameras gibt.

Kameras in Geschäften.

Kameras auf Straßen.

Kameras in Häusern. Sicherheitskameras. Nanny-Kameras.

Kameras in Computern. Auf Tablets. In Handys.

Du schießt ein Selfie? Erinyes kann es sehen.

Du bist in einem Video-Chat? Erinyes sieht zu.

Du surfst im Web? Erinyes kann deine Webcam einschalten und dich anstarren, und du merkst es nicht einmal.

Hat dein E-Book-Reader eine Kamera?

Sieh ihn dir an. Untersuch die Ränder. Ist die Kamera vorn und ganz oben?

Wirst du vielleicht gerade beobachtet?

Was ist das da unten? Ein Mikrofon?

Hört dich jemand atmen? Wie du dich räusperst? Zeichnet jemand jede deiner Bewegungen und jedes Geräusch auf?

Wie sicher ist dein Netzwerk?

Wie schwach ist dein Passwort?

Glaubst du, deine Firewall wäre undurchdringlich?

Denkst du, deine Antivirensoftware könnte dich schützen?

Bist du wirklich der Ansicht, du wärst sicher?

So etwas wie Sicherheit gibt es nicht. Wenn du mit dem Internet verbunden bist, bist du Teil eines Netzwerks; wenn du online bist oder am Handy, wenn du surfst, redest, chattest, Nachrichten schreibst, kannst du gesehen werden.

Hast du Angst?

Du siehst verängstigt aus.

15

Tom starrte Firoz durchdringend an. »Sie glauben, ich hätte diese E-Mail geschickt?«

»Sagen Sie's mir. Erfahrener Polizist erlebt etwas Schreckliches, verliert den Verstand und stalkt Webcam-Models.«

Tom wollte schon protestieren, aber nun grinste Firoz zum ersten Mal. »Nein, Sie waren das nicht. Nichts für ungut, Mann, aber dafür sind Sie einfach nicht clever genug.«

»Eben beschuldigen Sie mich beinahe des Mordes, und jetzt bezeichnen Sie mich als Idioten.«

»Sehen Sie sich Ihren Schreibtisch an, Detective. Was ist das?« Firoz deutete auf etwas.

»Das sind meine Notizen.«

»Auf Papier? Handschriftlich? Was sind Sie, ein Neandertaler? Wissen Sie nicht, dass es für so was Apps gibt? Haben Sie schon mal was vom Tippen gehört? Sprachmemos? Digitalen Notizen?«

»Bei einem Stift ist die Batterie nie leer«, konterte Tom.

»Rücken Sie mal ein Stück.« Firoz drängte sich an Tom vorbei und tippte rasend schnell auf der Tastatur herum. Einige Fenster gingen auf, aber Tom kam längst nicht mehr mit. »Sie wurden gespooft.«

»Gespooft?«

»Jemand hat Ihre Absenderadresse gefälscht und es so aussehen lassen, als hätten Sie die E-Mail abgeschickt. Wann haben Sie Ihr Antivirusprogramm das letzte Mal laufen lassen?«

»Äh …«

Firoz klickte ein paar Mal mit der Maus. »Die Antwort, die Sie suchen, lautet nie. Dann haben Sie sich entweder einen Trojaner oder einen Wurm eingefangen oder jemand nutzt einen ›Fake-Mailer‹. Ich muss mal eine Analyse drüberlaufen lassen.«

»Darum wollten Sie herkommen«, erkannte Tom. »Sie wollten meinen Computer überprüfen.«

»Oder Sie bei einem Fluchtversuch verhaften.« Firoz grinste ihn an.

»Wie lange wird das dauern?«, fragte Tom. Er wollte sich die Bilder vom Computer des Opfers genauer ansehen.

»Eine Stunde. Vielleicht auch länger. Das hängt davon ab, ob Ihr Rechner infiziert wurde und wie schlimm es ist.« Firoz holte einen USB-Stick aus der Tasche und schloss ihn an Toms Computer an. »Ich habe ein paar Programme mitgebracht. Wenn Sie Glück haben und der Kerl Ihren Computer gehackt hat, kann ich ihn vielleicht finden.«

»Können Sie mir die Screenshots ausdrucken?«

»Ausdrucken?« Firoz sprach das Wort wie eine Beleidigung aus. »Warum wollen Sie Bäume umbringen, Mann? Mögen Sie keine Bäume?«

»Ich möchte nur …«

»Haben Sie per Handy keinen Zugriff auf Ihre E-Mails? Augenblick mal. Sie haben doch nicht etwa noch ein Klapphandy, oder? Bitte sagen Sie mir nicht, Sie haben noch so ein altes Motorola RAZR.« Firoz kicherte.

»Ich habe ein iPhone«, erklärte Tom. »Die neueste Version. 4.«

»Ein 4s?«

»Äh, nein. Ein 4 ohne s. Dann ist mein Modell wohl leicht veraltet.«

»Die neueste Version ist 6s. Sie haben also fünf Modelle verpasst.«

Tom stand auf. »Sie finden mich am Schreibtisch meines Partners, falls Sie was brauchen.«

Er nahm seine handschriftlichen Notizen und seine Akten, ging zu Roys Arbeitsplatz und setzte sich. Dann starrte er den Bildschirmschoner seines Partners an, Chun-Li aus den *Street Fighter*-Videospielen. Doch Chun-Li half ihm auch nicht dabei zu entscheiden, was er als Nächstes tun sollte. Aber die Arbeit eines Detectives bestand ja größtenteils aus Herumlaufen und Nachforschungen anstellen. Da Roy sich um Ersteres kümmerte und nach Videoaufnahmen des Verdächtigen suchte, rief Tom die Google-Suche auf und gab »Tilphousia« ein, den Namen, unter dem der Mann, der Kendal Hefferton belästigt und möglicherweise auch getötet hatte, aufgetreten war.

Tilphousia (Tisiphone), Megaera (Megaira) und Alecto (Alekto) sind die drei infernalen Göttinnen aus der griechischen Mythologie, die auch als die Enrinyen oder Furien bekannt sind.

Tom sah vor seinem inneren Auge noch das Wort »Furie« am letzten Tatort an der Wand prangen. Er las weiter.

Sie hatten Krähenflügel, blutunterlaufene Augen und trugen Kronen aus lebendigen Spinnen, und sie bestraften die Niederträchtigen für ihre Verbrechen mit Schmerz und Folter.

Tom klickte eine sehr realistische Darstellung einer finster dreinblickenden Frau mit Spinnen in den Haaren an, die mit einer dornenbesetzten Peitsche einen schreienden Mann häutete.

Er suchte nach weiteren Informationen und las sich alles über die Geschichte der Furien und ihre Darstellung in der Kunst und der Literatur durch. Sie waren schreckliche, sadistische

Kreaturen, deren einziges Ziel darin bestand, andere leiden zu lassen. Dann las er noch eine wissenschaftliche Arbeit darüber, wie die griechischen Götter ins neu gegründete Christentum integriert worden waren, indem man die Furien zu Dämonen machte, die die Sünder in die Hölle schleiften, wo sie bestraft werden sollten.

Tom hatte keinen Zweifel mehr daran, dass dies der Mörder war. Sie hatten es mit einem Psychopathen zu tun, der sich für eine rachsüchtige Gottheit hielt und seine kranken Pläne an Webcam-Models auslebte. Ebenso wie sein mystisches Gegenstück verfolgte und jagte er seine Opfer und folterte sie, bevor er sie tötete.

Danach sah er sich noch einmal den ersten Bericht über den Mord an Kendal Zhanping vor fünf Wochen an. Zusammen mit Roy hatte er die Mitarbeiter der Agentur, für die sie arbeitete, sowie ein Konkurrenzunternehmen ausgiebig befragt. Die getroffenen Sicherheitsmaßnahmen waren nicht zu bemängeln. Die Models konnten überall auf der Welt leben und hatten die volle Kontrolle über ihre Kundenliste. Ein Webcam-Model aus Chicago konnte beispielsweise jeden aus Chicago, Illinois oder gar dem Mittleren Westen blocken, sodass der Zugriff auf ihre Seite gesperrt war. Ihre Wohnorte wurden nicht veröffentlicht, und die Agenturen gaben den Models Tipps, wie sie dafür sorgen konnten, dass die gefilmten Bereiche nicht wiederzuerkennen waren. Anders als Prostituierte, Stripperinnen oder Pornodarstellerinnen, die auf Messen gingen und Kontakt zu ihren Fans hatten, waren Webcam-Models besonders schwer zu finden. Und das ergab auch Sinn. Man wollte ja schließlich nicht von Stalkern belästigt werden, und der Postbote sollte einen erst recht nicht wiedererkennen.

Webcam-Models benutzten nicht ihren richtigen Namen. Die Webseiten nutzten gesicherte und verschlüsselte Verbindungen. Die Models konnten einzelne Nutzer oder ganze Regionen blockieren. Trotzdem hatte der Schnippler zwei Opfer gefunden, die noch dazu beide Kendal hießen. Und das war nicht der Name, mit dem sie im Netz auftraten, sondern ihr echter Vorname.

Wäre es derselbe Anbieter gewesen, hätte Tom auf einen Insider getippt, aber die beiden Agenturen hatten nicht das Geringste miteinander zu tun.

»Hey Firoz«, rief Tom zu seinem Kollegen hinüber.

»Was ist?«

»Wie schwer ist es, eine verschlüsselte Webseite zu hacken?«

»Das hängt davon ab, wie gut die Seite gesichert ist. Über was für eine Seite reden wir hier?«

»Eine Pornoseite. Webcam-Models.«

»Sind Sie zu geizig und wollen nicht dafür bezahlen?«

»Ich will wissen, wie der Schnippler herausfinden konnte, wer diese Models sind und wo sie wohnen.«

Firoz schob sich vom Schreibtisch zurück und faltete die Hände hinter dem Kopf. »Da gibt es viele Möglichkeiten. Man kann Tools und Programme benutzen. Er könnte den Sourcecode hacken, um sich Zugriff auf die Passwörter zu verschaffen. Wenn die Seite über HTTPS läuft, kann er es auch mit einem Brute-Force-Angriff versuchen.«

»Das klingt brutal.«

»Es bedeutet, dass man über ein Programm so lange per Zufall bestimmte Passwörter eingibt, bis eines funktioniert. Theoretisch lässt sich das bei jedem System einsetzen. Ich habe beispielsweise dreißig Sekunden gebraucht, um Ihr Facebook-Passwort zu knacken. Zu Ihrer Information: Millionen von Menschen benutzen ihren Nachnamen und ihr Geburtsjahr. Ebenso häufig verwendet werden aufsteigende Zahlen wie 1-2-3-4 oder das Wort ›Passwort‹. Ich kann nur hoffen, dass Ihr Bankpasswort sicherer ist. Einige Idioten nutzen doch tatsächlich ihre Sozialversicherungsnummer. Jeder, der einem das

Portemonnaie klaut, kennt auch diese Nummer. Wie blöd kann man sein?«

Tom nahm sich vor, schnellstmöglich sein Bankpasswort zu ändern. »Wenn Sie nach Webcam-Models namens Kendal suchen würden, wie würden Sie da vorgehen?«

»Ich würde mir die besten Seiten heraussuchen und die Administratorpasswörter knacken. Dadurch hätte ich denselben Zugriff wie ein Webmaster und könnte mir die Personalakten ansehen.«

»Was ist, wenn ich Sie auf die Suche schicken will?«

»Dazu bräuchten Sie einen Durchsuchungsbeschluss, und den würden Sie niemals bekommen. Abgesehen von der NSA kann man nicht einfach wild draufloshacken, weil man darauf hofft, Beweise für ein Verbrechen zu finden. Das ist weder durch das Gesetz noch durch die Verfassung erlaubt.«

Tom wusste das ebenfalls, aber er wollte Firoz einen Floh ins Ohr setzen, falls der Mann in seiner Freizeit ein wenig als Hacker aktiv werden wollte. »Das könnte jedoch der einzige Weg sein, auf dem wir den Kerl zu fassen kriegen. Indem wir herausfinden, wer sein nächstes Opfer sein wird. Wahrscheinlich wieder ein Webcam-Model in Illinois, das Kendal heißt. Wie viele kann es da schon geben?«

16

Kendal schlug die Augen auf und wusste zuerst nicht, wo sie war. Linda blickte auf sie herab.

»Hey Schlampe. Du hast mir vielleicht einen Schreck eingejagt.«

Jetzt erst realisierte Kendal, dass sie im Wohnzimmer auf der Couch lag. »Was ist passiert?«

»Wir haben gehört, wie irgendwas gegen die Haustür geknallt ist. Es war dein Kopf. Du bist vor der Tür umgekippt.«

Sie betastete die schmerzende Stelle an ihrem Schädel und stellte fest, dass sie eine Beule hatte. »Wie lange ist das her?«

»Es ist eben erst passiert. Wir wollten schon einen Krankenwagen rufen.«

Kendal sah Hildy in der Küche stehen, wo sie bereits den Hörer des Festnetztelefons in der Hand hielt.

»Nein!«, rief Kendal lauter, als sie beabsichtigt hatte. »Es geht mir gut. Ich brauche keinen Arzt.«

Kendal wusste genau, was dann passieren würde. Sobald sie jemandem in der Notaufnahme erzählte, was sie gesehen und gehört hatte, würde man sie zur Beobachtung dabehalten. Was wiederum bedeutete, dass sie mehrere Unitage verpassen würde. Vielleicht sogar Wochen, falls die Ärzte feststellen, dass ihre geistige Gesundheit angeschlagener war als gedacht. Aber Kendal konnte allein damit fertigwerden.

»Es geht mir gut.« Sie nickte Hildy zu. »Wirklich. Ich bin nur ausgerutscht.«

»Wie du meinst«, murmelte Hildy und legte wieder auf.

Kendals Erinnerungen kehrten langsam zurück. Der dunkle Lieferwagen. Die SMS. Sie klopfte auf ihre Hosentasche. »Wo ist mein Handy?«

Linda zuckte zusammen und hielt Kendals Samsung Galaxy hoch, auf dessen Display sich spinnwebartige Risse abzeichneten. Kendal griff danach, aber das Gerät ließ sich noch nicht einmal einschalten.

»Scheiße«, fluchte sie.

»Ich habe noch etwa sechs alte Handys. Du kannst eins davon haben. Schieb einfach deine SIM-Karte rein, dann kannst du wieder telefonieren. Aber du solltest die Sache ausnutzen.« Linda beugte sich vor und flüsterte ihr ins Ohr: »Geh in den Chat und lass es alle wissen. Sie werden Mitleid mit dir haben und ordentlich Trinkgeld springen lassen.«

Aber Kendal wollte nicht in den Chat gehen. Sie wollte viel lieber weit weg von allen Kameras sein. Sie konnte sie spüren, wie sie wie Gewichte auf ihr lasteten. Wie sie wie Bohrer in ihre Knochen eindrangen. Aber die Vorstellung, das Haus zu verlassen, ängstigte sie noch viel mehr. Möglicherweise war der Lieferwagen nur eine Halluzination gewesen, vielleicht aber auch nicht. Kendal war nicht bereit, das eine oder das andere auf die Probe zu stellen. Sie musste nur ein bisschen allein sein und nachdenken. An einem dunklen, ruhigen Ort.

Dem Keller?

Unter dem Haus gab es einen nicht ausgebauten Keller mit nackten Zementböden und -wänden und leeren Türrahmen. Da unten war es staubig, und vermutlich lebten dort unzählige Spinnen.

Nein danke.

Dann also ihr Zimmer. Sie würde die Kameras ausschalten, auch wenn sie das Geld jetzt dringender denn je brauchte.

»Gute Idee«, meinte sie zu Linda und stand auf. Ihr wurde kurz schwindlig, aber das Gefühl ließ schnell wieder nach, und dann ging sie auch schon die Treppe hinauf. Sie berührte den Türknauf dreimal, ging hinein und schloss hinter sich ab.

Nachdem sie sich vergewissert hatte, dass die Kameras wirklich ausgeschaltet waren, setzte sich Kendal an ihren Laptop. Sie starrte die im oberen Bildschirmrand eingebaute Kamera an, runzelte die Stirn und klebte eine Haftnotiz darüber. Dann googelte sie »schizophrene Halluzinationen«. Sie fand die üblichen Seiten: Wikipedia, die nationalen Gesundheitsinstitute und WebMD, aber das, was dort stand, kannte sie schon seit Jahren. Nimm deine Medikamente. Such dir ärztliche Hilfe. Schreib Tagebuch. Stell die Stimmen in deinem Kopf.

Was aber, wenn es keine Stimmen waren, sondern ein Lieferwagen oder eine SMS?

Das Chatfenster tauchte auf. Ein Abonnent wollte Kendal erreichen. Sie klickte auf »Ignorieren«.

Das Fenster erschien erneut.

Ich weiß, dass du Dinge siehst.

Kendal erstarrte.

Ich kann dir helfen.

Sie war sich nicht sicher, was sie tun sollte. Wenn dies eine Halluzination war, dann lautete der ärztliche Rat, sich ihr zu stellen und ihr zu befehlen zu verschwinden.

Aber wenn es ein Perverser war, der sie stalkte, brauchte Kendal Beweise.

Wie sollte sie das anstellen? Den Bildschirm abfotografieren? Ihr Handy war gerade kaputtgegangen.

Gab es nicht noch eine andere Methode, um einen Screenshot anzufertigen?

Kendal googelte danach.

Du kannst mich nicht ignorieren, Kendal. Ich bin dein Schicksal.

Wer bist du?, schrieb sie zurück.

Einige nennen mich Megaera.

Was willst du?

Das, was alle wollen. Ich will, dass es den Rechtschaffenen gut geht. Und dass die Verdorbenen bestraft werden.

Kendal wollte schnell die Taste drücken, mit der man einen Screenshot machte. Aber wo zum Teufel befand sich die Taste »DRUCKEN«?

Huren müssen bestraft werden. Bei mir kannst du Buße für deine Sünden tun.

Woher weiß ich, dass du real bist?, fragte Kendal.

Du wirst es wissen, wenn du das Messer spürst.

Kendal entdeckte die Taste direkt über »EINFÜGEN« und drückte sie.

Nichts geschah.

Sie ging wieder auf die Seite, die sie gegoogelt hatte, und stellte fest, dass sie Photoshop oder ein ähnliches Programm brauchte; ein Mal- oder Bildprogramm, in das sie den Screenshot einfügen konnte. Sie klickte auf »Start« und suchte in Windows nach entsprechenden Apps.

Was machst du da?

Endlich hatte sie Erfolg und rief ein Programm namens »Paint« auf.

Hör auf damit, Kendal. Ich warne dich.

Kendal öffnete Paint und drückte auf Einfügen. Ein Screenshot des Chats tauchte auf, und sie hatte mehrere Speichermöglichkeiten. Sie entschied sich für JPG und …

Ihr Laptop ging aus, und Kendal starrte den schwarzen Bildschirm an.

17

Joan starrte den schwarzen Bildschirm an und schaltete Toms Laptop ein. Während der Computer hochfuhr, trank sie von dem Gebräu, das in seinem Haus als Kaffee durchging. Seine Kaffeemaschine war uralt und hatte noch nicht einmal eine elektronische Anzeige. Am Wasser konnte es nicht liegen, da sie immer das aus Wasserflaschen verwendete. Am Kaffee auch nicht, denn den hatte sie selbst gekauft. Es lag allein an der Maschine. Jedes Mal, wenn Joan Tom besuchte, war sie kurz davor, ihm eine neue zu kaufen. Aber das hier war Toms Zuhause, und Männer mochten es nicht, wenn man ihre Höhle auf den Kopf stellte. Normalerweise ging sie zu Starbucks, aber Joan hatte Hunger, und wenn sie ins Café ging, würde sie dem Drang nicht widerstehen können und einen Scone kaufen, und dann hätte sie keinen Appetit mehr für das Abendessen mit Tom, bei dem sie immer noch hoffte, dass es stattfinden würde, auch wenn alle Zeichen dagegensprachen. Daher musste sie entweder diese Plörre trinken oder auf Kaffee verzichten, und Joan brauchte das Koffein wie ein Taucher den Sauerstoff.

Tom hatte ihr erlaubt, seinen Computer zu benutzen, aber es fühlte sich für sie immer noch so an, als würde sie ihn ausspionieren. Sie waren jetzt schon seit Jahren ein Paar und einander treu. Da sie eine Fernbeziehung führten, mussten sie zwischendurch auf Intimitäten verzichten, womit es jedoch vorbei wäre, wenn sie zusammenziehen würden. Und so saß Joan jetzt in *seinem* kleinen Haus, trank *seinen* widerlichen Kaffee, saß auf *seinem* durchgesessenen Sofa und hatte *seinen* Laptop auf dem Schoß, der acht Jahre alt war und dessen WLAN-Verbindung langsamer war als eine Postkutsche.

Gut war allerdings, dass hier alles nach Tom roch, das gefiel ihr sehr. Und sie liebte ihn.

Aber sie liebte es nicht, so weit von ihm entfernt zu leben, sie liebte Chicago nicht und auch nicht seinen Job, der noch schlimmer war als eine Affäre, denn die wäre immer an zweiter Stelle gekommen, während Toms Job stets Vorrang hatte.

Joan wusste, dass sie es in ihrem Beruf ebenso hielt, aber sie verdiente auch zehnmal so viel Geld wie er, daher war sie der Ansicht, sich diese Doppelmoral erlauben zu können.

Nachdem sie einige E-Mails beantwortet hatte, was ihr auf dem Handy zu mühselig gewesen war, bemerkte Joan einen Ordner namens »SCHNIPPLER« auf dem Desktop.

Ohne nachzudenken, klickte sie ihn an und die Fotos gingen in einer Diashow auf.

Großer Fehler.

Joan hatte schon mehrere Horrorfilme produziert. Sie hatte sogar die Fortsetzung einer Reihe über einen Serienkiller finanziert, der seine eigenen Waffen baute. Die Presse hatte die Streifen als »Folterporno« abgetan. Außerdem hatte sie in der Vergangenheit auch am eigenen Leib Gewalt erdulden müssen, und zwar von einigen der schlimmsten Menschen, die es in der Geschichte der Menschheit gab.

Aber sie hatte in all den Filmen und im wirklichen Leben niemals etwas gesehen, das an die auf diesen Fotos abgebildeten Grausamkeiten herankam. Das war nicht mehr obszön, die armen Frauen waren abgeschlachtet worden wie ... ja ... wie

Tiere. Joan war derart entsetzt, dass sie den Blick nicht abwenden konnte, während sich ein Foto nach dem anderen in ihr Gehirn einbrannte. Als sie es endlich schaffte, den Ordner zu schließen, hatte Joan Dinge gesehen, die sie nie mehr vergessen würde und die für ein Leben voller Albträume ausreichten.

Wie konnte Tom das nur verkraften?

Warum setzte er sich weiterhin all dem aus?

Joan hatte nie über eine Ehe oder gar Kinder nachgedacht, aber wenn Tom der Mann war, mit dem sie den Rest ihres Lebens verbringen wollte, wie konnte sie dann eine derartige Dunkelheit in ihrer Familie zulassen? Es fiel ihr schon schwer, Berufs- und Privatleben voneinander zu trennen, und ein schlechter Tag für sie war, wenn ein Superstar sich am Set besonders schlimm aufführte. Tom musste sich jedoch mit richtig heftigem Schmutz herumschlagen. Sie hatte ihn schon in gedrückter Stimmung gesehen und fragte sich, wie lange es dauern würde, bis das alltäglich werden würde. Bei einer Weihnachtsfeier hatte Joan Toms ehemalige Vorgesetzte, eine Frau namens Jack Daniels, kennengelernt. Ihrer Meinung nach war die Frau völlig ausgebrannt gewesen, dabei war Jack eine harte Nuss, aber der Job hatte sie dennoch fertiggemacht.

War dasselbe auch bei Tom zu erwarten? Würde die Jagd auf Psychopathen sein Glück trüben? Würde seine Seele dauerhaften Schaden nehmen, weil er sich ständig mit menschlichem Elend herumschlagen musste?

Mit einem Mal krabbelte eine Spinne über ihre Hand.

Das Tier war keinen Zentimeter lang, braun und hatte haarige Beine, die sie am Daumen kitzelten.

Joan kreischte auf und schüttelte erst die Hände, dann die Arme und schließlich den ganzen Körper, weil sie diese Krabbelviecher nicht ausstehen konnte.

Im nächsten Augenblick ärgerte sie sich über ihre lächerliche Reaktion. Sie hatte schon schlimme Dinge gesehen und um ihr Leben fürchten müssen. Dass sie jetzt bei einer Spinne derart überreagierte, bewirkte, dass sie sich schwach fühlte und schämte.

Dennoch hatte sie nie vergessen können, wie sie in der dritten Klasse von einer Spinne gebissen worden war und ein Schulkamerad ihr erzählt hatte, das Tier hätte Eier unter ihre Haut gelegt, aus denen bald Babyspinnen schlüpfen würden. Als die Stelle anschwoll, war Joan derart hysterisch geworden, dass ihre Mutter sie von der Schule abholen musste.

Einmal hatte sie die Gelegenheit gehabt, einen Horrorfilm über Killerspinnen zu produzieren, nach gründlicher Überlegung jedoch abgesagt. Der Film war ein kleiner Hit geworden, aber sie hatte ihn sich nie angesehen.

Sie blickte auf ihre Hand herab. Die Spinne war selbstverständlich verschwunden, da Joan sie quer durch den Raum geschleudert hatte. Rasch schaute sie an sich herunter und überprüfte die nähere Umgebung. Wenn Toms Haus von Spinnen heimgesucht wurde, wollte sie keine Nacht länger hierbleiben. Schließlich war Illinois die Heimat der berüchtigten braunen Einsiedlerspinne. Ihr Biss war so giftig, dass jährlich mehr Menschen daran starben als an dem einer Schwarzen Witwe. Beinahe ebenso schlimm waren die dauerhaften Entstellungen. Anders als in der Schauergeschichte ihres damaligen Klassenkameraden waren braune Einsiedlerspinnen real und ein ernstes Problem. Sie hatte sich über Spinnen im Mittleren Westen informiert – und über Schlangen –, bevor sie Tom das erste Mal für längere Zeit besucht hatte. Dabei hatte sie im Internet Fotos von angeschwollenen Spinnenbisswunden mit geschwärztem nekrotischen Gewebe gesehen, das chirurgisch entfernt werden musste.

Konnte das eben eine braune Einsiedlerspinne gewesen sein? Joan hatte sie sich nicht gründlich genug angesehen, um eine violinartige Form auf dem Rücken erkennen zu können. Es gab auch noch eine weitere bisswütige Art, die unglaublicher-weise als aggressive Hausspinne tituliert worden war. Wenn sie nur an den Namen dachte, bekam sie schon eine Gänsehaut. Wenn Tom ...

Ihr Handy klingelte, und Joan kreischte erneut auf. Sie holte erst einmal tief Luft, bevor sie die Nummer auf dem Display überprüfte.

Es war Tom.

Joan konnte sich denken, warum er anrief.

Ihr Ärger ließ sie die Furcht vergessen, und sie ging ran.

»Hey Babe. Etwas Wichtiges ist dazwischengekommen und ich kann erst etwas später hier weg.«

»Natürlich«, erwiderte sie. »Dann sehen wir uns, wenn du nach Hause kommst.«

»Wir könnten auch etwas später noch essen gehen.«

»Ich habe bereits gegessen«, log Joan.

»Wirklich?«

»Wusstest du, dass du Spinnen im Haus hast? Eine hätte mich beinahe gebissen.«

»Ich ... äh ... Das wusste ich nicht. Soll ich jemanden an-rufen? Einen Kammerjäger?«

»Du weißt, dass ich keine Spinnen mag, Tom.«

»Geht es dir gut?«

»Ja. Geh deinen Verbrecher fangen.«

Joan legte auf und machte sich auf die Suche nach ihrer Jacke. Sie würde zu Starbucks gehen und sich einen Scone holen. Vielleicht auch mehrere.

Erinyes beobachtet sie über die Webcam des Laptops.

18

Während ihn Joans Worte noch schmerzten, stieg Tom zu seinem Partner in den Wagen. Roy hatte fünf Minuten zuvor angerufen und Tom über seine Suche auf den neuesten Stand gebracht. Auf den Überwachungskameras der Gegend war der geheimnisvolle Mann, den Tanya ihnen beschrieben hatte, nicht zu entdecken gewesen. Aber Roy hatte Tanya gesehen, wie sie mit einem großen, in Plastik gewickelten Bündel an einem Gemischtwarenladen vorbeigegangen war.

»Es sah aus wie ein Duschvorhang«, hatte Roy gesagt.

Tom war aufgefallen, dass der Duschvorhang aus Kendal Heffertons Wohnung fehlte. In einen Duschvorhang aus Plastik ließen sich blutige Beweise von einem Tatort gut einwickeln und entfernen, ohne alles vollzutropfen.

Danach hatte Roy einen Kontaktmann bei ABC News angerufen, die Dutzende von Verkehrs- und Wetterkameras in der Stadt aufgestellt hatten, und er hatte Tanya ein paar Minuten später und wenige Blocks weiter erneut entdecken können.

Ohne das Plastikbündel. Sie hatte es unterwegs entsorgt.

Daher machten sich Roy und Tom daran, die Mülltonnen zu durchsuchen. Laut einer schnellen Suche auf Google Maps gab es sechs mögliche Routen zwischen den beiden Stellen, an denen sie gesehen worden war, und sechs Seitenstraßen, in denen sie ihre Last weggeworfen haben konnte.

Auf dem Weg zum Tatort rief Tom die Nummer an, die Tanya Punire ihm gegeben hatte.

Sie war nicht vergeben.

Tom ließ sich von der Einsatzzentrale Tanyas Adresse und Kennzeichen durchgeben, aber sämtliche Informationen, die sie ihnen genannt hatte, waren frei erfunden.

Man hatte sie reingelegt.

An einer Ampel googelte Tom »Punire« und fand die Bedeutung des lateinischen Begriffs heraus. *Bestrafen.*

Er biss so fest die Zähne aufeinander, dass sein Kiefer schmerzte. Die Person, die sich Tanya Punire genannt hatte, konnte durchaus der Schnippler gewesen sein, und sie hatten sie einfach entkommen lassen, ohne ihre Daten auch nur überprüft zu haben.

Er entdeckte Roy in einer Gasse in Halsted, wo er in eine Mülltonne schaute und so jämmerlich aussah, wie Tom sich fühlte.

Tom parkte am Straßenrand und stieg aus.

»Das stinkt«, beschwerte sich Roy,

»Und wie. Wir sitzen in der Scheiße.«

»Wir sind miserable Polizisten. Aber ich meinte eigentlich die Mülltonne. Es riecht, als hätte jemand auf einen toten Schimpansen gekotzt. Ich würde vorschlagen, wir rufen ein paar Streifenpolizisten und lassen sie die Gegend durchkämmen. Als charakterbildende Maßnahme.«

Der Gestank traf Tom wie ein Schlag, brannte in seiner Nase und ließ seine Augen tränen. Er schluckte die Galle hinunter, die ihm die Kehle heraufstieg. »Keine schlechte Idee.«

Doch dann bog die Müllabfuhr in die Straße ein.

»Verdammt, Roy. Heute wird der Müll abgeholt.«

»Na und?«

Tom beobachtete, wie sein Partner eins und eins zusammenzählte.

»So ein Mist. Sie werden die Beweise mitnehmen.«

»Wenn das nicht schon längst passiert ist.«

Falls Tanya die Täterin war, konnten sie ihr die Morde noch lange nicht anhängen, nur weil sie die Polizei angelogen hatte. Sie brauchten handfeste Beweise. Sie brauchten das, was immer da in diesen Duschvorhang gewickelt worden war.

Tom hielt seine Dienstmarke hoch und näherte sich dem Müllwagen. Der Fahrer sah aus wie jemand, der für diesen Job geboren wurde, und seine Miene wirkte gleichzeitig abgespannt und misstrauisch.

»Was?«

Chicagoer machten nicht viele Worte.

»Wir suchen Beweise, die ein Mörder weggeworfen hat. Das könnte auf Ihrer Route passiert sein.«

»Und?«

»Wie lang ist Ihre Route?«

»So lang, dass ich schon spät dran bin, und der Boss zahlt keine Überstunden.«

Tom hätte seine Autorität raushängen lassen, dem Mann drohen und einer von den Polizisten sein können, die dafür sorgten, dass ihr Berufsstand immer unbeliebter wurde, aber er entschloss sich für eine andere Herangehensweise.

»Ist ja übel. Wer im öffentlichen Dienst arbeitet, wird einfach nicht respektiert. Mein Boss ist auch ein Arschloch, und er zwingt mich, in diesen Gassen Mülltonnen zu durchwühlen, während meine Freundin in der Stadt ist.«

»Und?«

»Wir brauchen maximal zehn Minuten. Mein Partner wirft einen Blick in Ihren Wagen, ich überprüfe die Mülltonne und gebe Ihnen einen Kaffee aus.«

Tom fischte einen Zehndollarschein aus der Tasche.

»Das hier ist Chicago, Officer. Wo sollen wir denn für zehn Dollar zwei Kaffee kriegen?«

Tom hatte nur noch vier weitere Dollar dabei. »Mehr kann ich Ihnen nicht geben.«

»Ich muss das nicht tun, wissen Sie. Sie haben keinen Durchsuchungsbeschluss oder eine gerichtliche Anordnung.«

»Das weiß ich. Darum bin ich Ihnen auch sehr dankbar für die Kooperation.«

»Beeilen Sie sich«, verlangte der Mann und legte die hydraulischen Hebel um, mit denen die Ladefläche geöffnet wurde.

»Haben Sie noch ein Paar Handschuhe dabei?«, fragte Tom.

»Nicht für vierzehn Mäuse.« Der Mann stieg aus dem Führerhaus und ging auf seinen Partner zu. Die beiden unterhielten sich leise, lachten und gingen die Straße entlang. Sie marschierten am Starbucks vorbei und verschwanden in einer Bar.

»Sie sind weg«, sagte Roy.

»Du solltest Detective werden.«

»Hast du sie nicht dafür bezahlt, im Müll rumzuwühlen?«

»Ich habe ihnen einen Kaffee ausgegeben.«

Roy verzog das Gesicht. »Dann müssen wir das machen?«

»Denk an die Beweiskette. Wenn sie Tanyas Bündel anfassen, hat der Verteidiger noch einen Grund mehr, das Beweisstück anzuzweifeln.«

»Hatten sie wenigstens noch Handschuhe für uns?«

»Ich habe noch Latexhandschuhe im Wagen.«

»Latexhandschuhe schützen mich aber nicht vor den Nadeln der Junkies, von denen ich Hepatitis bekommen kann.«

»Dann fass halt nicht in eine Nadel.«

Tom sprang seitlich auf den Müllwagen, spähte hinein und stellte schnell fest, dass ihre Aufgabe unmöglich war. Der Abfall stand mehrere Meter hoch darin und war bereits zusammengedrückt worden. Um alles gründlich durchsuchen zu können, brauchten sie die Genehmigung, den Wagen zu beschlagnahmen, irgendwo zu entladen und alles mit einem Team aus wenigstens zehn Leuten durchzugehen. Und das galt nur für diese Ladung. Es konnten Dutzende weiterer Mülltonnen und -container in der Gegend stehen, die sie alle durchsuchen mussten.

Das bedeutete, dass er den Captain anrufen musste, damit er Gelder, Zeit und Leute bewilligte. Es war durchaus machbar, da der Schnippler-Fall bereits durch die Öffentlichkeit ging und selbst der Bürgermeister keine Ausgaben scheuen würde, um den Täter zu fassen zu kriegen. Aber diese Sache würde die ganze Nacht dauern, und Joan würde ihn dafür hassen.

Dabei hatte Tom Urlaub. Vielleicht konnte er ja an seinen Partner appellieren, dass er ohne ihn weitermachte. Es war einen Versuch …

»Ach, verdammt. Nein!«

Tom warf Roy einen Blick zu, der von dem Mülleimer zurückwich und sich ein Handgelenk hielt, von dem Blut heruntertropfte.

»Das kann doch alles nicht wahr sein.«

»War das eine Nadel?«, fragte Tom.

»Das war eine gottverdammte Ratte. Mir hat gerade eine Ratte in den Finger gebissen, Tommy.«

Tom rieb sich das Kinn. Sie hatten eine sehr lange Nacht vor sich.

19

»Ruf die Polizei«, sagte Linda, die auf Kendals Bettkante saß.

»Und was soll ich sagen? Ich habe überhaupt keine Beweise.«

Kendal hatte Linda grob von all den seltsamen Dingen erzählt, die passiert waren, und nur die immer wahrscheinlicher werdende Möglichkeit verschwiegen, dass sich Kendal das alles nur eingebildet hatte. Wenn dies tatsächlich ein psychotischer Schub war, dann wollte Kendal allein damit fertigwerden. Sie wäre lieber gestorben, als sich wieder in eine Anstalt einweisen zu lassen.

Linda kaute auf ihrer Unterlippe herum und schmollte für die Kameras, die Kendal ausgestellt hatte. Sie war ein Naturtalent und vergaß manchmal, dass sie nicht die ganze Zeit etwas vorspielen musste. »Dann müssen wir uns Beweise besorgen. Es gab also Anrufe, SMS und Chats?«

Kendal nickte. »Und den Lieferwagen, der mir gefolgt ist.«

»Okay. Suchen wir danach.«

Linda nahm Kendals Hand und führte sie aus dem Zimmer zur Haustür. Kendal war sich der Kameras bewusst, die jede ihrer Bewegungen verfolgten. Sah ihr der Stalker gerade zu? Oder saß er noch immer draußen in seinem Wagen? Oder wurde sie einfach verrückt?

Wenn ich wirklich verrückt werde, würde ich das überhaupt merken?

Kendal zögerte und blieb hinter Linda.

»Hast du Angst, dass er noch da ist?«, fragte Linda.

Kendal fürchtete sich eigentlich eher davor, dass er nicht mehr da war, aber das behielt sie lieber für sich. »Könntest du bitte für mich nachsehen?«

»Hast du echt so eine Panik?«

Kendal nickte. Linda zuckte mit den Achseln, ging zur Tür und steckte den Kopf hinaus. So verharrte sie zehn Sekunden.

»Hey Kleine«, sagte Kendal, die Lindas Namen nicht aussprechen wollte.

Linda erwiderte nichts. Sie rührte sich überhaupt nicht. Kendals Gedanken rasten und gingen diverse Szenarien aus Horrorfilmen durch. War Linda derart verängstigt, dass sie sich nicht mehr bewegen konnte? Hielt ihr jemand ein Messer an die Kehle? Würde sie gleich wie ein gefällter Baum nach hinten umkippen und hätte eine Axt in der Stirn?

»Hey!«

Endlich zog Linda den Kopf wieder ein und sah Kendal mit ernstem Gesicht an.

»Ist er da?«, wollte Kendal wissen.

»Ist es ein schwarzer Lieferwagen?«

»Ja.«

»Und der Fahrer trägt eine Clownsmaske?«

Kendal blinzelte. »Was?«

»Und hält eine riesige Axt in der Hand?«

Bei diesen Worten verkrampfte sich Kendal am ganzen Körper und verspürte das Bedürfnis, dringend ihre Blase zu entleeren. »Was hast du gesagt?«

Linda riss die Tür auf, sodass Kendal die leere Straße sehen konnte. »Da ist niemand. Falls der Lieferwagen da war, dann ist er jetzt weg.«

»Aber du hast doch gesagt …«

»Ich wollte dich nur auf den Arm nehmen. Versteht ihr auf deinem Planeten keinen Spaß?«

»Das war nicht witzig.«

Linda verdrehte dramatisch die Augen. »Alles ist witzig. Wenn du nicht über das Leben lachen kannst, dann ist es nicht lebenswert.« Sie schloss die Tür. »Und was jetzt? Du hast gesagt, der Perverse hat dich im Chat bedroht. Hast du ihn den Moderatoren gemeldet?«

»Was?«

»Den Moderatoren. Hast du ihn gemeldet? Sie haben Aufzeichnungen aller Chats und speichern die IPs, um uns vor den Freaks zu beschützen. Wir sind das alles doch durchgegangen, als du ins Haus eingezogen bist, du Dummie.«

»Ich … ähm …«

Linda nahm Kendals Hand. »Komm mit.«

Sie gingen zurück in Kendals Zimmer, wobei Kendal damit beschäftigt war, ihre Schritte zu zählen, sodass sie Lindas Worte gar nicht richtig mitbekam. Die Chats wurden aufgezeichnet? Dann würde es die Beweise, die Kendal brauchte, auch geben. Entweder hatte sie tatsächlich einen Stalker oder sie war auf dem besten Weg ins Irrenhaus.

Linda loggte sich in Kendals Computer ein – woher kannte sie das Passwort? – und öffnete die Chat-App.

»Wie hast du …?«

»Ich habe die Administrator-ID benutzt. Das ist eine Hintertür in das Programm.«

»Und wie …?«

»Mann, ich kenne mich halt mit Computern aus. Du weißt doch, dass das mein Hauptfach ist. Ich habe meinen ersten DDoS mit sechzehn gemacht und das Netzwerk einer großen Ölfirma geknackt. Dann habe ich sie mit Fotos von mit

Öl verschmierten Seeottern bombardiert. Okay, hier sind die Aufzeichnungen deiner letzten beiden Chatstunden. Wer ist der Stalker?«

»Er hat den Namen Megalon oder so ähnlich benutzt. Und davor Alex2 oder Alec2.«

Linda ging die letzten Nachrichten durch. Die Drohungen, an die sich Kendal erinnerte, waren nicht da.

»Ich kann hier nichts entdecken. Bist du sicher, dass du dich in dein Konto eingeloggt hattest?«

»Ja, es war ganz sicher mein Konto.«

Verdammt, ich werde verrückt. Muss ich wirklich wieder ins Krankenhaus? Können sie mich dazu zwingen? Ich bin nicht mehr minderjährig. Müsste ich mich nicht freiwillig einweisen lassen? Und was ist, wenn ich es nicht tue? Vielleicht schaffe ich es ja auch ohne Hilfe, wieder gesund zu werden. Ohne Medikamente. Aber wie soll ich …

»Warte mal, ich mache mal eben einen Scan. Ich habe einen Sniffer im Netzwerk. Vielleicht hat ja jemand rumgeschnüffelt. Jeder halbwegs talentierte Hacker mit einem anständigen Computer kann mit roher Gewalt Passwörter ausspähen. Und es gibt Programme, die nicht nur zufällig Buchstaben generieren. Sie fangen mit den offensichtlichen Dingen an wie Namen und übliche Zahlenkombinationen. Du wärst überrascht, wie viele Menschen ein Datum als Passwort nehmen. Ein schnelles System kann jedes Datum der Menschheitsgeschichte in einer Mikrosekunde überprüfen. Wenn du dein Geburtsdatum nimmst, bist du … Hey, was ist das? Anscheinend haben wir einen Besucher. Sehen wir uns doch mal seine IP an.«

Kendal sah Linda zu und hatte zwar keine Ahnung, was sie da tat, war aber dennoch gespannt auf das Ergebnis.

»Er sitzt in Guam. Wow. Der Kerl benutzt TOR.«

»Was?«

»Das ist ein Onion-Router, der den Standort des Benutzers verbirgt und überall auf der Welt rumspringt, damit man für eine Weile anonym bleiben kann.«

»Ist das mein Stalker?«

»Das kann ich dir nicht sagen. Gut möglich. Es könnte auch unser Webcam-Host sein, der auf Anonymität bedacht ist. Oder irgendein Teenager, der die monatliche Abogebühr nicht zahlen will. Oder einfach jemand, der neugierig ist.«

»Kannst du ihn blocken?«

»Ich weiß nicht, wie er ins Netzwerk gekommen ist. Außerdem könnte es sein, dass er berechtigt ist, auf das Netzwerk zuzugreifen. Und selbst wenn ich seine IP blocke, kann er sich einfach mit einer anderen wieder anmelden. Unsere Seite ist ganz gut verschlüsselt, aber so etwas wie eine wasserdichte Firewall gibt es nicht. Jedes Gerät, das mit dem Internet verbunden ist, lässt sich knacken. Bei der modernen Computersicherheit geht es weniger darum, jemanden auszusperren, man will Eindringlinge vielmehr schnell entdecken, sobald sie drin sind.«

»Was mache ich, wenn er zurückkommt?«

»Dann sagst du den Mods Bescheid und machst einen Screenshot.«

»Das ist echt unheimlich.«

Linda meldete sich ab und stand auf. »Willkommen im einundzwanzigsten Jahrhundert. Keine Privatsphäre. Keine Geheimnisse. Wir leben alle in einem Glashaus, und jeder kann zusehen. Aber freu dich doch, du wirst wenigstens dafür bezahlt. All die unwissenden Leute an ihren Webcams, Handys und Tablets werden ebenfalls beobachtet und verdienen nicht einen Penny und wissen es oft nicht einmal.«

20

Während die Stunden verstreichen, lauscht Erinyes.

Die App auf Detective Tom Mankowskis Handy ist mit der Kamera und dem Mikrofon verbunden, aber der Polizist hat das Handy in der Tasche, sodass alles schwarz ist. Aber Erinyes kann immer noch mithören.

Straßengeräusche.

Ein Lastwagen.

Unterhaltungen.

Toms Partner Roy Lewis sagt etwas über eine Schaufel.

Sie wühlen in einem Müllcontainer herum. Suchen nach dem Duschvorhang.

Viel Glück. Es ist der falsche Müllcontainer.

Idioten.

Dennoch sind sie ihr schnell auf die Schliche gekommen. Schneller als erwartet. Erinyes hat damit gerechnet, dass es passieren würde, ist aber dennoch beeindruckt.

Schnüffelt nur weiter, ihr Hunde. Folgt der Spur, seht, wo sie hinführt.

Erinyes verlässt den Computer und geht in ihr Schlafzimmer. Im Flur bleibt sie vor dem hohen Spiegel stehen. Erinyes betrachtet sich, fährt mit einem Finger an ihrem schmalen Unterkiefer entlang und den Hals herunter.

Identität. Einige werden damit geboren. Andere suchen danach.

Bei manchen ändert sie sich. Sie ist formbar. Nicht festgelegt. Kopf oder Zahl, vom Wurf abhängig.

»Ich sehe dich«, sagt sie dem Monster im Spiegel.

Erinyes hat sehr lange Zeit Albträume ertragen müssen. Aber das Geheimnis, wie man sie loswird, verrät einem kein Psychologe.

Schmerz lässt sich weitergeben. Die schnellste Heilung für einen Leidenden ist, jemand anderen leiden zu lassen.

Dann geht sie an ihren Schlafzimmerschrank und holt ihren Fluchtrucksack heraus.

21

Obwohl es ihren wöchentlichen Scheck drastisch verringern würde, schaltete Kendal die Kameras in ihrem Zimmer nicht wieder ein. Einige Kunden bezahlten sogar dafür, den Mädchen beim Schlafen zuzusehen, und es war leicht verdientes Geld, aber Kendal machte das nur ungern. Sie ertrug es schon im Wachzustand kaum, beobachtet zu werden, und ihr Schlaf war ihr einfach viel zu wichtig.

Kendal ging ins Bett, streckte eine Hand nach ihrem Kindle aus, berührte ihn dreimal und schaltete ihn ein.

Sie war bei Position 2375 eines unheimlichen Buches mit dem Titel *Höllenmacher*. Warum sie solche Bücher überhaupt las, wusste sie selbst nicht genau. Als ob das Leben nicht schon erschreckend genug wäre. Ihre Vergangenheit bot genug Stoff für Albträume. Warum las sie dann noch Bücher über erfundene Schrecken, wo es in der Welt doch so viele reale gab?

Dennoch verschlang sie diese Lektüre regelrecht. Möglicherweise war es auch eine Art der Selbstheilung. Eine Stresslinderung. Oder sie war einfach nicht ganz normal. Aber solange es erfundene Geschichten waren, ließ sich Kendal davon gern erschrecken.

Laut der Uhr auf dem Nachttisch war es drei Uhr. Geisterstunde. Die Zeit, in der die Hexen, Dämonen und Gespenster am mächtigsten waren.

Jayden starrte zu seinem Kleiderschrank hinüber.

Drin lebte ein Monster.

Davon war er überzeugt.

Obwohl er zwölf Jahre alt war und nicht mehr an Monster glauben sollte. Aber manche Dinge existierten auch, wenn man nicht an sie glaubte.

Doch Jayden glaubte daran. Wieso hatten Charlie und er mit den Tarotkarten gespielt? Dabei hatte die alte Zigeunerin sie noch davor gewarnt, damit Schabernack zu treiben. Jetzt hatten sie etwas aufgeweckt.

Etwas Böses.

Etwas, das sich in Jaydens Kleiderschrank versteckte.

Jayden umklammerte sein Handy und die Zehn-Schwerter-Karte. Langsam schlug er die Decke zurück und setzte die nackten Füße auf den kalten Holzboden. Die Karte hatte das Monster hervorgelockt, da sollte sie es auch wieder vertreiben können. Die Bodendielen knarrten, als er aufstand.

Hatte das Monster das auch gehört?

Jayden hielt den Atem an und wandte den Blick nicht von der Schranktür ab. Er stellte sich das Monster auf der anderen Seite vor, wie es ebenfalls zur Tür schaute. Sprungbereit.

ICH BEOBACHTE DICH

Kendal schrak zusammen. Das Fenster, das plötzlich aufgepoppt war, hatte sie erschreckt. Kurz glaubte sie schon, die Nachricht wäre für sie gedacht. Aber sie musste Teil des E-Books sein, das sie gerade las. In der Geschichte hielt Jayden sein Handy in der Hand. Das Monster im Schrank musste ihm eine Nachricht geschickt haben.

Sie las weiter.

Jayden musste auf einmal dringend auf die Toilette. Er hatte sich in seinem ganzen Leben noch nicht so gefürchtet. Seine Hände zitterten, und er wusste nicht mehr, wie man schluckte, da seine Kehle wie zugeschnürt war.

Er machte noch einen Schritt auf den Schrank zu, und die Bodendiele knarrte erneut.

Schritt. Knarr.

Schritt. Knarr.

Schritt. Knarr.

Knarr.

Es hatte geknarrt, obwohl Jayden nicht weitergegangen war.

Das Monster hatte dieses Geräusch gemacht.

Er wandte den Blick vom Schrank ab und überlegte, ob er weglaufen sollte. Raus aus seinem Zimmer, es seinen Eltern sagen. Aber sie würden ihm nicht glauben. Ihn für ein Baby halten. Doch dann wäre er zumindest in Sicherheit.

Du kannst nicht entkommen

Erneut zuckte Kendal zusammen. Es sah wirklich wie ein Pop-up-Fenster aus, schien jedoch nicht zum eigentlichen Text zu gehören.

Es machte eher den Eindruck, als hätte ihr jemand eine Nachricht geschickt.

Gab es auf einem Kindle eine Nachrichten-App?

Leicht panisch schloss sie das Buch, öffnete Google und gab »Können Kindles gehackt werden?« ein. Rasch ging sie die Ergebnisliste durch.

Bevor sie die Antwort gefunden hatte, stellte sich ihr eine noch viel entscheidendere Frage: Hatte ein Kindle eine Kamera? Konnte sie darüber beobachtet werden? War es möglich, dass ihr jemand beim Lesen zusah?

Kendal kannte einen Jungen, der so paranoid war, dass er sogar die Kameras auf seinem Handy abgeklebt hatte. Aber vielleicht war das ja gar keine so dumme Idee.

115

Was ist, wenn jemand meinen Kindle gehackt hat und mich gerade beobachtet?

Kendal kicherte nervös. Das war doch lächerlich. So was konnte nicht passieren. Das lag alles nur an dem E-Book, das sie gerade las. Der Autor hatte es geschafft, ihr zu vermitteln, dass sie beobachtet wurde.

Dabei bekam Jayden diese Nachrichten. Anders konnte es nicht sein.

Kendal las weiter und suchte nach der Szene, in der Jayden die Nachricht beantwortete.

Jayden wollte die Schranktür schon öffnen, tat es dann aber doch nicht. Er musste zuerst mit Charlie darüber reden. Falls ihm etwas passierte, musste Charlie Bescheid wissen, dass ihre dumme Dämonenbeschwörung der Grund dafür war.

Er wollte gerade Charlies Nummer auf dem Handy wählen, stellte dann jedoch fest, dass der Akku leer war. Sollte er es aufladen und versuchen …

Ich sehe dich

Kendal schlug das Herz bis zum Hals. Sie starrte die Nachricht an und war sich noch immer nicht sicher, ob sie zu Jaydens Geschichte gehörte oder an sie gerichtet war. Jaydens Handy war zwar ausgeschaltet, aber der Dämon, den er beschworen hatte, konnte ihm ja vielleicht auch auf übersinnliche Weise Nachrichten schicken. Das war vermutlich der …

Du wirst sterben.

KENDAL!!!

Der Kindle-Bildschirm blitzte auf, und das Foto von Kendals entsetztem Gesicht erschien darauf. Sie schleuderte das Gerät quer durch den Raum, zog die Beine an die Brust und fing an, bitterlich zu weinen.

Warum passiert mir das?

Was habe ich getan?

Bin ich ein schlechter Mensch? Habe ich irgendwas gemacht, wofür ich das verdiene?

Habe ich nicht schon genug gelitten?

Durch ihre Panik drang ein unscheinbarer Gedanke an die Oberfläche.

Das ist ein Beweis. Damit kann ich zur Polizei gehen.

Sie krabbelte aus dem Bett, lief zu ihrem Kindle, hob ihn auf und sah den langen Riss, der einmal quer über das Glas verlief. Der Bildschirm war schwarz. Obwohl sie es mehrfach versuchte, ließ sich das Gerät nicht einschalten.

Aber Kendal wusste genau, was sie gesehen hatte: ihr eigenes Gesicht mit panisch aufgerissenen Augen. Das war keine Halluzination gewesen.

Aber hatte ihr Stalker das getan? Oder hatte sie versehentlich selbst ein Selfie gemacht und sich dadurch erschreckt?

Sie schaltete sämtliche Lampen an und ging mit tränenüberströmtem Gesicht wieder ins Bett.

Die Kameras in ihrem Zimmer waren ausgeschaltet, aber sie konnte sie dennoch spüren.

Kendal ging zum Schrank, kramte in ihrem Rucksack herum und holte das Klebeband heraus. Dann klebte sie jede einzelne Kamera in ihrem Zimmer nochmals ab. Zu guter Letzt krabbelte sie noch hinter ihren Schreibtisch und zog den Stecker ihres Computers aus der Steckdose.

Möglicherweise warf man sie dafür aus dem Haus. Und ohne Geld würde sie die Uni verlassen müssen.

Aber in diesem Moment war Kendal das alles völlig egal. Sie hatte seit Jahren nicht mehr solche Angst gehabt, seitdem ihr Vater …

Hör auf damit. Ich will nicht daran denken.
Ich will an überhaupt nichts mehr denken.
Ich will einfach nur schlafen.

Aber Kendal hatte viel zu große Angst davor, die Augen zu schließen.

22

»Du stinkst nach Müll«, sagte Joan zu Tom, als er um zwei Uhr früh das Haus betrat. Sie saß mit dem Laptop auf dem Sofa, und ihre Miene und ihr Tonfall waren derart ausdruckslos, dass Tom genau wusste, wie es in ihr aussah: Innerlich tobte sie.

»Tut mir leid. Ich gehe schnell unter die Dusche.«

Er marschierte auf direktem Weg ins Badezimmer, stellte das Wasser an und zog sich aus. Nachdem er zwei Stunden lang im Müll herumgesucht hatte, schien sein Geruchssinn nicht mehr zu funktionieren. Aber er wusste, dass er seine Kleidung vermutlich verbrennen musste und sein Wagen und nun auch sein Haus zweifellos ebenfalls stanken. Obwohl das Wasser erst lauwarm war, stellte er sich darunter, griff in die Seifenschale und hatte ein Seifenstück in der Hand, das gerade mal so dick wie eine Kreditkarte war. Es gelang ihm nicht, sich damit anständig einzuschäumen, daher verließ er die Duschkabine und wollte unter dem Waschbecken ein neues Stück hervorholen – und erst jetzt fiel ihm ein, dass er eigentlich geplant hatte, vor Joans Ankunft Seife zu besorgen. Notgedrungen stellte er sich wieder unter den Wasserstrahl und versuchte, sich die vergangenen fünf Stunden mithilfe von Unmengen an Shampoo abzuwaschen.

Es gelang ihm nicht.

Die Suche nach dem Duschvorhang war nicht erfolgreich gewesen. Zusammen mit Roy hatte Tom den ganzen Müllcontainer und den Müllwagen durchsucht, um danach Verstärkung zu rufen und alle Container in der Umgebung zu überprüfen. Als Tom nach Hause gefahren war, hatten noch immer mehrere Männer und Frauen bis zur Hüfte im Abfall gesteckt, und Roy versuchte, den Müllwagen ausfindig zu machen, der die anderen Container bereits geleert hatte.

Was für ein toller Urlaub!

Nachdem er sich in den Bademantel gewickelt hatte, den ihm Joan nach ihrem Aufenthalt im Hilton in Beverly Hills gekauft hatte, putzte sich Tom die Zähne, benutzte Mundwasser und trug etwas von dem Aftershave – auch ein Geschenk von Joan – auf, auch wenn er es eigentlich gar nicht mochte. Aber er wusste, dass sie stinksauer war. Himmel, er ärgerte sich ja auch über sich selbst. Die Zeit, die sie zusammen verbrachten, war schön. Sehr schön. Aber Tom wusste, dass die Entfernung ihre Beziehung auf eine große Belastungsprobe stellte. Skype, Nachrichten und Telefonsex konnten eben keine Zeit ersetzen, die man zusammen am selben Ort verbrachte. Die Liebe war nicht für große Entfernungen gedacht. Daher hatten sie die Regel aufgestellt, die verlorene Zeit aufzuholen, wann immer sie zusammen waren.

Und jetzt hatte Tom diese Regel gebrochen. Er hatte Joan verletzt, das war ihm durchaus bewusst. Dabei war sie die Frau, die er heiraten wollte.

Er hatte einen halbherzigen Plan, wie er das auf kurze Sicht wiedergutmachen konnte. Joan liebte Fußmassagen. Vielleicht konnte er sie mit einer ausgiebigen ein wenig versöhnen.

Als er sie nicht im Wohnzimmer antraf, ging er ins Schlafzimmer.

Joan hatte sich in die Bettdecke eingewickelt und schnarchte leise.

Tom setzte sich auf die Bettkante und dachte nach. Es wäre sehr unhöflich, sie jetzt zu wecken, aber wer wurde denn nicht gern von einer sanften Fußmassage geweckt?

Er schob eine Hand unter die Bettdecke, ertastete ihr Bein und knetete es sanft. Joans Atmung veränderte sich.

»Es tut mir leid«, sagte er.

»Hast du ihn gefasst?«

»Nein.«

»War es die Sache wert?«

Tom merkte, dass die Frage eine Falle war. Wenn er mit Ja antwortete, war ihm der Job wichtiger als Joan. Sagte er Nein, hatte er Joan grundlos allein gelassen.

»Du hast mir gefehlt«, sagte er stattdessen. »Und ich kann mich gerade selbst nicht besonders gut leiden.«

»Immerhin riechst du besser.« Sie streckte das Bein aus und stöhnte genießerisch.

»Ich möchte es wiedergutmachen«, fuhr er fort. »Du wolltest doch schon immer mal ins *Bonne Nourriture* gehen, nicht wahr? Ich habe uns für morgen Abend einen Tisch reserviert.«

»Du gehst doch nicht gern französisch essen.«

»Aber ich liebe dich. Und du liebst die französische Küche. Wenn du dich mit meiner Arbeit rumschlagen musst, kann ich auch eine Foie gras ertragen.«

»Ich mag gar keine Foie gras. Die Gänse werden zwangsgefüttert, damit ihre Leber fett wird. Das ist grausam.«

»Äh ... Sollen wir denn trotzdem hingehen?« Tom versuchte, gelassen zu klingen. Dummerweise hatte er einen Gefallen bei einem sehr unangenehmen Mann einfordern müssen, um die Reservierung zu bekommen, und jetzt war er ihm etwas schuldig.

»Natürlich möchte ich hingehen. Angeblich gibt es dort das beste Coq au vin des Landes.«

»Will ich wissen, was das ist?«

Joan setzte sich auf und legte Tom die Hände auf die Schultern. »Es bedeutet Hähnchen in Wein.«

Tom wollte gerade etwas erwidern, als das Handy in der Tasche seines Bademantels klingelte.

Joan nahm die Hände weg. »Willst du rangehen?«

»Nein. Ich bin jetzt hier bei dir.«

»Und was ist, wenn es um den Fall geht?«

»Ich bin im Urlaub. Roy kann das auch allein regeln.«

»Und wenn es Roy ist, der in Schwierigkeiten steckt?«

Tom presste die Lippen aufeinander. Das Handy summte erneut.

»Wieso hast du das Handy überhaupt in der Tasche, wenn du nicht rangehen willst?«

»Ich dachte, ich hätte es ausgeschaltet.«

»Und dann hast du es trotzdem in den Bademantel gesteckt?«

»Sag mir einfach, was du von mir erwartest, Joan.«

»Ich möchte, dass du zu den Männern gehörst, die ihr Handy ausschalten, bevor sie mit ihrer Frau ins Bett gehen.«

Tom holte das Gerät aus der Tasche und drückte einen Knopf. »Erledigt. Es ist ausgeschaltet.«

»Und, wer war's?«

»Ich habe nicht darauf geachtet.«

»Natürlich hast du das.«

Tom konnte gegen Joan einfach nicht gewinnen. Sie war ihm immer einen Schritt voraus. Dass sie so klug war, gehörte zu den Dingen, die er so an ihr liebte.

»Es war Roy.«

»Ruft er dich öfter um zwei Uhr nachts an?«

»Nein.«

»Dann könnte es also ein Notfall sein?«

»Ja.«

»Und jetzt willst du mit mir schlafen, während du dabei die ganze Zeit an Roy denkst?«

»Ja. Nein! Ich gebe mir hier wirklich Mühe, Joan, und ich habe einen beschissenen Tag hinter mir.«

»Meiner war auch nicht viel besser. Ich habe die ganze Zeit auf meinen Freund gewartet, für den ich extra aus L. A. hergeflogen bin.«

Tom wollte ihr über die Wange streicheln, aber sie zuckte vor ihm zurück.

»Wie wäre es, wenn wir das Handy einfach vergessen und da weitermachen, wo wir aufgehört haben, Joan?«

»Können wir das denn, Tom? Ist das überhaupt möglich? Wir werden beide die ganze Zeit an den Anruf denken. Du wirst dich fragen, ob es tatsächlich ein Notfall ist, und ich werde mir einreden, dass meinetwegen ein weiteres armes Mädchen sterben muss, weil ich so egoistisch bin und meinen Freund für mich haben will. Und die Tatsache, dass du dein Handy nicht ausgeschaltet hattest – ob es nun Absicht gewesen ist oder nicht –, beweist mir doch, wo deine Prioritäten liegen.«

Das Klingeln des Telefons ließ sie beide zusammenzucken. Toms Festnetztelefon stand direkt neben dem Bett.

»Gehst du da jetzt ran?«, fragte Joan.

»Lieber nicht.«

Sie nahm den Anruf an, ohne den Blick von Tom abzuwenden. »Hallo?«

Tom hörte, wie Roy sich leise entschuldigte.

»Ist schon in Ordnung, Roy. Ich hatte noch nicht geschlafen. Er sitzt gleich neben mir.«

Sie reichte Tom das Telefon, aber er rührte sich nicht. Erst als sie die Augen zusammenkniff, nahm er es entgegen.

»Ja, Roy?«

»Wir haben den Duschvorhang gefunden, Tom. Darin ist ein blutiges Messer eingewickelt. Genug Blut für eine DNA-Analyse.«

»Das ist ja super, Roy. Aber das hättest du mir auch morgen früh erzählen können.«

»Die Kriminaltechniker haben sich sofort an die Arbeit gemacht und direkt vor Ort losgelegt. Wir haben einen Treffer, Tom.«

Toms Herz schlug schneller, aber seine Miene und sein Tonfall blieben neutral. »Okay.«

»Hast du mich gehört, Tom? Wir haben ihn. Der Kerl ist in der Datenbank. Ein registrierter Sexualstraftäter namens Hector Valentine. Achtunddreißig Jahre alt, lebt in der Nähe des Logan Square in Fullerton. Ich habe Richter Harbough angerufen, ein Beamter wird vor dem Haus des Verdächtigen mit einem Haftbefehl auf uns warten.«

»Es ist ein Mann? Was ist mit Tanya? Sie war doch unsere Verdächtige.«

»Vielleicht ist sie seine Freundin. Oder seine Tochter. Auf jeden Fall ist sie eine Komplizin. Wer weiß, vielleicht hatte er sich sogar verkleidet und ist als Tanya bei uns aufgetaucht.«

Tom hielt den Blickkontakt zu Joan. »Na, dann herzlichen Glückwunsch, Roy. Ruf mich morgen an, um mir zu berichten, wie es gelaufen ist.«

»Bist du besoffen, Tom? Wir müssen das jetzt anpacken, Partner.«

»Ich bin im Urlaub. Du schaffst das auch ohne mich.«

»Ist es wegen Joanie? Ist sie sauer auf dich? Wir sind hinter einem Serienmörder her, Tom. Das ist eine große Sache. Sag ihr, sie soll sich wieder abregen.«

»Ich werde es ihr ausrichten«, erwiderte Tom, der das jedoch ganz und gar nicht vorhatte. »Aber ich komme nicht mit, Roy.«

»Du musst dabei sein«, sagte Roy.

»Du musst dabei sein«, stellte Joan fest.

»Siehst du, Tom? Sie ist meiner Meinung.«

Tom runzelte die Stirn. »Anscheinend könnt ihr euch gegenseitig hören.«

»Dein Telefon ist schrecklich laut«, erklärte Joan.

»Da hat sie vollkommen recht, Tom. Tut mir wirklich leid, dass ich deinen Mann schon wieder entführe, Joanie, aber das ist eine große Sache. Er sollte wirklich dabei sein.«

»Er gehört ganz dir, Roy. Wir hatten ohnehin nichts Besseres vor.« Joan kniff die Augen zusammen. »Ich wollte gerade ins Bett gehen und schlafen.«

Autsch.

Tom ließ sich von Roy die Adresse durchgeben. Joan legte sich derweil wieder hin und wandte ihm den Rücken zu.

»Wir fahren in zwei Teams, Tom. Kriminaltechniker und Einsatzkommando. Treffen wir uns dann da?«

Tom zögerte.

»Sag ihm, dass du da sein wirst«, sagte Joan, ohne sich umzudrehen.

Tom seufzte. »Ich mache mich sofort auf den Weg, Roy.«

Er legte auf und starrte die Frau an, die er liebte.

»Jetzt geh schon und verhafte den Mistkerl.«

»Joan ... Ich ...«

»So bist du nun mal, Tom. Das wusste ich von Anfang an. In diesen Mann habe ich mich verliebt. Und jetzt fahr endlich.«

Tom überlegte, ob er ihr einen Abschiedskuss geben sollte, wusste jedoch, dass er eine Abfuhr nicht ertragen konnte, daher zog er sich stattdessen an und versuchte es so aussehen zu lassen, als hätte er es nicht eilig, obwohl das der Fall war.

Sechzehn nervenaufreibende Minuten im stressigen Straßenverkehr später hielt er vor Hector Valentines Haus. Das SRT – das Chicago-Äquivalent zu einem SWAT-Team – stand einsatzbereit neben Roy und den Technikern. Tom war anscheinend der Letzte, auf den sie warteten.

Er ging zu Roy, der sich gerade mit einem Special Response Sergeant mit dem Namensschild »Breach« unterhielt, was ein so treffender Name für einen Polizisten in dieser Einheit war, dass sich Tom schon fragte, ob es sich womöglich um einen Spitznamen handelte. Breach trug die standardmäßige Kampfausrüstung aus Weste, Helm mit Gesichtsschutz, Kampfstiefeln und einem Gürtel, an dem derart viele Dinge hingen, dass Batman eifersüchtig gewesen wäre. Tom hörte zu, wie Breach den Plan erklärte.

»Wir haben vier Leute in der Gasse hinter dem Haus, einen an jedem Fenster und vier, die reingehen. Außerdem haben wir hier und hier Scharfschützen auf dem Dach.«

»Ist Valentine im Haus?«, wollte Tom wissen.

»Wir haben eine Thermalanzeige im oberen Stockwerk. Er hat sich seit fünf Minuten nicht bewegt. Wir gehen davon aus, dass der Verdächtige schläft, und gehen in drei Minuten rein.«

»Viel Glück, Sergeant.«

Breach nickte, rückte seine Helmkamera zurecht und ging zu seinem Team zurück.

»Die Zentrale hat mir auf dem Weg hierher sein Vorstrafenregister vorgelesen«, meinte Tom zu Roy.

»Ja, ein typischer Widerling. Hat eine Sechzehnjährige vergewaltigt und sieben von zehn Jahren abgesessen.«

»Jetzt arbeitet er in der Küche eines Burgerladens.«

»Worauf willst du hinaus?«

»Er hat die Highschool abgebrochen, Roy. Klingt das für dich nach einem Cyberstalker, der richtig gut hacken kann?«

»Aber wir haben seine Fingerabdrücke gefunden, Tom. Da waren drei, von verschiedenen Fingern, auf dem Duschvorhang und auf dem Messer.«

»Ich weiß nicht. Irgendwas passt hier nicht zusammen.«

»Dein Optimismus ist einer der Gründe, aus denen ich dich so liebe.«

Sie standen hinter Roys Wagen und starrten auf den Videomonitor eines Technikers, während Sergeant Breach die Haustür aufbrach. Es lief alles problemlos, und nur wenige Sekunden später waren sie im oberen Stock und blickten auf einen verängstigten, unbewaffneten Valentine herab. Keine Minute später zerrten sie den Täter in Handschellen auf die Straße.

»Denkst du, er wird reden?«, fragte Roy.

Das war eigentlich nicht weiter wichtig. Aufgrund der Beweiskette würde der Mann auf jeden Fall verurteilt werden. Tom vermutete, dass die Kriminaltechniker im Haus noch weitere Beweise finden würden; irgendetwas, das mit Tanya in Verbindung stand. Auch wenn Joan wütend auf ihn war, spürte er einen gewissen Stolz. Dies war der Grund dafür, warum er immer noch Polizist war. Damit er die richtig schlimmen Menschen hinter Gitter bringen konnte. Das war ein wichtiger Job, und er war gut darin. Manchmal mochte er seinem Privatleben in die Quere kommen, aber ...

»Ach, verdammt«, murmelte Roy.

»Was ist?«

»Sieh dir seine Hände an, Tom.«

Tom ließ den Blick über den Rücken des Verdächtigen zu seinen gefesselten Händen wandern.

»Ach, verdammt«, sagte er ebenfalls. »Stammten die Abdrücke von der linken Hand? Daumen, Zeige- und Mittelfinger?«

»Ja. Scheiße.«

Es war sogar ganz große Scheiße. Hector Valentine besaß nur zwei Finger an der linken Hand, und zwar nicht die, die Tom gerade aufgezählt hatte. Tom wusste zwar nicht besonders viel über Fingerabdrücke, ging jedoch davon aus, dass der Täter die besagten Finger, von denen die Abdrücke stammten, auch besitzen musste, damit man ihn verurteilen konnte. Wenn sie Valentines abgetrennte Finger nicht irgendwo in seinem Haus in einer Schachtel fanden, hatten sie den Falschen erwischt.

Tom ging mit Roy zusammen zu dem Mann. Aus der Nähe sah er aus wie dieser ukrainische Schauspieler, den Tanya erwähnt hatte, dieser Maddoks mit dem unaussprechlichen Nachnamen.

»Wann haben Sie die Finger verloren, Hector?«

Tom bemerkte, dass die Stümpfe gut abgeheilt waren. Das war eine alte Verletzung.

»Letzten Juni. Warum verhaften Sie mich? Ich habe nichts getan. Ich habe mir nichts zuschulden kommen lassen. Ich könnte auch gar nichts machen, selbst wenn ich es wollte.«

Valentine starrte seine Füße an. Er wirkte eher geschlagen als trotzig – und das hatte Tom bei jemandem, der mitten in der Nacht von der Polizei aus seinem Bett gezerrt wurde, nicht erwartet. Wenn er tatsächlich unschuldig war, sollte der Mann wütend und nicht deprimiert sein.

»Wie ist das passiert?«

»Was, das mit meinen Fingern?«

Tom und Roy nickten.

»Die Dunkelheit hat sie mir genommen. Um mich zu bestrafen.«

»Was soll das bedeuten, Hector?«

»Ich habe in meinem Zimmer geschlafen, als die Dunkelheit zu mir kam. Sie hat mir die Finger abgeschnitten und ist wieder verschwunden.«

»Nehmen Sie Drogen, Hector?«

Endlich sah der Mann ihm in die Augen. »Das waren keine Drogen! Drogen hacken einem nicht mitten in der Nacht die Finger ab!«

»Erzählen Sie uns ganz genau, was passiert ist«, bat Roy den Mann in einem Tonfall, der erkennen ließ, dass seine Geduld Grenzen hatte.

»Ich will einen Anwalt.«

Tom legte dem Verdächtigen eine Hand auf die Schulter. »Wir haben Ihre Fingerabdrücke an einem Tatort gefunden, Hector, aber wenn Sie uns mehr über Ihre abgetrennten Finger erzählen, ist das möglicherweise der Beweis dafür, dass Sie den Mord nicht begangen haben.«

Er beobachtete, wie ein Hoffnungsschimmer in Valentines Augen aufflackerte. »Es war die Dunkelheit! Das schwöre ich!«

»Okay, und wie hat Ihnen die Dunkelheit die Finger abgenommen?«

»Es war spät. Ich lag im Bett und war vor dem Fernseher eingeschlafen. Da ging die Schranktür auf.«

»Es war jemand in Ihrem Schrank?«

»Die Dunkelheit war im Schrank. Sie kam zu mir. Ich habe die Hände gehoben, um sie von mir fernzuhalten, und die Dunkelheit hat mir die Finger abgetrennt.«

Der Mann erweckte nicht den Anschein, als würde er lügen. »Wie?«

»Zuerst waren sie noch da, und auf einmal waren sie weg.«

»Wo sind sie denn hin?«

»Das sagte ich doch gerade. Die Dunkelheit hat sie mir genommen. Um mich zu bestrafen.«

»Woher wissen Sie, dass es eine Bestrafung sein sollte?«, wollte Tom wissen.

»Weil die Dunkelheit es gesagt hat.«

»Was genau hat sie gesagt?«

»Sie sagte: ›Du bist ein böser Mann und musst bestraft werden.‹«

Irgendwie kamen sie hier nicht weiter, aber Tom versuchte es noch ein letztes Mal. »Können Sie diese Dunkelheit genauer beschreiben, Hector?«

»Sie war schwarz. Das Schwärzeste, was ich je gesehen habe. Formlos. Ich konnte keine Ränder erkennen. Und sie war nicht dick, eher flach. Wie ein Schatten.«

»Sonst noch was?«

»Ja. Die Dunkelheit hatte Augen.« Nun sah Valentine weniger hoffnungsvoll, sondern eher ängstlich aus. »Die Dunkelheit hatte braune Augen.«

Fünf Minuten später standen sie mit den üblichen Schuhüberziehern und Handschuhen ausgestattet in Hectors Schlafzimmer. Hector Valentine war nicht nur hinsichtlich seiner sexuellen Vorlieben ein Schwein, sondern auch, was die Sauberkeit in seinem Haus betraf. Das Innere war ein Saustall und stank beinahe so schlimm wie der Müllcontainer, in den Tom vor nicht allzu langer Zeit geklettert war. Der Gestank der herumliegenden Essensreste und schmutzigen Kleidung sowie der in der Luft hängende widerliche Körpergeruch bewirkten, dass die Wirkung von Toms Aftershave nachließ und er zusammenzuckte.

»Wenn ich so was noch länger ertragen muss, schneide ich mir die Nase ab«, sagte Roy.

»Dann siehst du aber nicht mehr so gut aus.«

»Das ist mir dann auch egal.«

»Sieh's doch mal positiv: Der Kerl hat offensichtlich keine Putzfrau. Vielleicht finden wir ja noch Hinweise auf diese Dunkelheit, auch wenn das Ganze schon fünf Monate her ist.«

»Kaufst du ihm diesen Blödsinn denn ab?«

»Was ist mit dir?« Tom musterte seinen Partner.

»Er klang aufrichtig – für einen Vergewaltiger.«

Sie gingen um eine auf dem Boden liegende Pizzaschachtel herum, und Tom entdeckte den Schrank, der eine dünne

Sperrholztür mit Aluminiumgriff hatte. Er öffnete langsam die Tür, als würde er befürchten, eine übernatürliche Dunkelheit würde dahinter zum Vorschein kommen, um ihm auch die Finger abzuschneiden.

»Ist das ein Loch?«, fragte Roy.

Da war eine schwarze Stelle auf Augenhöhe an der Innenseite der Tür. Tom sah sie sich genauer an.

»Ich weiß nicht, was das ist.«

Er berührte sie mit dem Finger. Es war kein Loch, sondern fest. Obwohl er die Tür dahinter spüren konnte, war sie nicht zu sehen. Es war, als würde er etwas berühren, das gleichzeitig fest und eine Leere war. Etwas von dem Schwarz blieb an seinem lilafarbenen Handschuh hängen, und es wurde noch seltsamer: An der Stelle, an der sich der schwarze Fleck auf seinem Finger befand, schien sein Finger zu verschwinden. Als wäre er ausradiert worden.

»Erzähl mir jetzt nicht, jemand hätte wirklich eine Creme erfunden, mit der man unsichtbar wird«, sagte Roy.

Tom betrachtete die Stelle gründlicher. Das Schwarz bewirkte, dass sein Finger zweidimensional aussah. Die Stelle wirkte nicht mehr räumlich und war schwärzer als schwarz.

»Die Dunkelheit«, erkannte Tom.

»Soll das heißen, irgendein Kerl hat sich im Schrank versteckt und sich von oben bis unten mit dem schwarzen Zeug eingeschmiert?«

Tom nickte. Er entdeckte die schwarze Substanz auch auf dem Türgriff auf der Innenseite und auf dem Schrankboden. Danach sah er sich genauer im Raum um. In einer Ecke stand ein Flachbildmonitor auf einem Schreibtisch. Tom trat darauf zu und bemerkte die Webcam, die darauf montiert war und die genau auf den Schrank zeigte.

Seine Gedanken rasten.

Tanya hatte gesagt, sie hätte jemanden gesehen, der wie dieser Schauspieler Maddoks aussah.

Hector ähnelte Maddoks.

Tanya wurde mit einem Paket in der Hand auf Kendals Straße gesehen.

Dieses Paket wurde in einer Mülltonne gefunden, und darauf waren Hectors Fingerabdrücke.

Hector hatte die Finger vor Monaten verloren. Eine mit schwarzem Make-up beschmierte Person hatte sie ihm genommen.

Tanya musste seine Finger haben und die Abdrücke auf dem Messer und dem Duschvorhang hinterlassen haben.

Tanya wollte Hector den Mord anhängen.

Kannte Tanya Hector?

Hector war ein registrierter Sexualstraftäter. Jeder konnte herausfinden, wo diese Menschen lebten. Sie standen online in einer Datenbank. Wenn der Schnippler – und Tom ging von der Annahme aus, dass es sich dabei um Tanya handelte – Toms Computer hacken konnte, dann auch Hectors. Der Schnippler fand die Webcam-Models online und beobachtete sie, bevor er sie tötete, und wahrscheinlich hatte er Hector ebenso ausgespäht. Wie bei den Webcam-Models würde es auch keine Verbindung zwischen Hector und dem Schnippler geben.

Es war eine Sackgasse.

Aber wieso war sie aufs Revier gekommen und hatte sich als Zeugin gemeldet? Warum machte sie sich die Mühe, falsche Fingerabdrücke zu hinterlassen? Warum hielt sie sich nicht ganz aus den Ermittlungen raus?

Tom wusste, dass ihm irgendetwas entging. Einige Serienmörder weideten sich an der Aufmerksamkeit der Behörden und der Medien, aber der Schnippler schien nicht dazuzugehören. Er schien vielmehr irgendeinen Plan zu verfolgen.

Da fielen ihm die Furien wieder ein. Griechische Rachegöttinnen. Bestrafung der Niederträchtigen.

Hector war einer dieser Niederträchtigen. Warum war er nicht wie die Mädchen ermordet worden? Wieso war er mit dem Leben davongekommen und hatte nur ein paar Finger verloren?

Tom erinnerte sich an etwas, das Hector auf der Straße gesagt hatte, und drehte sich zu Roy um. »Hast du dein Funkgerät dabei?«

»Ja.«

»Erkundige dich doch mal, ob sie Hector schon weggebracht haben. Ich würde ihm gern noch eine Frage stellen. Und lass eine Schwarzlichtlampe und Luminol raufbringen.«

Roy sprach kurz mit Breach und erhielt die Auskunft, dass Hector noch im Streifenwagen vor dem Haus saß. Daraufhin bat Roy sie, ihn noch nicht wegzubringen, und wartete, bis ein Kriminaltechniker mit dem Spray und der Lampe hereinkam.

»Er sagte, er hätte im Bett gelegen, nicht wahr?«, fragte Tom Roy. »Als er die Finger verloren hat.«

»Ja. Diesen ganzen Bereich hier«, wies Roy den Techniker an.

Der Mann spritzte Luminol auf Valentines Bett und den Boden daneben. Danach schaltete er die Lampe ein, um nach Blutspuren zu suchen, die in dem Licht fluoreszieren würden.

Es waren keine zu sehen. Tom und Roy tauschten einen Blick.

Sie gingen wieder nach unten. Es schien kälter geworden zu sein, denn Tom spürte ein Kribbeln auf den Wangen und im Nacken. Er schlug den Kragen seiner Wolljacke hoch und steckte die Hände in die Taschen, als sie zum Polizeiwagen gingen.

Hector sah auf, als er Tom bemerkte. »Lassen Sie mich jetzt gehen?«

»Sie haben uns gesagt, dass Sie nichts tun könnten, selbst wenn Sie es wollten. Was haben Sie damit gemeint?«

Hector spielte den Dummen. »Ich meinte damit, dass ich mich von Ärger fernhalte.«

»Wie sieht das Vorstrafenregister dieses Herrn aus, Roy?«

»Er wurde mit achtzehn zum Vergewaltiger, vermutlich auch schon eher, aber seine Jugendakten sind unter Verschluss.«

»Warum haben Sie aufgehört, Hector? Weil Sie Angst davor hatten, erneut ins Gefängnis zu müssen? Weil Sie ein paar Finger verloren hatten?«

Hector schwieg und fiel in seine alte Verhaltensweise zurück: Er starrte seine Schuhe an.

»Waren Sie im Krankenhaus, nachdem Sie die Finger verloren hatten? Um die Wunden versorgen zu lassen?«

Er schwieg weiter.

»Dann müsste es darüber Aufzeichnungen geben. Liegt bei Ihnen zufälligerweise eine Arztrechnung herum, Hector?«

»Ich will meinen Anwalt«, murmelte Valentine.

»Sie können Ihren Anwalt jederzeit anrufen, Hector. Aber ich versuche hier nur, Ihnen zu helfen. Sie haben mir erzählt, Sie hätten im Bett gelegen, als Sie die Finger verloren haben, aber in Ihrem Schlafzimmer sind keine Blutspuren zu sehen. War Ihre Putzfrau da und hat alles weggewischt oder verschweigen Sie uns was?«

Schweigen.

Tom ließ nicht locker. »Haben Sie sich selbst die Finger abgeschnitten, Hector? Wollten Sie auf diese Weise einen Mord vertuschen?«

Valentine bewegte sich so schnell, dass Tom automatisch nach seiner Waffe griff. Hector verzog vor Zorn das Gesicht, während ihm Tränen über die Wangen liefen.

»Sie glauben, ich hätte mir das selbst angetan, Sie dämlicher Wichser?!«, brüllte er und schob das Becken vor, als würde er in einem Nicki-Minaj-Video mitspielen, da seine Hände hinter seinem Rücken gefesselt waren.

Tom blickte an dem Mann hinab und stellte fest, dass an der Stelle, an der sich normalerweise eine Beule in der Hose eines Mannes abzeichnete, keine mehr war.

»Die Dunkelheit ist an mein Bett gekommen und hat mich ausgeknockt. Als ich wieder zu mir kam, fehlten mir drei Finger und mein Schwanz. Haben Sie gehört? Die Dunkelheit hat mir den Schwanz und die Eier genommen. Alles abgeschnitten und mich wieder zusammengenäht. Ich habe da unten nichts mehr als ein gottverdammtes Röhrchen. Wie wäre es, wenn Sie jetzt auf die Knie gehen und daran saugen, Sie Arschloch?«

Tom zog es vor, das Angebot auszuschlagen. Er stieg mit Roy in seinen Wagen, um aus der Kälte rauszukommen. Dabei fiel ihm auf, dass er genau wie Roy unbewusst eine Hand in den Schritt gelegt hatte.

»Ich habe ja schon eine Menge erlebt, aber das hier ist echt krank«, meinte Roy schließlich.

»Ein Vergewaltiger wird kastriert. Das ist eine perverse Form der Gerechtigkeit.«

»Das Abschlachten von Webcam-Models ist aber nicht gerecht. Ein Vergewaltiger hat etwas Schlimmes getan, aber die Models tun niemandem weh.«

»Sie stellen ihren Körper zur Schau und machen sich öffentlich zum Objekt männlicher Begierde.«

»Dann haben sie es verdient? Gibst du hier gerade den Opfern die Schuld, Tom?«

»Ich versuche nur herauszufinden, warum der Schnippler Valentine entmannt und am Leben gelassen, zwei Frauen jedoch zu Tode gefoltert hat. Das passt doch irgendwie nicht zusammen. Als hätten wir es hier mit zwei Tätern zu tun.«

Roy sah Tom nachdenklich an. »Und wenn es so wäre?«

»Du meinst …«

Roy nickte. »Zwei Täter. Was ist, wenn der Schnippler einen Komplizen hat?«

23

Kendal konnte nicht schlafen.

Sie war erschöpft, aber immer, wenn sie die Augen schloss, drehte sie beinahe durch. Das führte dazu, dass sie schließlich jedes Blinzeln zählte und bei hundert wieder von vorn anfing.

Doch dadurch, dass sie das Blinzeln zählte, musste sie an ihren Vater denken. Früher hatte sie das immer getan, um sich abzulenken, wenn er in ihr Zimmer gekommen war. Ganz still liegen. Bis hundert zählen. Nicht schreien, damit es nicht noch schlimmer wurde. Es würde alles bald vorbei sein.

Sie wollte nicht daran denken. Aber sie konnte nicht aufhören zu blinzeln, und eins führte zum anderen.

Es war das Licht. Kendal hatte Angst, es auszuschalten, konnte so aber nicht einschlafen. Sie hatte alle Kameras abgeklebt, den Computer vom Strom genommen, ihren Kindle und das Handy von Linda in eine Nachttischschublade gelegt, aber sie fühlte sich im Dunkeln trotzdem nicht sicher.

Sie blinzelte. Und zählte. Und drehte sich im Bett herum. Und blinzelte. Und zählte.

Irgendwann gegen zwei war sie kurz davor, sich die Augen auszukratzen. Sie starrte ihre Nachttischlampe an, die sie brauchte, aber auch hasste, und zählte zum hundertsten Mal bis hundert. Dann stieg sie aus dem Bett und zählte die Schritte bis zu Lindas Zimmer. Wie erwartet war ihre Freundin noch wach und mitten in einem Video-Chat mit Kunden.

»Komm rein, Schlampe.«

Kendal erstarrte. Sie bildete sich ein, die Kameras zu spüren. Sie waren wie Röntgenstrahlen, die durch ihren Bademantel und ihre Unterwäsche drangen. Am liebsten hätte sie wieder geblinzelt, aber jetzt sah man ihr zu. Alle würden sie für einen Freak halten.

Nicht zu zählen war für sie so, als würde es ganz schrecklich jucken und sie konnte sich nicht kratzen. Ihr Hirn und ihr Körper sehnten sich danach, auch wenn Kendals Verstand ihr sagte, dass es neurotisch und falsch war. Für kurze Zeit konnte sie dem Drang widerstehen, aber letzten Endes siegten immer die Neurosen. Aber Kendal wollte nicht, dass das in Lindas Zimmer und vor den Kameras passierte.

»Kannst du kurz rauskommen?«, fragte Kendal. Sie riss die Augen auf, so weit sie konnte, was vermutlich auch verrückt war, aber sie konnte das Blinzeln einfach nicht kontrollieren.

»Klar.« Linda rollte sich vom Bett und trat in den Türrahmen. »Was ist?«

»Ich kann nicht schlafen«, flüsterte Kendal. »Leihst du mir deine E-Zigarette?«

Linda strahlte sie an. »Du willst doch sonst nie high werden. Bist du dir ganz sicher?«

»Ja. Ich brauche irgendwas, um mich zu entspannen.«

»Ich hab da ein cooles Mango-Liquid, das haut dich um. Warte, ich hole es.«

Linda lief zu ihrem Nachttisch, winkte ihren aufmerksamen Fans zu und teilte ihnen mit, dass sie gleich zurück wäre. Dann nahm sie Kendals Hand und ging mit ihr zurück in ihr Zimmer. Sie setzten sich auf Kendals Bett, und Linda zeigte ihr die E-Zigarette. Die Basis bestand aus schwarzem Metall, und daran war eine durchsichtige, mit einer Flüssigkeit gefüllte Plastikkartusche befestigt.

»Pass auf, das Zeug ist krass.«

»Ich werde nichts verschütten.«

Linda grinste. »Du Dummie, das bedeutet, dass du dich nach ein paar Zügen nicht mehr bewegen kannst.«

»Werde ich davon müde?«

»Das Liquid würde Snoop Dog umhauen.«

Linda hob die E-Zigarette an die Lippen, drückte den runden Knopf an der Seite und atmete ein. Sie behielt den süßen Rauch einen Augenblick im Mund und stieß ihn dann wieder aus. Marihuanageruch wehte über Kendal hinweg. Marihuana vermischt mit etwas Exotischem. Das musste das Mango-Aroma sein.

»Ein Typ, mit dem ich Bio habe, besorgt mir das Zeug. Er hat ein Glaukom oder so einen Mist, daher kann der Glückpilz es sich legal besorgen. Beneidenswert, was?«

Kendal war sich nicht sicher, ob sie jemanden mit einem Glaukom beneidete, aber sie nahm die E-Zigarette dankbar entgegen. Sie hatte schon häufiger geraucht, aber bisher nie großen Gefallen daran gefunden. Als sie jetzt jedoch den Rauch einatmete, stellte sie erstaunt fest, dass es gar nicht im Hals kratzte und sie beim Ausatmen auch nicht wie sonst husten musste.

»Das ist ja cool«, sagte sie und hoffte, nicht zu bescheuert zu klingen.

»Hast du schon mal so was geraucht?«

Kendal schüttelte den Kopf.

»Das ist nur Wasser und Zucker, versetzt mit THC. Völlig ungefährlich.«

Sie reichten die E-Zigarette noch mehrmals hin und her, und Kendal war überrascht, dass sie bald vergessen hatte, ihr Blinzeln zu zählen.

Die Welt schien sich zu verlangsamen.

Linda erzählte von dem Typen aus der Biologieklasse und schien gar nicht mehr aufzuhören, aber als Kendal auf die Uhr sah, stellte sie fest, dass noch nicht einmal eine Minute vergangen war.

»Spürst du es?«

Kendal nickte. Ihr Kopf fühlte sich schwer an. Möglicherweise nickte sie, aber sie konnte ihr Gesicht nicht mehr spüren.

Linda plapperte immer weiter, und Kendal starrte ihre Hand an und fragte sich, wie Millionen Jahre der Evolution in mattem Nagellack hatten enden können. Aus irgendeinem Grund schien ihr das eine sehr tiefgreifende Erkenntnis zu sein. Sie wollte sie schon Linda mitteilen, hatte aber sofort wieder vergessen, was sie sagen wollte.

Eine Stunde verstrich, die mit klarem Kopf gerade mal zwei Minuten gedauert hätte, und dann sagte Linda, dass sie zurück auf ihr Zimmer gehen wollte, und plötzlich war sie weg und Kendal war allein.

Aber es war in Ordnung, allein zu sein.

Eigentlich war es sogar großartig.

Kendal war großartig.

Sie wusste, dass sie bekifft war, aber es kam ihr so vor, als hätte sie nie zuvor so klar denken können. Die Kameras um sie herum waren ausgeschaltet, und Kendal erinnerte sich vage daran, dass es dafür einen Grund gab, der ihr jedoch albern vorkam. Alles, was ihr in den letzten Tagen passiert war, wirkte auf einmal lächerlich und sehr weit weg.

»Vielleicht stalke ich mich ja selbst«, sagte jemand. Jemand, der verdächtig nach ihr klang.

Kendal verriegelte rein aus Gewohnheit ihre Zimmertür und überlegte, ob sie die Kameras wieder einschalten sollte. Dann hatte sie Lust auf Eis. Sie musste an den Film denken, den sie vor einigen Jahren gesehen hatte und in dem einige Leute zum Mittelpunkt der Erde gereist waren, indem sie mit einer Art Boot auf einem Lavafluss fuhren, was sie jetzt sehr gern ausprobiert hätte.

Das Licht in ihrem Zimmer war grell. Zu hell. Kendal machte die Lampen aus und musste lachen, weil sie die Lichtschalter nicht wie sonst dreimal berührt hatte. Das viele Zählen kam ihr jetzt auch lächerlich vor. Noch lächerlicher war die Vorstellung, dass Marihuana noch immer nicht legal war, dabei schien es doch das Beste zu sein, was es überhaupt gab.

Sie legte sich im Dunkeln auf ihr Bett und lauschte ihrem Atem, zählte ihre Atemzüge jedoch nicht und schlief ein, wobei sie sich unglaublich friedlich fühlte und davon überzeugt war, dass alles wieder gut werden würde.

* * *

Kendal träumte von Spinnen.

Eine große Spinne mit acht roten Augen und langen, haarigen Beinen saß auf ihrem Fuß und kitzelte sie. Kendal hatte Angst, sich zu bewegen, weil die Spinne zwei große, geschwungene Mandibeln besaß, die scharf und glänzend aussahen und an Haken erinnerten, und weil sie auf ihrem großen Zeh hockte. Wenn sie sich bewegte, würde die Spinne sie garantiert beißen.

Daher hielt Kendal ganz still. Sie rührte sich nicht. Sie atmete nicht. Sie wollte nichts tun, was die Spinne provozierte. Die Spinne krabbelte bis zu Kendals Knie, blieb dort stehen und fing an zu flüstern.

»*Die Itzi Bitzi … Spinnne … kroch … in … die Regenrinnne …*«

Kendal schrak aus dem Schlaf hoch, setzte sich auf und schlug auf ihr nacktes Knie. Es dauerte einen Moment, bis sie wusste, wo sie sich befand.

Ich liege im Bett. Ich habe geschlafen. Das war ein Traum.

Sie sah sich im dunklen Raum um. Das Mondlicht schimmerte zwischen den Vorhängen herein und war hell genug, um zu sehen, dass sie allein war. In Kendals Zimmer gab es nichts außer ihr und der Dunkelheit.

Kendal legte sich wieder hin. Sie war vom Gras noch ganz benommen. Als sie auf die Uhr sah, stellte sie fest, dass es kurz nach halb fünf war. Sie blinzelte dreimal und schlief wieder ein.

Sofort war die Spinne wieder da.

Jetzt saß sie auf Kendals Hals und streichelte ihr mit einem Bein die Wange.

Sie sang mit sanfter, leiser Stimme.

»*Der ... Regen ... kam ... und... spüüüüülte ... die ... Spinne aus der Rinne.*«

Kendal zuckte zusammen, wischte die nervige Spinne mit der Hand weg ...

... und spürte sie.

Wieder wurde sie schlagartig wach. Die Spinne mochte ein Traum gewesen sein, aber sie war davon überzeugt, eben etwas berührt zu haben. Etwas, das weich, aber auch fest war.

Außerdem hatte sie etwas gespürt. Etwas, das schlimmer war als jeder Spinnenalbtraum.

Jemand ist bei mir im Zimmer.

Kendal spähte in die Dunkelheit und wusste selbst nicht, wonach sie Ausschau hielt. Es gab nichts zu sehen. Das Zimmer war leer.

Aber es fühlte sich nicht so an. Sie hatte den Eindruck, dass jemand in ihrer Nähe war. Im selben Raum. Dieselbe Luft einatmete wie sie.

Neben ihr stand und sie anstarrte.

»Hallo?«, flüsterte sie.

Die Dunkelheit antwortete nicht.

Kendal hielt den Atem an und lauschte.

Sie konnte kein Geräusch hören. In ihrem Zimmer, im ganzen Haus war es ruhig.

Es war ein Traum. Oder das Gras. Ich bin paranoid. Da ist nichts ...

Eine Bodendiele knarrte.

Direkt neben dem Bett.

Kendal streckte die Hand aus und wollte die Nachttischlampe einschalten.

Aber sie ging nicht an.

Sie bewegte den Schalter mehrmals und warf die Lampe in ihrer Panik schließlich vom Nachttisch herunter. Kendal tastete auf dem Boden herum, entdeckte die Lampe, suchte den Schalter und legte ihn um.

Immer noch kein Licht.

Hektisch fummelte sie am Nachttisch herum, schaffte es endlich, die Schublade aufzuziehen, das Handy herauszuholen und es einzuschalten. Es dauerte noch einige weitere Sekunden, bis das Gerät anging. Kendal aktivierte die Taschenlampen-App und schwenkte den Lichtkegel durch den Raum.

Soweit sie sehen konnte, war niemand da.

Sie stellte die Lampe wieder auf den Nachttisch und sah jetzt, dass der Stecker nicht in der Steckdose steckte.

War ich das?

Hab ich den Stecker rausgezogen, als ich high war?

Kendal konnte sich nicht erinnern. Sie steckte den Stecker wieder hinein, und als das Licht anging, war sie kurz geblendet. Mit abgeschirmten Augen sah sie sich erneut um.

Keiner da.

Sie hatte auch nicht länger das Gefühl, dass jemand neben ihr stand. Inzwischen war sie sich nicht einmal mehr sicher, ob sie sich das nicht nur eingebildet hatte. Vielleicht war das ebenso wenig real gewesen wie die Spinne an ihrem Hals. Sie hatte geträumt. War übermüdet. High.

Oder sie hatte einen psychotischen Anfall.

Früher hatte sie die Halluzinationen immer dank rationaler Gedanken kontrollieren können. Wenn sie glaubte, etwas zu sehen, was nicht da sein konnte, hatte sie gewusst, wie sie diese fixe Idee wieder loswurde.

Aber eine Spinne auf ihrem Hals, die ihr etwas vorsang?

Das war unwahrscheinlich.

Jemand in ihrem Zimmer?

Ebenso unwahrscheinlich. Das Haus verfügte über Sicherheitsschlösser und Bolzen an allen Türen. Außerdem hatte Kendal ihre Zimmertür abgeschlossen. Sie drehte sich um, da sie sich vergewissern wollte, dass die Tür tatsächlich zu war.

Aber die Tür stand offen.

Nur einen Spalt weit.

Zwar gab es in der Tür nur eines dieser Schlösser, die sich mit einem Fingernagel öffnen ließen, aber Kendal war felsenfest davon überzeugt, dass sie abgeschlossen hatte.

Dann hatte sie sich das Abschließen entweder nur eingebildet …

Oder jemand war reingekommen.

Ein weiterer Adrenalinrausch jagte durch ihre Adern, und Kendal presste sich das Handy an die Brust. Sie schaute sich ein weiteres Mal nervös um und überlegte, wo sich ein Mensch in ihrem Zimmer verstecken konnte.

Hinter dem Computer war nicht genug Platz. Der Schreibtisch stand direkt an der Wand.

Auch die Wäschetonne war nicht groß genug.

Das Bett?

Als Kind hatte Kendal eine Freundin namens Julia gehabt, die sich vor Monstern unter dem Bett gefürchtet hatte. Aber Kendal wusste, dass das albern war. Monster versteckten sich nicht unter dem Bett. Vielmehr nannten sie sich »Daddy« und kamen durch die Tür.

Trotz allem war der Gedanke, jemand könnte sich direkt unter ihr verstecken, derart unheimlich, dass sie erschauderte. Was, wenn wirklich jemand dort lag und darauf wartete, dass sie einschlief?

Jemand, der sie kitzelte und der ihr leise etwas vorsang.

Kendal spähte über die Bettkante, hob das Laken hoch ...

... und stellte fest, dass sich der Lattenrost nur wenige Zentimeter über dem Boden befand.

Sie stieß die Luft aus und kam sich sehr albern vor. Da hatte sie doch tatsächlich kurz befürchtet, jemand würde sich unter ihrem Bett verstecken. Als Nächstes bildete sie sich vermutlich noch ein, jemand würde sich in ihrem Kleiderschrank verbergen.

Der Kleiderschrank.

Kendal starrte ihren Kleiderschrank an.

Die Tür stand einige Zentimeter weit offen.

Sie überlegte, was sie alles darin aufbewahrte. Ihre Klamotten. Ihren Koffer. Einen Plastikbehälter mit Schuhen.

Dort war mehr als genug Platz, damit sich ein Mensch verstecken konnte.

Kendal wandte den Blick lange genug vom Kleiderschrank ab, um zur Tür hinüberzusehen.

Ich könnte rausrennen.

Zusehen, dass ich von hier verschwinde.

Die anderen wecken.

Sie würden mich für verrückt halten, aber Linda ist hier sowieso meine einzige Freundin.

Und was ist, wenn sich wirklich jemand in meinem Schrank versteckt? Wäre es nicht besser, sich zu irren und blöd dazustehen, als mutig zu sein und zu sterben?

Aber Kendal wusste, dass es nicht darum ging, blöd dazustehen. Sie hatte Angst, die anderen könnten sie für verrückt halten.

Kendal wollte lieber sterben, als in die Anstalt zurückgehen. Das war die Hölle gewesen. Fast so schlimm wie das, was sie zu Hause hatte durchmachen müssen. Eine ignorante Seelenklempnerin hatte sogar die Frechheit besessen zu behaupten, sie hätte sich das alles nur ausgedacht. Dass das alles nur in ihrem Kopf passiert wäre. Dass es keine Beweise für das gab, was ihr Vater …

Die Schranktür bewegte sich.

Es war eine kaum merkliche Bewegung gewesen. Nicht einmal ein Zentimeter. Aber Kendal war sich sicher, dass die Tür gerade etwas weiter aufgegangen war.

Sie starrte sie an, ohne zu blinzeln, ohne zu atmen, und wartete darauf, dass sie sich wieder bewegte, hoffte aber gleichzeitig, dass das nicht geschah.

Nach einer vollen Minute stieß Kendal den Atem aus, den sie angehalten hatte, und ihr Herz schlug so schnell und so laut, dass sie es hören konnte.

Die Tür hatte sich nicht bewegt.

Ich werde verrückt.

Oder noch verrückter.

Und was jetzt?

Kendal hatte nicht vor, sich helfen zu lassen. Sie war zu einer Expertin darin geworden, ihre Neurosen vor anderen zu verbergen, und sie wollte das jetzt nicht aufgeben, nur weil sie etwas Gras geraucht und schlecht geträumt hatte.

Aber sie würde auch nicht wieder einschlafen können, solange sie nicht in den Schrank gesehen hatte.

Kendal stand auf. Sie machte einen kleinen Schritt und zuckte zusammen, als die Bodendiele unter ihrem Gewicht knarrte. Als wollte sie die Person im Schrank warnen, dass Kendal aufgestanden war.

»Das ist doch verrückt«, sagte Kendal und empfand den Klang ihrer Stimme als beruhigend. »Mich hat keine Spinne gekitzelt, und da ist auch niemand in meinem Schrank.«

Kendal zwang sich, normal zu gehen. Sie streckte eine Hand nach dem Griff der Schranktür aus.

Da ist niemand drin.

Das ist doch verrückt.

Kendal war sich nicht sicher, was sie schlimmer fand, und ihr brach der Schweiß aus. Aber sie berührte den Türknauf …

… zog die Tür langsam auf …

… und das Handy in ihrer Hand vibrierte und ließ sie zusammenzucken.

Kendal starrte das Display an. Da stand eine Nachricht.

Du hast recht.

Der Absender war unbekannt. Kendal hatte keine Ahnung, wer ihr die Nachricht geschickt hatte oder worauf sie sich bezog. Aber allein der Anblick der Worte bewirkte, dass ihre Beine zitterten. Sie bewegte einen Daumen über den Text, um ihn zu löschen, doch da summte das Handy erneut und eine weitere Nachricht tauchte auf.

Es war keine Spinne. Das war eine Feder.

Sieh aufs Bett.

Kendal drehte sich bedachtsam um. Ihr benebelter Verstand wurde immer klarer, und sie fühlte sich mit einem Mal hellwach. Ihr war, als wäre sie in einen schrecklichen Horrorfilm versetzt worden und die Kamera würde sich auf ihr Gesicht konzentrieren, während sie sich quälend langsam bewegte und die Augen aufriss, als ihr dämmerte, was hier wirklich los war.

Dort, am Fußende des Bettes, lag halb unter ihrer Bettdecke verborgen …

… eine lange, graue Feder.

Es war doch nicht nur ein Traum gewesen.

Jemand ist in meinem Zimmer gewesen.

Jemand hat mich im Schlaf mit einer Feder gekitzelt.

Ihr Handy vibrierte schon wieder, und Kendal erschreckte sich so sehr, dass sie es fallen ließ. Das Handy knallte mit dem Display nach oben auf den Holzboden, sodass Kendal die nächste Nachricht lesen konnte.

Du hast dich geirrt.

Kendal starrte das Handy an. Ihr Mund war plötzlich staubtrocken. Ihre Blase fühlte sich an, als wäre sie geschrumpft. Dann summte ihr Handy wieder.

Ich BIN im Schrank.

Die Schranktür vor ihr knarrte.

Kendal zuckte zurück, trat dabei aufs Handy, taumelte nach hinten und stieß einen Schrei aus – der so laut war, dass er Glas zum Zerspringen gebracht hätte. Und dann fiel sie, schlug mit dem Kopf auf dem Boden auf, und ihre ganze Welt ging in einem Sternenhagel unter, während vor ihren Augen alles verschwamm.

Sie blinzelte mehrmals schnell, um wieder etwas erkennen zu können, während sich der schwarze Rand ihres Blickfelds immer weiter ausdehnte, und auf einmal drückte sich ein Schatten auf ihre Brust, packte ihr Haar und rammte ihren Kopf auf den Boden, wieder und immer wieder …

Während Kendal das Bewusstsein verlor, glaubte sie noch, den Schatten etwas flüstern zu hören.

»Bis bald.«

Dann wurde sie ohnmächtig und kam wieder zu sich, als wäre sie aus einem Traum erwacht, und der Schatten verwandelte sich in Linda, die neben Kendal kniete und ihre Hand hielt.

»Ist alles okay? Du bist hingefallen.«

Kendal setzte sich so schnell auf, dass ihr schwindlig wurde. Ihr Kopf tat weh. In ihren Ohren klingelte es. Sie betastete die schmerzende Stelle an ihrem Schädel. Zwei ihrer Mitbewohnerinnen standen in der Tür und starrten sie an.

»Da war jemand in meinem Zimmer«, sagte Kendal. Ihre Stimme klang ganz leise.

»Was?«

Kendal drehte sich ruckartig zum Bett um.

Die Feder war verschwunden.

Sie suchte auf dem Boden nach dem Handy, krabbelte hin und hob es auf.

Die Nachrichten waren nicht mehr da.

Linda beugte sich grinsend vor. »Bist du immer noch high?«

Bin ich high?

Oder verrückt?

Kendal dachte an die schreckliche Therapeutin, die sie in der Anstalt betreut hatte. Die sie beschuldigt hatte, alles nur erfunden zu haben.

Hatte die Frau etwa recht?

Habe ich mir den Missbrauch nur eingebildet?

Passiert das jetzt wieder?

Kendal wollte etwas sagen, aber die Worte erstarben ihr in der Kehle und kamen ihr nur als erstickter Schrei über die Lippen. Als sie schluchzte, strich ihr Linda übers Haar.

»Ganz ruhig, Süße. Du hast bloß Angst.«

Das war die Untertreibung des Jahrzehnts. Kendals Realität schien in tausend Stücke zu zerspringen. Sie fühlte sich, als wäre sie wieder acht Jahre alt. Eingeschüchtert. Hilflos. Als Opfer.

Es gab kein schlimmeres Gefühl als das.

»Geh wieder ins Bett, Süße«, riet Linda ihr und half ihr auf.

»Ich hab viel zu große Angst zu schlafen.«

»Ich bleibe bei dir. Wir machen eine Pyjamaparty, wie damals, als du noch ein Kind warst.«

»Ich war nie bei einer Pyjamaparty.«

»Nicht? Dann musst du aber eine deprimierende Kindheit gehabt haben.«

»Das könnte man so sagen.«

Kendal ging ins Bett, und Linda legte sich neben sie.

»Was jetzt?«, fragte Kendal.

»Bei meinen Pyjamapartys haben wir alles Mögliche gemacht. Über die Jungs geredet, in die wir verknallt waren. Spiele gespielt. Ich bin die Königin aller Halma-Spieler. Wir haben uns den Whiskey unserer Eltern gemopst. Zeitschriften gelesen. So habe ich auch zum ersten Mal einen Penis gesehen, als eine meiner Freundinnen eine Playgirl mitgebracht hat. Ich fand das Ding total albern.« Linda lachte. »Es sieht doch auch bescheuert aus. Wie können die Kerle denn laufen, wenn ihnen so was zwischen den Beinen herumbaumelt?«

»Keine Ahnung«, antwortete Kendal aufrichtig.

»Manchmal haben wir uns geschminkt. Oder den neuesten Klatsch über das Lacrosse-Team ausgetauscht. Oder zur Musik einer Boyband getanzt. Ich war soooo verliebt in Nick Jonas.«

»Ich weiß nicht, wer das ist.«

»Du kennst die Jonas Brothers nicht? Die waren bei Hannah Montana, bevor Miley angefangen hat, diese komische Sache mit ihrer Zunge zu machen und sich ständig auszuziehen. Aber sie ist verdammt cool. Sie weiß, was sie will, verstehst du? Ihr Körper, ihre Regeln, und alles andere ist ihr egal. Ich wünschte, ich wäre so selbstsicher wie sie.«

Ich auch, dachte Kendal. »Was habt ihr noch gemacht?«

»Ach ja, wenn das erste Mädchen eingeschlafen war, haben wir ihre Hand in eine Schüssel mit warmem Wasser gehalten.«

»Warum?«

»Damit sie sich anpinkelt.«

»Warum?«

149

»Weil es witzig ist, schätze ich. Aber es ist nie passiert. Sie sind alle immer vorher aufgewacht, weil wir so laut lachen mussten. Und mach dir keine Sorgen – ich werde das nicht bei dir machen. Wir sind schließlich keine zehn mehr. Und ich schlafe im selben Bett wie du. Das tue ich mir nicht an.«

»Linda?« Kendal merkte zu spät, dass sie den richtigen Namen ihrer Freundin benutzte, aber das war nicht so schlimm, schließlich hatte sie die Kameras ja ausgeschaltet.

»Ja, Schlampe?«

»Danke.«

»Kein Problem. Süße Träume.«

Aber Kendal hatte keine süßen Träume. Sobald sie eingeschlafen war, träumte sie von Monstern.

24

Erinyes sitzt im Lieferwagen vor dem Haus der Schwestern-verbindung und beobachtet.

Dies war noch nicht die entscheidende Nacht. Kendal ist noch nicht bereit.

Aber sie wird es sein. Sehr bald.

Die App, die Erinyes auf Kendals Handy installiert hat, ist gut versteckt. Es ist dieselbe App, die auch auf dem Handy des Polizisten läuft. Man kann sie gratis im App-Store herunterladen. Dabei handelt es sich um ein ganz einfaches Tennisspiel, das an Pong erinnert. Aber das ist nur Tarnung. Tatsächlich erlaubt die App einen Remote-Zugriff auf das Hauptverzeichnis des Handys. So kann Erinyes auf die Kamera und andere Dinge zugreifen.

Diese Kendal ist schwächer als die Kendals vor ihr. Erinyes hat noch nicht gesehen, wie sich diese Kendal ausgezogen hat, noch nicht, aber das ist nur eine Frage der Zeit. Sie ist eine Schlampe wie die anderen auch. Ein ungezogenes Mädchen. Jede Frau, die sich vor der Kamera für einen Mann auszieht, muss bestraft werden.

Man darf Männer nicht in Versuchung führen. Das ist eine Sünde.

Eine schlimme Sünde.

Aber die Buße ist nahe.

Erinyes wechselt zu Toms Handy. Die Kamera zeigt Dunkelheit, und man kann jemanden schnarchen hören.

Auch für ihn naht die Zeit der Buße.

Erinyes lässt den Motor an, fährt los, durch die dunklen Straßen von Chicago.

Er ist aufgeregt.

Er war schon bei mehreren Kendals zu Hause. Aber die haben allein gewohnt.

Diese Kendal hat fünf Mitbewohnerinnen. Alles Schlampen.

Das macht Erinyes nachdenklich. Und er ist derart gedankenverloren, dass er die Frau am Straßenrand beinahe nicht bemerkt.

Sie ist dürr. Alt. Der Minirock hängt wie ein Lampenschirm an ihren flachen Hüften. Ihre Stiefelabsätze sind so hoch, dass sie wie die Parodie einer Nutte aussieht. Aber sie ist keine Parodie. Sie geht wirklich auf den Strich.

Er hält neben ihr und lässt das Fenster herunter.

»Wie viel?«

Sie beugt sich vor und will in seinen Wagen sehen, aber darin ist es so dunkel, dass sie nichts erkennen kann.

»Zwanzig fürs Blasen.«

Er nickt und entriegelt die Tür. Sie steigt ein.

Aus der Nähe stellt Erinyes fest, dass sie jünger ist, als er gedacht hat. Vielleicht sogar noch ein Teenager.

»Wo soll ich parken?«

»Hier ist okay. Mitten in der Nacht wird uns niemand stören.«

Genau das wollte ich hören.

Erinyes fährt die getönte Fensterscheibe hoch, und sie nimmt ein Kondom aus der Handtasche.

»Geld?«, verlangt sie.

Er fischt zwei Zehner aus der Hosentasche und reicht sie ihr. Sie steckt sie weg, beugt sich zu ihm herüber und zieht seinen Reißverschluss herunter.

Als sie anfängt zu lachen, presst er ihr den Elektroschocker gegen den Hals und aktiviert ihn. Die Hure tanzt volle zehn Sekunden lang den Zwei-Millionen-Volt-Boogie, bevor sie auf seinem Schoß in sich zusammensackt.

Er fesselt ihr mit Klebeband die Handgelenke. Klebt es ihr auf den Mund. Nutzt eine zwölf Zentimeter lange Metallklemme, um ihren Pferdeschwanz an der Beifahrerkopfstütze zu befestigen. Dann fährt er weiter.

Als sie um sich treten will, versetzt er ihr noch einen Stromstoß.

»Das tut weh, was? Wenn du dich noch einmal bewegst, drück ich dir das Ding auf die Augen. Das Gerät frittiert deine Augäpfel und lässt sie platzen.«

Erinyes hat keine Ahnung, ob das stimmt, aber sie rührt sich nicht mehr.

»Weißt du, was die Furien sind?«, will er von ihr wissen.

Die Hure antwortet nicht. Sie weint und sieht mit dem heruntergelaufenen Kajal aus wie Alice Cooper.

»Furien sind Monster. Sie haben breite, fledermausartige Flügel und Klauen an den Händen und Füßen. Ihre Augen sind rot, blutrot. Und sie tragen Kronen aus Spinnen. Es gibt insgesamt drei, Alecto, Tilphousia und Megaera, und sie wurden von Gott geschaffen, um Sünder zu bestrafen. Sünder wie dich.«

Die Hure wimmert hinter ihrem Knebel aus Klebeband.

»Lust ist die schlimmste aller Sünden. Sie treibt Frauen dazu, ihre Ehemänner zu betrügen. Sie treibt Männer zu Vergewaltigungen. Du verkaufst deinen Körper wie die Mutter aller Dirnen. Die Hure von Babylon. Du bringst Elend in diese Welt. Deine Seele muss geläutert werden. Aber zuerst muss ich etwas wissen. Und ich will, dass du mir die Wahrheit sagst, oder ich schmelze dir doch die Augäpfel.«

Erinyes dreht sich zu der Frau um und starrt sie an. »Sag die Wahrheit. Heißt du Kendal?«

Sie schüttelt den Kopf.

Zu schade. Kendals sind die schlimmsten Sünderinnen. Wäre sie eine Kendal gewesen, hätte er ihr seine besondere Aufmerksamkeit zuteilwerden lassen.

Erinyes fährt zu seinem Haus. Er biegt in die Gasse ein, betätigt den elektrischen Öffner für das Tor seiner nicht mit dem Haus verbundenen Doppelgarage und setzt rückwärts hinein. Nachdem er den Motor ausgeschaltet und das Garagentor geschlossen hat, hält Erinyes der Hure den Elektroschocker gegen den Arm, bis sie ohnmächtig wird, und steigt aus.

Es ist kühl in der Garage und riecht nach Auspuffgasen und saurer Milch. Ein Viertel der Garage wird von zwölf Zweihundertliterfässern eingenommen, sie sind aus schwarzem Karbonstahl, mit Epoxyd ausgekleidet und haben am unteren Rand ein Ventil. Er vergisst, welche voll und welche leer sind, und klopft gegen mehrere, bis er das verräterische hohle Geräusch hört.

Die Hure wacht auf, als er sie in das Fass steckt. Sie wehrt sich, aber ihre Hände sind gefesselt und Erinyes ist größer und stärker. Nach einem weiteren Elektroschock sinkt sie in sich zusammen.

Er verbringt einige Minuten damit, der bewusstlosen Frau weitere Elektroschocks zu verpassen.

Ihre Augäpfel schmelzen nicht, schwellen jedoch an und werden milchig.

Erinyes schiebt sie ganz in das Fass und versiegelt es. Das Siegel ist luftdicht, denn die Erfahrung hat ihm gezeigt, dass eine verwesende Leiche sehr viel Gas abgibt. Der Innendruck

154

kann sich so weit aufbauen, es wäre tragisch, wenn das passieren würde, denn ein verwesender Menschenkörper besitzt einen einzigartigen, starken Geruch, und jeder, dem dieser Geruch in die Nase steigt, würde sofort die Polizei benachrichtigen. Um die Ausdehnung etwas hinauszuzögern, nutzt Erinyes eine elektrische Vakuumpumpe, mit der er etwas Luft aus dem Fass lässt.

Als die Pumpe etwa vierzig Sekunden läuft, wird die Hure wach. Er hört Klopfen, Hämmern, einen gedämpften Hilfeschrei.

Nach einer Minute ist alles ruhig.

Erinyes schließt das Ventil und rollt das Fass in die hintere Ecke zu den anderen, die bereits voll sind.

Zehn Seelen, die Buße getan haben.

Zehn Seelen, die vor der Verdammnis gerettet wurden.

Harte, aber lohnenswerte Arbeit.

Er geht in sein Haus.

Bereitet eine intramuskuläre Testosteronspritze vor und setzt sie sich.

Geht an seinen Computer und öffnet TOR.

Überprüft sein Forum.

Reibt sich etwas Fortesta-Gel auf einen Oberschenkel.

Hört Weinen. Aus dem Keller.

Erinyes öffnet eine Dose Hundefutter, schneidet zwei Clindamycin-Kapseln auf, gibt den Inhalt in eine volle Wasserflasche und trägt alles nach unten.

Der Geruch wird langsam wieder unangenehm. Es ist Zeit für einen neuen Toiletteneimer.

Erinyes gibt das Hundefutter in den Napf und sagt: »Ich habe heute eine weitere Seele gerettet.«

Nach einem Augenblick flüstert eine schwache Männerstimme: »Bitte töte mich.«

»Du hast noch nicht für deine Sünden gebüßt. Willst du erlöst werden?«

»Es tut mir leid. Alles tut mir leid.«

Erinyes starrt die erbärmliche, angekettete Kreatur an.

»Mir auch«, erwidert er und geht nach oben.

25

Tom wachte vom Klingeln des Telefons auf.

Aber es war nicht seins.

Er sah auf die Uhr. Es war kurz nach sieben. Er drehte sich zu Joan um, die mit noch kleinen Augen auf ihr Handy schaute.

»Arbeit?«, fragte Tom.

Er hoffte es. Das würde sie vielleicht vergessen lassen, wie viel er in den letzten Tagen wegen seines Jobs unterwegs gewesen war, was ihrer Regel, nicht zu arbeiten, wenn sie sich sahen, strikt widersprach.

»Es ist Trish«, sagte Joan.

»Roys Freundin?«

Joan nickte und ging ran. »Was ist los?«

Tom konnte Trishs Worte nicht verstehen, aber sie klang aufgewühlt. Er setzte sich im Bett auf und starrte Joan durchdringend an. Wenn Roy etwas zugestoßen war, würde sie es ihm sagen. Aber Joan schaute nicht einmal zu ihm herüber und gab nur Hintergrundgeräusche wie »Aha«, »Hmm-mm«, »Äh« und »Ja« von sich, was ihm verriet, dass sie gebannt zuhörte, ihm jedoch nicht weiterhalf.

Irgendwann hielt er es nicht mehr aus und pikte sie. »Geht es Roy gut?« Aber Joan schaute ihn nur genervt an und wandte ihm den Rücken zu.

Vor Joan hatte Tom schon mehrere lange Beziehungen gehabt, und er gab sich die Schuld an deren Scheitern. Bei der Arbeit war er ziemlich gut darin, andere Menschen zu durchschauen. Zeugen. Verdächtige. Polizisten. Aber bei seinen Freundinnen hatte er eine deutlich geringere Erfolgsquote. Eine hatte ihn sogar betrogen, um herauszufinden, ob er es merken würde, und Tom hatte es erst begriffen, als er die Hochzeitseinladung aus dem Briefkasten nahm.

Bei Joan versuchte er daher, aufmerksamer zu sein. Er gab sich Mühe, auch Kleinigkeiten zu bemerken, wie die unterschwellige Bedeutung ihrer Worte, wie sie ihn ansah und wie oft sie lächelte. Wenn sie ihn so auflaufen ließ, tat das umso mehr weh.

Er pikte sie erneut und machte ein trauriges Gesicht. Sie warf ihm einen Seitenblick zu, verdrehte die Augen und murmelte wieder »Hmm«. Schließlich beendete sie das Gespräch mit: »Wir treffen uns dann da.«

»Und?«, fragte Tom.

»Trish glaubt, Roy würde sie betrügen. Tut er das?«

»Was? Woher soll ich das denn wissen?«

»Ihr seid Partner und beste Freunde.«

»Ja, aber wir sind auch Kerle. Wir reden so gut wie nie über etwas Persönliches, und wenn wir es tun, wird es meist ignoriert.«

»Dann könnte er sie also betrügen?«

»Ich weiß es nicht, aber ich dachte, er wäre glücklich.«

Joan bekam diese kleine Falte auf der Stirn, was ihm zu verstehen gab, dass er das Falsche gesagt hatte. »Seit wann hat Glück denn etwas mit Betrügen zu tun? Wenn du nicht mehr glücklich mit mir bist, betrügst du mich?«

»Ich betrüge dich nicht. Ich bin dir treu.« Tom streichelte Joans rechten Oberschenkel. »Wusstest du, dass Trish intersexuell ist?«

»Natürlich. Aber was hat das damit zu tun?«

»Gar nichts. Ich wusste das nicht und habe es kürzlich erst erfahren.«

»Warum sollte das etwas ausmachen?«

»Tut es doch gar nicht.«

Sie runzelte die Stirn. »Was wäre, wenn ich dir sage, dass ich intersexuell bin?«

»Ich liebe dich so, wie du bist, Joan. Und wenn in dir ein paar zusätzliche Chromosomen sind, würde mir das nicht das Geringste ausmachen.«

Joan starrte ihn an, schlang ihm die Arme um den Hals und gab ihm einen Kuss hinters Ohr. »Das ist das Süßeste, was man je zu mir gesagt hat.«

»Geht es Trish gut?«

»Sie ist völlig am Ende. Sie war gerade dabei, Rechnungen zu bezahlen, und hat eine von Roys Kreditkartenabrechnungen gesehen. Eine Achthundertdollarrechnung vom Sheraton aus dem letzten Monat.«

»Hat sie ihn danach gefragt?«

»Er ist bei der Arbeit, und sie traut sich nicht, ihn darauf anzusprechen. Sie denkt, er hätte es vielleicht wegen der Babysache gemacht.«

»Wegen welcher Babysache?«

»Sie haben übers Kinderkriegen gesprochen, aber sie kann nicht schwanger werden. Hat Roy dir nichts davon erzählt?«

»Haben sie etwa heimlich geheiratet?«

»Man muss nicht verheiratet sein, um ein Baby zu bekommen, Tom. Wir leben nicht mehr im Jahr neunzehnhundertfünfzig. Die Ehe ist eine archaische, patriarchale Tradition, die auf religiösen Dogmen und von der Gesellschaft erzwungenen

Geschlechterrollen basiert. Warte noch zweihundert Jahre, dann wird in unserer Kultur niemand mehr heiraten.«

»Wirklich? Ich dachte, allen Frauen wäre die Ehe so wichtig.«

»Verheirateten Frauen ist die Ehe wichtig. Singlefrauen haben viel zu viel Spaß, um sich dafür zu interessieren.« Sie gab Tom noch einen Kuss auf den Hals. »Ich treffe mich mit Trish zum Frühstücken. Das ist doch in Ordnung, da es ein Notfall ist, oder?«

»Natürlich.«

»Außerdem musst du sowieso arbeiten.«

»Nein, ich habe mir heute freigenommen.«

»Wirklich?«

»Du bist nur noch vier Tage hier, das muss ich ausnutzen.«

»Im Ernst?«

»Ganz im Ernst.«

Dieses Mal gab ihm Joan einen Kuss auf dem Mund. Aber sobald sich ihre Zungen berührten, löste sie sich von ihm.

»Mundgeruch.«

»Mir macht das nichts aus.«

»Mir schon. Das ist, als würde ich einen toten Fisch küssen.«

»Hast du schon viele tote Fische geküsst?«

»Meine Exfreunde gehen dich nichts an.« Joan zwinkerte ihm zu, schwang die Beine aus dem Bett und ging ins Badezimmer. Tom sah ihr einen Augenblick bewundernd hinterher – gab es etwas Heißeres als eine Frau, die eines deiner alten T-Shirts trug? –, bevor er ihr folgte.

Sein Waschbecken war winzig, daher stand er hinter ihr, während sie sich beide die Zähne putzten. Joan stützte sich mit einer Hand auf das Waschbecken, und Tom drückte sich an ihren Rücken und legte seine Hand neben ihre.

Es fühlte sich … richtig an.

Dann beugte er sich vor, um auszuspucken, und alles landete genau auf ihrer Hand.

Joan kicherte, was eigentlich gar nicht zu ihr passte. Sie drehte sich um und legte die Arme um ihn, während ihr Zahnpasta aus dem Mundwinkel rann.

»Weißt du, warum es funktioniert?«, fragte sie.

»Was funktioniert?«

»Das mit uns als Paar.«

»Weil ich ein Riesenglück habe?«

Sie grinste, und ihre Augen glitzerten. »Wir haben beide Riesenglück. Und das wissen wir. Genau darum funktioniert es auch.«

Joan küsste ihn, und sie schmeckten beide nach Zahnpaste, daher war es unwichtig, dass Tom noch gar nicht mit dem Zähneputzen fertig war, und dann hatte sie das Shirt ausgezogen und er die Boxershorts und Tom lag mit dem Rücken auf den kalten Fliesen, während Joan ihn ritt, und er begriff, dass er tun würde, was immer nötig war, damit er den Rest seines Lebens mit dieser Frau verbringen konnte. Selbst wenn sie das mit der Ehe anders sah als Tom, würde er sie fragen.

Doch jetzt war wohl gerade nicht der richtige Zeitpunkt dafür.

26

Erinyes kann sie nicht sehen, weil Toms Handy auf seinem Nachttisch liegt und zur Decke zeigt.

Aber sie kann sie hören.

Tom und Joan ficken. Wie die Schweine. Stöhnen und Grunzen, Fleisch klatscht auf Fleisch.

Sünder.

Erinyes will nicht länger zuhören, aber sie ist schwach. Sie berührt sich im Schritt. Bewegt die Hand über die Knoten und Rillen.

Die Tränen kommen, und sie weint, während sie einen Schrei ausstößt – ein gutturales Geräusch, das eher von einem Monster zu stammen scheint.

27

Nachdem Joan aufgebrochen ist, um mit Trish frühstücken zu gehen, quälte sich Tom durch einige Push-ups, holte seine Zwanzigkilohantel aus dem Schrank und stemmte sie, linker Arm, dann rechter Arm, bis er nicht mehr konnte. Danach ging er unter die Dusche und dachte über das Leben, über Joan und über das Leben mit Joan nach.

Er dachte nicht an den Schnippler. Oder an seinen Job. Oder an irgendetwas, das mit der Polizeiarbeit zu tun hatte.

Aber ihm gingen mehrmals unangenehme Gedanken hinsichtlich seines Kreditlimits durch den Kopf.

Nach dem Abtrocknen griff er sich sein Handy und verbrachte zehn erniedrigende Minuten damit, sich anzuhören, was alles von seinem Konto abgegangen war, um sich dann zwei ebenso peinliche Minuten lang mitteilen zu lassen, dass sein Kreditlimit nicht noch einmal erhöht werden konnte. Ihm blieben noch vierhundert Dollar, und seine Kreditkartenrechnung war in vier Tagen fällig; noch war er mit dem Bezahlen nicht zu spät dran, dies war nur eine freundliche Erinnerung.

Okay. Plan B.

Tom ging an seinen Kleiderschrank und zog einen weißen Pappkarton unter einer Tüte mit alten Pullovern und seinen

Wanderstiefeln hervor. Er stellte den Karton aufs Bett und nahm den Deckel ab.

Soweit er sich erinnerte, befanden sich etwa einhundert Comics im Karton. Bevor er nach dem College bei seinen Eltern ausgezogen war, hatte er sich die Mühe gemacht, jedes einzelne Heft in eine Plastikhülle zu stecken und zu beschriften, weil er darauf hoffte, dass sie eines Tages vielleicht etwas wert sein würden.

Heute würde er es herausfinden.

Er nahm einige Hefte heraus, fand, dass sie in einem anständigen Zustand waren, und googelte per Handy Comicläden in Chicago. Es gab eine ganze Menge, aber der größte war offenbar ein Geschäft namens *Golden Treasure* an der Addison, in dem auch Fanartikel und Secondhand-Schmuck verkauft wurden.

Tom rief dort an, bekam bestätigt, dass Comics angekauft wurden, zog sich an und trug den Karton ins Auto. Zwanzig Minuten später betrat er den Laden und näherte sich einem unscheinbaren Mann, der locker zehn Jahre älter war als er, ein *Wayward Pines*-T-Shirt trug und roch, als wäre er allergisch gegen Duschen. Tom stellte den Karton auf die Ladentheke und sagte: »Ich habe vorhin angerufen.«

»Dann zeigen Sie mal her.«

Der Mann zog die Hefte heraus und ordnete sie in einem System, das nur für ihn ersichtlich zu sein schien, wobei er die ganze Zeit vor sich hin murmelte.

»Copper Age. Noch mehr Copper Age. Turtles. ASM #238. New Mutants. Alpha Flight. Secret Wars. Dark Knight Returns in 8,5. Vielleicht 9. Hey, ein Uncanny #120.«

»Ist das gut?«, fragte Tom.

»Darin kam Northstar das erste Mal vor«, sagte jemand hinter Tom. Ein Mittdreißiger mit Skinny Jeans und Hipsterbart. »Aus Alpha Flight.«

Tom erinnerte sich an den Charakter. Kanadier, konnte fliegen, feuerte Energiestöße. Superhelden waren wahrscheinlich der Grund dafür, dass Tom Polizist geworden war. Joan vertrat jedoch die Ansicht, dass Tom genetisch dazu veranlagt war, für das Leben, die Freiheit und das Streben nach Glück einzutreten, und deshalb diesen Beruf ergriffen hatte. Das war ein Insiderwitz zwischen ihnen.

»Northstar ist der erste offen homosexuelle Charakter im Marvel-Universum«, sagte der Hipster.

»Wirklich? Das ist mir entgangen.«

»Das würde die CCA nicht zulassen«, meinte der Ladenangestellte.

»Die Comics Code Authority.«

Tom nickte. Er las zwar keine Comics mehr, bezeichnete sich aber noch immer als kleinen Nerd. Oder war er eher ein Geek? Die beiden Begriffe brachte er immer durcheinander.

»Er hat sich in Alpha Flight #106 geoutet und in Astonishing X-Men #41 Kyle Jinadu geheiratet.«

»Das war Nummer einundfünfzig«, korrigierte ihn der Angestellte.

»Ist das Heft was wert?«, erkundigte sich Tom.

»Ich würde Ihnen vierzig Dollar dafür geben«, erwiderte der Hipster.

Der Angestellte nickte. »Nehmen Sie das Angebot an. Ich kann Ihnen nur dreißig bieten. Er hat auch ein paar New Mutants.«

»Karma?«, fragte der Hipster und trat näher, um Toms Comics durchzugehen.

»Ja.« Der Angestellte sah Tom an. »Gary sammelt LGBT-Titel.«

»Karma war homosexuell?«, fragte Tom.

Der Angestellte und der Hipster sahen sich an, als hätte Tom eine saudumme Frage gestellt.

»Gibt es auch Superhelden, die transgender sind?«, erkundigte sich Tom.

»Mystique konnte ihr Geschlecht wechseln«, erwiderte Gary. »Und sie war bisexuell.«

»Sasquatsch. Erinnern Sie sich an die Wanda-Langkowski-Jahre?«

Tom wusste noch, dass eines der stärksten Alpha-Flight-Mitglieder einige Ausgaben lang im Körper einer Frau festgesteckt hatte und ziemlich verwirrt gewesen war. »Und intersexuell?«, hakte er nach.

»Shining Knight in New 52«, antwortete der Angestellte. »Und Alysia Yeoh.«

»Die ist trans«, warf der Hipster ein.

»Okay. Was ist mit Sera aus Asgard's Assassin?«

»Auch trans.«

»Sie wurde bei der Geburt als männlich eingestuft.«

»Sicher?«

Während die beiden diskutierten, trat Tom vor einen Schaukasten, in dem Schmuckstücke ausgestellt wurden. Zwischen den antiken Broschen und Halsketten lag auch ein umwerfend schöner Ring. Ein hellgelber Solitärstein in einer Silberfassung. Tom hatte in den letzten Monaten immer mal wieder in Schmuckgeschäften nach einem Ring Ausschau gehalten, der zu Joan passen könnte. Jetzt zückte er sein Handy, schoss ein Foto und überlegte, ob er zu einem Juwelier gehen und etwas Ähnliches in Gold mit einem Diamanten anfertigen lassen sollte.

Danach wanderte er ein wenig herum, entdeckte einige alte Fangoria-Ausgaben und ging mehrere Dr.-Cyclops-Reviews durch, bis der Angestellte ihn wieder zu sich rief.

»Gary will auch Ihre Alpha-Flight-Ausgaben haben.«

»Ich gebe Ihnen vierhundertfünfzig Dollar für die ganze Reihe«, sagte Gary.

»Ein fairer Marktpreis. Sie haben ein paar durchschnittliche Ausgaben und einige sehr gute. Dark Night #1 könnte bis zu siebenhundert Dollar bringen. Sie haben auch die ersten zehn TMNTs, aber der Zustand ist bestenfalls sehr gut. Die Hefte wären deutlich mehr wert, wenn Sie sie nicht gelesen hätten.«

»Wieso hätte ich sie dann kaufen sollen?«, entgegnete Tom.

»Ich mein ja nur. So sind eben die Regeln bei den Käufern. Ihr bestes Heft ist New Mutants #98. Darin taucht Deadpool das erste Mal auf. Eins wurde vor Kurzem für tausend verkauft.«

»Was würden Sie mir für alle zusammen geben?«

Der Mann kniff die Augen zusammen und kaute auf seiner Unterlippe herum. »Sagen wir … viertausend für alles.«

»Plus meine vierhundertfünfzig«, fügte Gary hinzu.

Das war deutlich weniger, als Tom erwartet hatte.

»Ich dachte, die Hefte wären mehr wert«, gestand er.

»Sie könnten auch mehr dafür kriegen, wenn Sie sie einzeln auf eBay verkaufen. Das machen die meisten. Sind Sie der Erstbesitzer?«

Tom nickte.

»Sie haben für den Großteil gerade mal einen Dollar bezahlt. Viertausend Prozent ist nicht schlecht für eine Investition über dreißig Jahre.«

Da hatte er recht, aber Tom interessierte sich weniger dafür, was seine Comics wert waren, sondern er wollte Joan einfach nur einen Ring kaufen. Er war ein erwachsener Mann. Er verdiente seinen Lebensunterhalt damit, die Bösen hinter Gitter zu bringen. Aber finanziell war er nicht besser dran als vor zehn Jahren. Das war schon sehr deprimierend.

»Was können Sie mir über den Ring in dem Schaukasten erzählen?«, fragte er.

»Welchen? Den gelben Diamanten?«

»Das ist ein Diamant?«

»Fast ein Karat. In Weißgold eingelassen. Von Cartier.«

»Französisch? Wirklich?« Toms Enttäuschung über das niedrige Angebot war vergessen. Ein Diamant? Und französisch? Joan würde begeistert sein.

»Ja. Über hundert Jahre alt.«

»Was wollen Sie dafür haben?«

»Mindestens sieben Riesen.«

»Wie wäre es mit einem Tausch? Meine Comics gegen den Ring?«

Der Mann verzog nachdenklich das Gesicht. »Nein. Das kann ich nicht machen. Das ist zu viel. Ich müsste wenigstens noch tausendfünfhundert extra kriegen.«

Tom dachte an sein Bankkonto, bei dem er ständig aufpassen musste, dass er es nicht überzog. Er hatte gerade die Rate für sein Haus bezahlt und Geld für Joans Besuch ausgegeben, daher schätzte er, dass ihm bis zum nächsten Zahltag nicht mehr als fünfhundert Dollar blieben.

»Sagen wir eintausend?«, schlug Tom vor. »Ich möchte meiner Freundin einen Antrag machen.«

Gary breitete die Arme aus. »Jetzt komm schon, Jerome. Der Mann verkauft seine Comics, weil er heiraten will. Komm ihm entgegen.«

Jerome rieb sich das mit Bartstoppeln bedeckte Kinn und nickte schließlich. »Okay. Ich kann mich ja wohl kaum der Liebe in den Weg stellen. Die Comics plus eintausend Dollar.«

Tom nahm die vierhundertfünfzig Dollar von dem Hipster – wer hatte denn so viel Bargeld dabei? – und reichte Jerome seine Kreditkarte, während er darauf hoffte, dass sie auch akzeptiert wurde.

Eine Minute verging. Eine unangenehme Minute, in der ihm der Schweiß ausbrach und er die Luft anhielt, während sich jede Sekunde wie zehn anfühlte.

»Dieses verdammte Gerät«, schimpfte Jerome. »Es verliert ständig die Verbindung. Wäre Ihnen auch eine handschriftliche Transaktion recht?«

Tom hatte nicht das geringste Problem damit.

Fünf Minuten später saß er mit dem Ring in der Hand in seinem Wagen, starrte ihn an und grinste wie ein Honigkuchenpferd. Er wusste, dass Joan den Ring mögen würde, da er genau ihrem Stil entsprach und es sich richtig anfühlte.

Aber würde sie auch Ja sagen?

Tom war sich nicht sicher.

Sein Handy vibrierte, und Tom rechnete damit, Joans Namen auf dem Display zu sehen. Wenn sie es war, wollte er sich sofort mit ihr treffen und ihr einen Antrag machen, sobald sie vor ihm stand.

Aber es war Roy.

»Ich hab Urlaub«, sagte Tom. »Das habe ich dir doch schon mehrfach gesagt.«

»Aber du bist trotzdem rangegangen. Was sagt das über dich aus, Bruder?«

»Ich lege jetzt auf.«

»Warte! Wir haben was!«

»Damit wirst du auch allein fertig.«

»Würdest du mir bitte mal kurz zuhören? Ich war die ganze Nacht wach und bin der Sache mit den Sexualstraftätern nachgegangen. Der gute Hector ist eingeknickt. Er hat mir von einer Online-Hilfsgruppe für Pädos erzählt. *Fight the Feeling,* nennen sie sie. Das ist ein Forum für Kinderschänder, die dem Drang widerstehen wollen. Ich habe mir unter falschem Namen ein Konto erstellt, mich eingeloggt und mich umgehört, ob jemand in letzter Zeit kastriert worden ist.«

Tom erwiderte nichts.

»Bist du noch dran, Partner?«

»Ich hör dir zu«, sagte Tom.

»Weil du wissen willst, was ich rausgefunden habe. Das ist der Polizist in dir. Der Teil hat nämlich nie Urlaub.«

»Soll ich etwa doch auflegen?«

»Warte, warte. Ich war in einem Chatroom. Es sind sieben Kerle, Tommy. Der Schnippler hat sieben Männern den Schwanz abgeschnitten, nur in diesem Forum. Unser Täter kastriert Kinderschänder. Damit tut er der gottverdammten Welt einen Gefallen.«

»Können wir mit einem von ihnen persönlich sprechen?«

»Da bin ich dir schon einen Schritt voraus. Das Forum ist selbstverständlich anonym, daher tritt keiner unter seinem richtigen Namen auf. Ich habe mir angesehen, unter welchem Namen die Domain registriert ist, und mir die Adresse des Mannes besorgt. Stell dir vor, er lebt in Bucktown.«

Tom war nur wenige Blocks von Bucktown entfernt.

»Du brauchst einen Gerichtsbeschluss, um ihn dazu zu zwingen, uns die Namen rauszugeben.«

»Ich weiß. Aber wir können ihn ja einfach mal fragen. Wenn es der Schnippler auf die Typen aus diesem Forum abgesehen hat, schweben sie alle in Gefahr. Das ist doch eigentlich überzeugender als ein Gerichtsbeschluss, findest du nicht?«

Da hatte er zwar recht, aber das änderte überhaupt nichts. »Du schaffst das auch ohne mich, Roy.«

»Ich weiß, aber ich dachte, da unsere Frauen zusammen frühstücken, hast du Zeit.«

»Du weißt davon?«, fragte Tom.

»Ja. Trish hat mir eine SMS geschickt und schrieb, dass sie sich mit Joanie trifft.«

»Hat sie sonst noch was gesagt? Weißt du, wo sie hingehen wollen?«

»Nein. Wieso?«

Tom hätte Roy beinahe nach der Hotelrechnung gefragt, aber dann war ihm das doch zu unangenehm. So etwas sollte man besser nicht per Telefon besprechen.

Darüber unterhielten sie sich lieber persönlich, auch wenn Tom gern darauf verzichtet hätte. Roy und er standen sich in vielerlei Hinsicht sehr nahe, aber nicht in dieser, Tom wollte seinen Partner aber auch nicht ins offene Messer laufen lassen. Freunde passten aufeinander auf. Selbst, wenn einer einen Fehler gemacht hatte. Vor allem, wenn einer einen Fehler gemacht hatte.

»Wo bist du?«, erkundigte sich Tom.

»Auf dem Revier.«

»Ich hole dich in zehn Minuten ab.«

»Bis gleich, Partner.«

Tom steckte den Ring in die Tasche und ließ den Motor an. Auf dem Weg zum Revier überlegte er, wie er Joan den Antrag machen sollte. Kniend? In der Öffentlichkeit? Sollte er zuerst all die Dinge erwähnen, die er an ihr liebte, oder sofort aufs Ganze gehen? Tom hatte mal in einem Film gesehen, wie der Mann den Ring in ein Champagnerglas getan hatte, konnte sich aber nicht mehr daran erinnern, was danach passiert war. War die Frau daran erstickt? Oder hatte sie ihn verschluckt und ein oder zwei Tage warten müssen, bis sie den Ring wiederhatte?

Das schien keine besonders gute Idee zu sein.

Roy wartete vor dem Revier und hielt einen Kaffeebecher in der Hand. Für Tom hatte er keinen mitgebracht. Nach dem Einsteigen nannte er Tom die Adresse.

»Trish hat Joan heute Morgen angerufen und war völlig aufgelöst«, begann Tom.

Roy erwiderte nichts und fummelte an seinem Handy herum.

»Ihr ist eine Kreditkartenrechnung in die Hände gefallen«, fuhr Tom fort. »Sie weiß von dem Hotel.«

Roy murmelte etwas Unverständliches.

»Sie glaubt, du würdest sie betrügen.«

»Ich habe den Kerl überprüft. Er heißt Dennis Dale Cissick. In der Datenbank steht nichts über ihn.«

»Ich habe meine ganzen Comics verkauft und einen Verlobungsring für Joan gefunden.«

»Auch Google weiß nichts über diesen Dennis. Er hat nicht mal ein Facebook-Profil. Welcher Mittzwanziger ist denn nicht bei Facebook? Ist das überhaupt erlaubt?«

»Hörst du mir eigentlich zu?«

»Was? Nein. Ich rede über den Kerl, zu dem wir gerade fahren. Sein Nachname kommt mir irgendwie bekannt vor. Cissick. Sagt dir der was?«

Tom glaubte auch, den Namen schon einmal gehört zu haben, konnte ihn jedoch nicht zuordnen. »Hilf mir auf die Sprünge.«

»Vor zehn Jahren. Ein Kind hat den abgetrennten Finger einer Frau auf dem Bürgersteig gefunden. Wir konnten ihn mit etwas Glück identifizieren. Sie hat in einer Bank gearbeitet, daher waren ihre Fingerabdrücke im System. Lilyana Cissick. Verheiratet und Mutter. Wurde nie gefunden. Ihr Mann Walter hatte sie kurz zuvor als vermisst gemeldet.«

Tom nickte. »Jetzt weiß ich es wieder. Es ging durch alle Nachrichten. Keiner wusste, ob man die Sache als Entführung oder Mord einstufen sollte.«

»Die Leiche wurde nie gefunden. Daher habe ich den Ehemann überprüft. Sein Führerschein ist vor einigen Jahren abgelaufen und wurde nie erneuert. Und seine Adresse …«

»Ist die, zu der wir gerade fahren.«

»Ganz genau.«

Tom dachte darüber nach, hatte jedoch keinen Schimmer, wie eine vor einem Jahrzehnt verschwundene Frau mit einem Irren zusammenhängen konnte, der Webcam-Models abschlachtete und Pädophile kastrierte.

»Vielleicht haben Cissick und sein Sohn ja herausgefunden, dass Mom vergewaltigt und ermordet wurde, und die *Fight the Feeling*-Seite gestartet, um andere Vergewaltiger zu bestrafen.«

»Und was ist mit den Frauen?«

»Keine Ahnung. Aber es könnten zwei Täter sein, richtig? Möglicherweise hat es einer auf Männer und der andere auf Frauen abgesehen.«

»Gut möglich. Oder es ist nur ein seltsamer Zufall und das Forum hat nichts mit dem Schnippler zu tun und er nichts damit, dass diese Arschlöcher kastriert werden.«

»Verdammt viele Zufälle. Bei einer Mordermittlung kann ich Zufälle nicht leiden.«

»Ich auch nicht.«

»Was hast du vorhin über Trish und Comics gesagt?«

Tom bog in die Artesian Avenue ein und parkte neben einem Feuerhydranten. »Das kann warten. Wir sind da.«

Sie steigen aus, und trockenes Laub von großen Eichen, die die Straße säumten, wurde ihnen über die Füße geweht. Das Haus war klein, grau, zweistöckig, mit einer Treppe zur Haustür, wie es unzählige andere in Chicago gab. Zu beiden Seiten standen ähnliche Gebäude, und ein Gehweg führte zu einer Gasse hinter dem Haus. Tom nahm seine Dienstmarke aus der Tasche und hängte sie so an seinen Hosenbund, dass man sie sehen konnte, bevor er automatisch an seine Jacke griff, um sich zu vergewissern, dass seine Glock noch da war.

Die Holzstufen sahen aus, als hätten sie schon vor zwanzig Jahren dringend gestrichen werden müssen, und Tom hielt sich am Geländer fest, weil er befürchtete, die Treppe könnte unter seinem Gewicht nachgeben. An der Haustür hing eine handschriftliche Nachricht.

Nicht anklopfen. Paket einfach abstellen.

»Hast du ein Paket dabei?«, fragte Roy.

Tom schüttelte den Kopf. Roy klopfte an die Tür.

Danach klopfte er noch einmal energischer.

Tom drückte auf die Klingel, doch es war kein Ton zu hören.

»Hat Dennis einen Wagen?«, erkundigte sich Tom.

»Einen Lieferwagen. Ford Transit.«

»Sehen wir doch mal in der Garage nach, ob er da ist.«

Als sie um das Haus herumgingen, spürte Tom es. Er bezeichnete dieses warnende Kribbeln, das ihm verriet, dass etwas nicht in Ordnung war, als seinen »Polizistensinn«.

»Hörst du das?«, fragte Roy.

Tom lauschte. »Nein.«

»Schreit da jemand?«

»Ich hör nichts.«

Aber dann hörte Tom doch etwas. Das Geräusch war sehr leise und trotzdem schrill. Sie gingen schneller und an der Längsseite des Hauses entlang nach hinten in den Garten. Dort führten Betonstufen zur Kellertür, die mit Kisten voller alter Zeitungen blockiert war. Roy kniete sich neben das Haus und drückte ein Ohr gegen den Ziegelstein.

»Ist da jemand?«, brüllte er.

Dieses Mal war Tom davon überzeugt, einen Schrei zu hören.

»Brauchen Sie Hilfe?«, schrie Roy.

Als Antwort kam ein stotterndes, schnelles Geräusch, das mehrere Sekunden lang anhielt.

Ein Schluchzen?

Oder eher ein irres Lachen?

Roy erstattete über Funk Meldung, und Tom ging die Stufen zur Hintertür hinauf, die schwer und wuchtig aussah. Vor den Fenstern hingen alte, verrostete Eisengitter im Lilienmuster.

Aufgrund des Schreis waren sie zwar berechtigt, sich Zugang zum Haus zu verschaffen, aber das würde nicht leicht werden.

»Wann kommt Verstärkung?«, fragte Tom seinen Partner.

»In drei Minuten. Weißt du, wie wir da reinkommen?«

»Das wird nicht leicht.« Tom hämmerte an die Hintertür und gab sich als Polizist zu erkennen. Aus dem Keller hallte erneut ein gequältes Jaulen zu ihnen heraus.

»Tom! Hier an der Seite!«

Tom folgte der Stimme seines Partners. Roy starrte zu einem Fenster an der Seite des Hauses empor, das sich etwa drei Meter über dem Boden befand.

»Willst du da rauffliegen?«

»Steig auf meine Schultern, dann kommst du ran.«

»Wie wär's, wenn du auf meine Schultern steigst?«

»Ich wiege mehr. Alles Muskelmasse. Na los.«

Roy verschränkte die Finger, und Tom trat mit einem Fuß hinein, stemmte die Handflächen gegen die Hauswand und kletterte auf Roys Schultern. Das Fenster war nicht vergittert, aber es war ein Sicherheitsfenster mit einem Drahtgeflecht im Glas. Tom versuchte, im Inneren etwas zu erkennen, aber dafür war es zu dunkel.

»Das ist Sicherheitsglas«, sagte er. »Ich glaube nicht, dass ich das einschlagen kann.«

»Überprüf doch mal, ob es offen ist.«

Da es außen keinen Griff gab, zog Tom sein Emerson-Klappmesser aus der Hosentasche und schob die Tanto-Klinge unter das Fenster. Er wackelte vorsichtig mit dem Messer, um die Scheibe nicht zu zerbrechen, und das Fenster ließ sich ein Stück nach oben schieben.

Tom klappte sein Messer wieder zusammen, steckte es in die Tasche, zwängte die Finger unter das Fenster und drückte es nach oben. Er musste zwar ein wenig Kraft aufwenden, doch es ließ sich öffnen. Die Luft im Haus war warm und von einem schwachen, unangenehmen Geruch durchdrungen, der an eine Mischung aus einer viel frequentierten öffentlichen Toilette und eine Schulsporthalle erinnerte.

»Es ist offen. Schieb mich rauf.«

Roy ächzte, drückte die Hände unter Toms Füße, und dann führten sie einige Sekunden lang eine unbeholfene Akrobatikübung aus, bis es Roy gelungen war, Tom so weit nach oben zu bewegen, dass er durchs Fenster klettern konnte.

»Mach mir die Haustür auf«, verlangte Roy.

Tom hing halb im Raum und wartete, bis sich seine Augen an die Dunkelheit gewöhnt hatten. Nach etwa fünfzehn Sekunden konnte er ein Bett und eine Kommode erkennen. Er verlagerte das Gewicht, schob sich hinein und stützte sich mit den Händen ab, bis er schließlich auf dem Boden kniete.

Der Geruch war jetzt intensiver und leicht beißend und chemisch. Tom spürte, dass der Raum leer war, aber noch nicht sehr lange. Er erinnerte sich gut daran, wie sich sein Haus nach einem Besuch bei Joan angefühlt hatte: Nach einer Woche war die Luft im Inneren immer schal, als wüssten die Räume, dass er sie zurückgelassen hatte. Dieser Raum fühlte sich nicht so an. Jemand war vor Kurzem hier gewesen.

In seinem Schulterholster steckte neben seiner Glock eine Fenix-Stiftlampe. Tom zog sie heraus und leuchtete seine Umgebung ab. Zuerst nahm er den Boden in Augenschein und suchte nach Fellresten, da er nicht von einem Rottweiler oder einer kratzwütigen Katze angesprungen werden wollte. Er konnte weder Haare noch Staub finden und richtete den Lichtstrahl weiter nach oben.

Rosafarbene Wände. Lila Vorhänge. Stofftiere auf dem ordentlich gemachten Bett. Poster von den Powerpuff Girls und Dora the Explorer an den Wänden. Puppen auf dem Nachttisch, eine einsame Barbie und fünf oder sechs mehr oder weniger bekleidete Kens, von denen einige keine Hose trugen und ihren asexuellen, nichtssagenden Schritt zur Schau stellten. Ein Spielzeugpony, das aussah, als wäre es zu groß für Barbie und ihre Freunde. Ein Springseil mit Glitzergriffen hing am Griff einer Kommodenschublade.

Dies war ein Mädchenzimmer, aber irgendetwas stimmte nicht.

Tom sah sich ein weiteres Mal um und überlegte, was hier fehlte. Kein Fernseher. Kein Computer. Keine Stereoanlage. Ein uralter Radiowecker, der offenbar nicht am Strom hing. Neben dem Bett standen zwei Kommoden und ein Bücherregal voller Taschenbücher. Tom kannte keinen der Autoren, aber es schienen alles Teenagerromanzen zu sein.

Er sah sich nach Ladegeräten für ein Handy oder ein Tablet um, konnte jedoch keine entdecken.

Das war seltsam. Das Zimmer wirkte, als wäre es im Jahr zweitausendundzwei eingefroren worden.

Er machte einen Schritt und wäre beinahe über ein Paar blaue Converse All Stars mit neongrünen Schnürsenkeln gestolpert.

Die Schuhe waren größer als seine.

In diesem Zimmer wohnte ein sehr großes Mädchen.

»Hier ist die Polizei«, sagte er laut. »Ich habe Schreie im Haus gehört und befinde mich im ersten Stock. Ist hier jemand?«

Er lauschte auf eine Antwort.

Und bekam keine.

Die Stille war so durchdringend, dass Tom seinen Herzschlag hören konnte. Sein Herz schlug schneller, als es ihm lieb war. Dabei musste man in stressigen Situationen ruhig bleiben, da Angst zu Fehlern führte.

Er hielt kurz inne, um tief durchzuatmen, bevor er zur offenen Tür ging und in einen Flur hinaustrat. Die Bodendielen knarrten unter seinen Füßen. Nirgendwo brannte Licht; das ganze Haus lag im Dunkeln. Tom griff nach dem nächsten Lichtschalter und legte ihn um.

Nichts geschah.

Sich im Haus eines anderen Menschen aufzuhalten, war immer unheimlich. Es fühlte sich nicht gut an. Tom kam sich dann stets vor wie ein Einbrecher und schämte sich ein wenig, wenn er uneingeladen das Haus eines Fremden betrat. Obwohl er sich von Rechts wegen hier aufhalten durfte, machte es ihn nervös und war ihm unangenehm.

Er führte es auf seine Kindheit zurück, in der er jede Mengen Splatterfilme wie *Das Leichenhaus der lebenden Toten*, *Das Haus der lebenden Leichen* und *Nacht für Nacht* auf VHS gesehen hatte, woran er in solchen Augenblicken immer denken musste. In diesen Filmen wusste man immer, dass in dem dunklen, unheimlichen Haus ein verrückter Massenmörder mit einem Fleischerbeil aus einer dunklen Ecke springen würde. Da wirkte die Tatsache, dass sie tatsächlich auf der Jagd nach einem verrückten Massenmörder waren, nicht gerade beruhigend auf Tom. Er musste an das letzte Opfer denken, dem man die Augenlider abgetrennt hatte und dessen Innereien zu einer Schleife verknotet gewesen waren, und überlegte, ob er die Waffe ziehen sollte. Aber das Protokoll sah das Ziehen der Waffe erst vor, wenn er sich bedroht fühlte – und momentan war er lediglich angespannt.

Er kam an einer Tür vorbei und schaute in den Raum dahinter. Ein Badezimmer. Waschbecken. Duschkabine. Toilette. Handtücher. Alles sah ganz normal aus.

Etwas weiter den Flur entlang lag ein weiteres Zimmer. Darin lebte ein Junge. Tom sah Batman-Bettwäsche, Star-Wars- und GI-Joe-Figuren auf der Kommode. Ein Poster über dem Bett, auf dem Batman Two-Face schlug. Harry Potter und Tolkien im Bücherregal. Kein Fernseher. Kein Computer. Keine Stereoanlage. Aber auf dem Boden neben dem Bett lag ein älterer iPod.

Wie im Zimmer des Mädchens schien auch hier vor zehn Jahren die Zeit stehen geblieben zu sein. Und auch hier war kein Staub zu sehen. Das Bett war nicht gemacht, die Bettdecke zurückgeschlagen.

Hatte jemand vor Kurzem darin geschlafen?

Auf dem Nachttisch stand ein halb gefülltes Wasserglas.

Tom spürte einen Adrenalinschub, und die Härchen an seinen Unterarmen stellten sich auf. Roy hatte den Hausbesitzer überprüft, aber nichts von Kindern erwähnt. Es war Samstag und somit schulfrei.

Wo steckten sie?

Das war unheimlich.

Noch etwas anderes war unheimlich: Abgesehen von den Spielzeugen und den verwendeten Farben war dieses Zimmer identisch mit dem des Mädchens. Die Betten, Kommoden und Bücherregale sahen gleich aus und standen genau an derselben Stelle.

Vielleicht handelte es sich bei den Kindern um seltsame eineiige Zwillinge, die einander imitierten.

Weitere Horrorfilme flackerten vor Toms innerem Auge auf, diesmal mit merkwürdigen Kindern. *Kinder des Zorns. Die Brut. Shining.* Den Teil seines Taschengelds, den Tom nicht für Comics ausgegeben hatte, hatte er in der Videothek für Horrorfilme hingelegt. Als Erwachsener waren ihm zwar genug Schrecken begegnet, die diese alten Filme lächerlich wirken ließen, doch aus irgendeinem Grund hatte er in diesem Haus den Eindruck, dass im Hintergrund eigentlich Geigenmusik laufen sollte, die immer hektischer wurde, bis sich das entsetzliche Monster zeigte.

Tom wurde klar, dass er sich nicht im Griff hatte und das Haus besser mit Roy an seiner Seite durchsuchen sollte.

Er ging am Schlafzimmer vorbei und erstarrte.

Vor ihm war auf dem Flur eine dunkle, gedrungene Gestalt zu erkennen.

Jemand hockte auf der Treppe.

War es eins der Kinder?

»Ich bin Detective Tom Mankowski, Chicago Police Department«, sagte er so autoritär, wie er nur konnte, und richtete das Licht der Taschenlampe auf die Gestalt, während er mit der anderen Hand nach seiner Waffe griff.

Er bekam keine Antwort.

Erst nach einigen Sekunden wusste Tom, warum das so war. Er hatte gerade einen Haufen Schmutzwäsche angesprochen.

Er stieß die Luft aus, ging an den Kleidungsstücken vorbei – einer Kombination aus Herren- und Damenkleidung – und schlich langsam und vorsichtig die Treppe hinunter.

Der seltsame Geruch wurde stärker. Die Treppe endete in einem Wohnzimmer, und Tom sah vor sich einen großen Schreibtisch, auf dem drei Monitore standen. Hochmoderne Flachbildschirme. Alle waren ausgeschaltet. Aber unter dem Schreibtisch befand sich ein Kabelwirrwarr, aus dem blinkende Router- und Modemlämpchen hervorschimmerten. Der Computerlüfter summte leise.

Außerdem konnte er ein durchgesessenes Sofa, einen alten Röhrenfernseher und eine Decke an einer Wand erkennen. Tom vermutete, dass damit ein Fenster verdeckt wurde. Er ging in Richtung Haustür und wollte sie gerade öffnen, als jemand dagegenklopfte und er zusammenschrak.

»Bist du da, Tom?«

Tom stieß ein leises, nervöses Lachen aus – Stressabbau – und wollte die Tür öffnen, um seinen Partner hereinzulassen.

Aber sie ging nicht auf.

»Man braucht einen Schlüssel für den Bolzen«, sagte Tom, nachdem er sich die Tür genauer angesehen hatte. »Aber hier ist keiner.«

»Hast du jemanden gefunden?«

»Noch nicht. Du hast mir nicht erzählt, dass hier Kinder leben.«

»Das wusste ich nicht.«

»Es gibt zumindest zwei Kinderzimmer. Für einen Jungen und ein Mädchen. Im Teenageralter oder jünger.«

»Cissick ist einundzwanzig. So alte Kinder kann er nicht haben.«

»Vielleicht sind sie Geschwister?«, mutmaßte Tom. »Hatte Walter noch mehr Kinder?«

»Nicht dass ich wüsste. Dennis war ein Einzelkind.«

Toms Fantasie drehte beinahe durch. Deformierte Geschwister, die vor der Öffentlichkeit versteckt und hinter verschlossenen Türen aufgezogen wurden. Durch Inzucht gezeugt und mordlustig. Vielleicht sogar Kannibalen. So was kam in B-Movies vor, aber auch in der Realität. Tom hatte schon mit derartigen Fällen zu tun gehabt und kannte ein Paar namens Deb und Mal, die so etwas durchgemacht hatten.

»Ich gehe wieder nach hinten«, sagte Roy. »Wir treffen uns da. Und schieß nicht auf Kinder. Vielleicht haben sie die Geräusche gemacht.«

Das war durchaus möglich. Kinder, die allein zu Hause waren und im Keller spielten. Roy hatte ihnen etwas zugerufen, und sie hatten als Witz auch etwas gebrüllt. Und jetzt war ein Polizist in ihr Haus eingedrungen und sie waren verängstigt und versteckten sich. Auch wenn Tom einen guten Grund für das Betreten des Hauses gehabt hatte, konnte es ziemlichen Ärger geben, wenn ein wütender Hausbesitzer Toms Vorgesetzten – oder, schlimmer noch, die Presse – anrief.

Aber der Hilferuf hatte nicht nach spielenden Kindern, sondern echt geklungen.

Tom ging durch das Wohnzimmer in die Küche. Der Gestank wurde schlimmer. Es kam ihm beinahe so vor, als würde jemand ein großes Tier im Haus halten und nicht richtig sauber machen. Tom durchquerte die Küche und gelangte in einen Hauswirtschaftsraum mit Waschmaschine und Trockner sowie der Hintertür.

Auch sie war mit einem abschließbaren Bolzen gesichert.

Das bedeutete, dass Roy nur ins Haus gelangen konnte, indem er eine Tür oder ein Fenster aufbrach. Und wenn sie tatsächlich nur Kinder gehört hatten …

BÄMM! BÄMM! BÄMM!

»Bist du da, Tommy?«

Tom zuckte zusammen, dabei war es nur Roy, der an die Tür hämmerte.

»Die Tür ist ebenfalls abgeschlossen.«

»Verdammt. Das Team müsste jeden Augenblick hier sein. Aber wenn es nur Kinder waren und wir die Tür aufbrechen …«

»Das habe ich auch gerade gedacht.«

»Hast du schon im Keller nachgesehen? Da kamen die Geräusche her.«

»Das mache ich jetzt.«

»Beeil dich lieber. Hier draußen ist bald der Teufel los. Willst du, dass Fox News hier auftaucht?«

»Das habe ich auch gerade gedacht«, wiederholte Tom.

»Hör auf zu denken und fang an zu suchen.«

Tom leuchtete den Raum ab und entdeckte eine schwere Tür, die mit einer Stahlstange gesichert war. Nun stand eindeutig fest, dass es keine spielenden Kinder gewesen waren, denn sie hätten sich unmöglich im Keller einsperren und den Riegel wieder vorlegen können.

Er ging zur Tür, hob die Metallstange hoch, stellte sie neben dem Türrahmen ab und fragte sich, wer seinen Keller derart sicherte und warum.

Ganz langsam streckte er eine Hand nach dem Türknauf aus, als würde er befürchten, gleich einen Stromschlag zu bekommen. Bilder weiterer Filme aus seiner Jugend gingen ihm durch den Kopf. *Geheimnis hinter der Tür. Haus der Vergessenen. Das Haus mit dem Folterkeller.*

Das waren nur dumme Filme. Tom übertrieb. Er legte eine Hand an den Türknauf, und als er ihn gerade drehen wollte …

BÄMM! BÄMM! BÄMM!

… hämmerte sein Partner erneut an die Tür und Tom zuckte ein Stück zurück.

»Das Team ist da.«

»Wartet noch. Ich habe den Keller gefunden.«

»Wieso bist du noch nicht unten?«

»Weil es unheimlich ist.«

»Unheimlich? Ist das dein Ernst?«

»Da war eine dicke Metallstange vor der Tür.«

Roy erwiderte nichts.

»Roy? Bist du noch da?«

»Wie wäre es, wenn du rauskommst und dem Team die Sache überlässt?«

Noch vor wenigen Jahren hätte Roy so etwas nie gesagt. Zu ihrer Männerfreundschaft gehörte, dass sie einander mit ihren Schwächen aufzogen, und früher hätte Roy gnadenlos über Tom gelästert und ihn als Feigling bezeichnet. Aber nach dem, was sie in South Carolina durchgemacht hatten, und der darauffolgenden posttraumatischen Belastungsstörung spielten sie beide nicht mehr den Helden. Wenn es brenzlig wurde, warteten sie lieber auf Verstärkung.

Allerdings war die Verstärkung bereits da. Was hatte Tom denn von etwas, das im Keller eingeschlossen war, schon zu befürchten?

»Ich sehe mich nur mal schnell um«, sagte Tom, auch wenn er selbst nicht ganz von seinem Vorhaben überzeugt war.

»Bist du sicher?«

»Ja.«

183

»Stell dein Handy auf Lautsprecher, damit ich hören kann, was los ist. Du musst nur einen Ton sagen und die Kavallerie kommt reingestürmt.«

»Verstanden.« Tom nahm sein Handy aus der Jacke, wählte Roys Nummer und schaltete auf Lautsprecher.

»Hörst du mich?«, fragte er.

»Laut und deutlich, Partner. Sei vorsichtig.«

»Geht klar.«

Tom hielt das Handy in derselben Hand wie die Taschenlampe und öffnete mit der anderen Hand die Tür. Sie ging mit dem zu erwartenden schaurigen Quietschen auf.

Der Gestank, der ihm entgegenschlug, war widerlich. Es roch nach Müll, Abwasser und Verwesung. Tom hielt sich einen Arm vor den Mund und musste husten.

»Alles okay?«, erkundigte sich Roy aus dem Handy.

»Es stinkt widerlich. Ich gehe jetzt runter.«

»Willst du nicht vorher was sagen?«

»Gute Idee.« Er räusperte sich und rief: »Hier ist Detective Tom Mankowski, Chicago Police. Ist da unten jemand?«

Stille.

Gefolgt von noch mehr Stille.

Die Sekunden verstrichen, und Tom bildete sich ein, jede einzelne überdeutlich zu spüren. Er suchte an der Wand nach einem Lichtschalter, fand keinen und leuchtete mit der Taschenlampe die Treppe hinunter.

Jetzt wird's ernst.

»Ich gehe runter«, sagte Tom zu Roy.

Die Stufen waren aus Holz und alt. Die Treppe führte nach links, sodass Tom das Ende nicht sehen konnte. Er machte einen Schritt, testete, ob die Stufe sein Gewicht tragen würde, und lauschte.

Da war ein leises Klirren, das von unten zu ihm heraufdrang. Wie eine Kette, die über den Betonboden geschleift wurde.

»Hallo?«

Schweigen.

»Ich bin hier, um zu helfen«, erklärte Tom, auch wenn er sich vorkam, als wäre er es, der Hilfe gebrauchen konnte.

Dann bekam er eine Antwort. Gewissermaßen. Ein leises, schrilles, lang gezogenes Jaulen hallte aus der Dunkelheit zu ihm herauf.

Tom erschauderte und bekam eine Gänsehaut an den Armen.

»Was zum Teufel war das?«, fragte Roy.

»Hallo?«, rief Tom erneut.

Die geisterhafte Stimme wurde lauter. Sie erinnerte an einen Soundeffekt, der zu einem Geisterhaus gepasst hätte, und hörte sich ausgesprochen seltsam und irre an. Es konnte aber auch ein Schluchzen sein. Oder ein Kichern. Jedenfalls klang es derart unheimlich, dass Tom seine Waffe zog. Er hielt sie in einer Hand, die Taschenlampe und das Handy in der anderen, und streckte die Arme aus, als wollte er Vampire mit einem Holzkreuz und einem Kranz aus Knoblauchzehen abwehren.

Zwar glaubte Tom nicht an übernatürliche Dinge, aber er wusste ganz genau, wie abgrundtief verdorben Menschen sein konnten. Das, was da im Keller lauerte, mochte nicht paranormal sein, war aber auch definitiv nicht normal.

Er machte noch einen Schritt, spannte sämtliche Muskeln an und hatte einen Finger am Abzug. Seine Atmung hatte sich an sein rasendes Herz angepasst. Tom zwang sich, tief Luft zu holen. Dies war kein guter Zeitpunkt, um aufgrund von Hyperventilation ohnmächtig zu werden. Aber dies war das erste unerklärlich unheimliche Erlebnis seit langer Zeit, und er bekam es immer mehr mit der Angst zu tun.

»Ich bin hier, um zu helfen«, sagte er in die Dunkelheit.

Noch ein Schritt. Er konnte den Betonboden bereits sehen.

»Ich bin ein Polizist und bewaffnet.«

Der beißende Geruch schien mit jeder Treppenstufe schlimmer zu werden. Pisse. Scheiße. Blut. Körpergeruch. Der Gestank wurde so unerträglich, dass Tom versucht war, mit einer Hand vor seinem Gesicht herumzuwedeln, als wollte er Rauchschwaden vertreiben. Aber er behielt beide Arme ausgestreckt. Waffe. Licht. Handy. Alles potenzielle Lebensretter.

Die Furcht vor dem Unbekannten war zwar in allen Menschen verankert, aber Toms Angst hatte etwas Ursprüngliches an sich. Er fürchtete sich vor Schmerzen und dem Tod. Die Kampf-oder-Flucht-Reaktion, die in seinem Reptiliengehirn aktiviert wurde, beruhte auf tatsächlich erlebten Ereignissen. Er erinnerte sich nur zu gut daran, wie es war, verletzt zu werden. Fast umgebracht zu werden. Schlimmer noch war die Hilflosigkeit, während man auf die Schmerzen und den Tod wartete. Gefesselt zu sein und wie eine Laborratte einer Vivisektion unterzogen zu werden. Mitleidslos. Ohne Hoffnung. Tom kannte dieses Gefühl aus eigener Erfahrung, und auch jetzt wollte es sich seiner wieder bemächtigen.

Aber diesmal war Tom nicht gefesselt. Er konnte jederzeit von hier verschwinden. Und genau das hätte er jetzt am liebsten getan.

Ich bin in Sicherheit. Ich habe eine Waffe. Draußen wartet Verstärkung. Ich komme hier notfalls raus.

Er wollte den nächsten Schritt machen.

Seine Füße gehorchten ihm nicht mehr.

Aus der Dunkelheit drang ein Kichern an sein Ohr.

»Ich kann mich nicht bewegen«, gestand Tom und bekam vor Scham rote Ohren.

»Bist du verletzt?«, wollte Roy wissen.

»Nein.«

»Schwebst du in Gefahr?«

»Nein.«

»Ich weiß, wie du dich fühlst, Bruder. Ich kenne das. Wir können reinkommen. Gib einfach das Kommando.«

Tom dachte an den Verlobungsring in seiner Tasche. Er dachte an Joan. An die vielen glücklichen Jahre, die vor ihnen lagen. War sein Job es wert, all das zu riskieren? Wollte er sich wirklich in eine gefährliche Lage bringen, nur um zu beweisen …

Was genau will ich hier eigentlich beweisen?

»Wir kommen rein«, teilte Roy ihm mit.

»Gib mir noch eine Sekunde.«

»Tom …«

»Eine Sekunde, Roy.«

Wenn ein Polizist auf jemanden schoss, musste er danach mit einem Psychiater sprechen. Solange dieser nicht sein Okay gab, kehrte man nicht in den aktiven Dienst zurück. Tom hatte das alles schon einmal durchgemacht und wusste, warum es so gehandhabt wurde. Dabei ging es nicht etwa darum, dass sich der Polizist besser fühlte. Vielmehr wollte man damit sicherstellen, dass er dazu in der Lage war, auf jemanden zu schießen, wenn es die Situation erforderte. Das war so ähnlich wie wieder aufs Pferd zu steigen, nachdem es einen abgeworfen hatte.

Tom wusste, dass er nie wieder aufs Pferd steigen würde, wenn er jetzt nach Hilfe rief. Entweder musste er sich der Angst stellen oder er konnte seinen Job an den Nagel hängen.

Leises Kichern drang zu ihm herauf.

Nicht mehr als Polizist zu arbeiten, schien immer erstrebenswerter zu werden.

Er wollte Roy gerade bitten, die Kavallerie reinzuschicken, als die Stimme aus dem Keller etwas sagte.

»Ist … er … tooooot?«

Die Stimme klang heiser und sehr hoch. Tom konnte nicht erkennen, ob sie einem Mann oder einer Frau gehörte.

»Verdammt, was ist das denn für ein Mist?«, fragte Roy.

187

Tom bat seinen Partner, den Mund zu halten. »Ist wer tot?«, fragte er die Person im Keller.

»Erin… eeeees …«

»Wer sind Sie?«

»Erin… eeeeeeeeeees.«

»Ich bin hier, um Ihnen zu helfen«, sagte Tom. Die dringliche Lage schien seinen Mut zu entfachen, da er es bis ans Ende der Treppe schaffte. Er schwenkte den Lichtstrahl durch den Raum.

Boden und Wände aus Beton. Säulen stützten die unverputzten Deckenbalken. Zahlreiche Rohre führten unter der Decke entlang. Und in einer Ecke …

Eine entsetzlich verschmutzte Decke. Ausgebreitet vor einer großen Holzkiste.

Die Kiste hatte vorne ein Loch. Wie eine Hundehütte.

An der Seite war eine schwere Kette befestigt, die ins Innere der Kiste führte.

»Wir brauchen einen Krankenwagen«, sagte Tom. Er bemerkte die Näpfe am Boden, Wasser und Trockenfutter. »Hier unten ist jemand, der wie ein Tier angekettet wurde.«

Tom versuchte, das Innere der Kiste zu erhellen, aber wer immer sich dort drin befand, versteckte sich im Schatten.

»Sind Sie verletzt?«, erkundigte er sich und trat einen Schritt näher.

»Ich … verletzt …«

»Können Sie sich bewegen?«

»So … viele … Schmerzen …«

Tom versuchte es aus einer anderen Richtung und konnte ein nacktes Bein erkennen, an dem Dreck und getrocknetes Blut klebten. Es wurde rasch aus dem Licht gezogen.

Die Person in der Kiste fing wieder an zu kichern.

Tom zögerte. Sein Instinkt, zu helfen und zu beschützen, rang mit seinem tief sitzenden, ursprünglichen Entsetzen.

Das da in der Kiste ist ein Mensch, sagte er sich. Und er braucht ärztliche Hilfe.

Warum befürchte ich dann, dass er rausspringen und mich angreifen könnte?

Auch das war ein Relikt aus einem alten Horrorfilm: eine im Keller eingesperrte Kreatur, die zu gefährlich war, als dass man sie auf die ahnungslose Welt loslassen konnte.

Ich werde mir nie wieder einen Horrorfilm ansehen.

»Hilfe ist unterwegs.« Tom sagte das weniger, um die Person in der Kiste zu beruhigen, sondern eher zu sich selbst. »Wir werden Sie hier rausholen.«

»Erin… eeeeees … wird … das … nicht … mögen.«

»Erinyes ist nicht hier.«

Tom trat nach links, um besser in die Kiste sehen zu können, aber sein Lichtstrahl reichte noch immer nicht bis in die Ecke, in der sich die Person versteckte.

»Erin… eeeees sieht alles.«

»Das ist unmöglich«, erwiderte Tom, ließ den Blick aber trotzdem schnell durch den Keller schweifen, um sich zu vergewissern, dass sonst niemand da war.

»Erin… eeeeees sieht alles. Weiß alles. Bestraft Sünder.«

Tom trat näher heran. Sämtliche Klischees über die Angst entsprachen der Wahrheit. Er bekam einen trockenen Mund. Seine Beine schienen aus Gummi zu sein. Sein Herz raste. Er war noch nie mit einem Fallschirm gesprungen, stellte sich den Augenblick direkt vor dem Sprung aus dem Flugzeug jedoch genau so vor.

»Hast du gesündigt … Tom?«

Tom zuckte beim Klang seines Namens zusammen. Woher kannte diese Person ihn? Dann fiel ihm wieder ein, dass er oben an der Treppe seinen Namen genannt hatte. Tom schluckte schwer und musste den Griff um seine Glock erneuern, da er schweißnasse Hände bekommen hatte.

Das ist eine Überreaktion. Ich habe eine Waffe. Dieser arme Mensch ist in einer Hundehütte angekettet. Hier gibt es nichts, wovor ich mich fürchten müsste.

»Wir versuchen reinzukommen«, sagte Roy. Tom zuckte zusammen, als die Stimme auf einmal aus seinem Handy drang. »Aber die Tür ist ganz schön hartnäckig.«

»Verstanden.«

Tom machte noch einen Schritt auf die Kiste zu.

»Wir sind alle Sünder. Wir müssen alle Buße tun.«

»Kommen Sie da raus«, forderte Tom die Person auf. »Ich werde Ihnen nicht wehtun.«

»Ich habe den Schmerz aber verdient.«

»Niemand hat das hier verdient.«

»Ich schon, Tom.«

»Nein, das haben Sie nicht.« Tom trat über die Hundenäpfe hinweg und kniete sich hin. Er war nur noch etwa einen Meter von der Kiste entfernt.

»Ich bin … niederträchtig. Ich habe gesündigt.«

»Sünden können vergeben werden. Gott vergibt Sünden.«

»Gott ja.« Erneut dieses schaurige Kichern. »Erin… eee-ees … nicht.«

Endlich gelang es Tom, das Licht auf die Person in der Kiste zu richten.

Er bereute es sofort.

Es war ein nackter Mann, der jedoch derart ausgemergelt war, dass man ihn nur anhand seines fleckigen Bartes, der aussah, als hätte er Räude, als Mann erkannte. Die Kette war mit einer Fußfessel verbunden. Unter dem ganzen Dreck und getrockneten Blut war die Haut des Mannes mit einem verschlungenen Netzwerk aus Wunden und Narben übersät. Er saß mit dem Rücken an der Rückwand der Kiste, presste die Beine an die Brust und schaukelte vor und zurück. Dieser Anblick war furchterregend, und dennoch konnte Tom den Blick nicht abwenden.

»Jetzt wird alles wieder gut«, murmelte Tom. Das war eine der größten Lügen, die er jemals ausgesprochen hatte. Selbst fünfzig Jahre intensive Psychotherapie und Rehamaßnahmen konnten nicht dafür sorgen, dass es diesem Mann je wieder gut gehen würde.

»Welches Jahr haben wir?«, fragte der Mann mit rauer, schriller Stimme.

Tom sagte es ihm.

Der Mann kicherte erneut. Das Lachen schlug in ein klagendes Jaulen um …

… und dann sprang er los.

Tom drückte vor lauter Angst den Abzug, schaffte es jedoch, die Waffe so zu drehen, dass er den Mann nicht traf.

Dies erwies sich als Fehler.

Der Mann stürzte sich auf Tom und besaß überraschenderweise genug Kraft, um ihn aus dem Gleichgewicht zu bringen. Tom fiel auf den Rücken, seine Waffe rutschte in eine Richtung davon, das Handy in eine andere, während sich der Mann rittlings auf ihn hockte und ihm die Hände um den Hals legte.

Tom spürte, wie sich die zackigen, dreckigen Fingernägel in seine Haut bohrten. Es gelang ihm, seine Taschenlampe festzuhalten und dem Mann in die Augen zu leuchten. Aus der Nähe sah sein Gesicht furchterregend aus. Die halbe Nase und der Großteil der Ohren fehlten, sodass er eher aussah wie ein zum Leben erwachter Schädel. Sein Mund war eine einzige infizierte rote Höhle voller fehlender oder verrotteter Zähne. Als er schnaubte, musste Tom wegen des Mundgeruchs würgen. Er versuchte, den Mann von sich runterzustoßen, doch der ließ nicht locker.

Dann biss er zu.

Die wenigen Zähne, die er noch hatte, bohrten sich in Toms Unterarm.

Als der Druck auf Toms Hals zunahm, bewirkte der Sauerstoffverlust, dass er Sterne vor Augen sah, Lichtflecken, die in seinem Blickfeld herumschwebten. Tom änderte die Taktik, griff auf Straßenkämpfermethoden zurück und packte dem Mann zwischen die Beine.

Doch da war nichts Nennenswertes außer Narbengewebe und ein kleiner Knubbel, der sich wie ein Plastikröhrchen anfühlte.

Tom hätte sich beinahe übergeben, doch das wäre in Anbetracht der Tatsache, dass er gewürgt wurde, sein Tod gewesen. Er kämpfte gegen seinen Ekel und die Bewusstlosigkeit an, schleuderte die Taschenlampe nach hinten und schlug dem Mann fest gegen die Schläfen. Das reichte aus, damit er von Toms Arm abließ, aber er würgte ihn weiterhin. Als der Mann schrie, flogen ihm Blut und Speichel von den Lippen.

»ALLE SOLLEN GERICHTET WERDEN!«

Tom schlug ein weiteres Mal zu. Inzwischen strömte dem Mann Blut über das Gesicht.

»ALLE SOLLEN BESTRAFT WERDEN!«

Tom schlug ihn noch ein drittes Mal. Dabei knackte es laut, als hätte er eine Walnuss geöffnet. Die Hände des Mannes erschlafften, und Tom sog die Luft ein, während sein Angreifer auf dem Boden zusammensackte.

»Erinyes wird uns alle kriegen …«, flüsterte der Mann. Seine Augenlider flatterten, und aus seinem Katheter strömte Urin auf den Boden und über Toms Beine.

In diesem Augenblick kamen Roy und der Rest des Teams die Treppe heruntergestürmt, und Tom fühlte sich endlich sicher genug, dass er sich übergeben konnte.

28

Obwohl mehr Namen in der Kontaktliste ihres Handys gespeichert waren, als sie sich überhaupt merken konnte – so viele, dass ihre Assistentin einen ganzen Tag für das Schreiben von Weihnachtskarten brauchte –, hatte Joan eigentlich keine engen Freunde. Das waren für Joan Menschen, an deren Schulter sie sich ausweinen konnte, und das tat sie, wenn überhaupt, nur bei Tom und auch nur, wenn etwas wirklich Schreckliches passiert war.

Daher war es ihr unangenehm, dass sich Trish bei ihr ausweinte. Sie schämte sich dafür, so zu empfinden. Diese Reaktion war wohl einer der Gründe dafür, dass sie keine engen Freunde hatte.

Trish war Joans Anlaufstelle, wenn sie nach Chicago kam, um Tom zu besuchen. Sie gingen gern zusammen essen und shoppen und sahen sich hin und wieder einen Film an. Sie sprachen über ihre Lebensgefährten, Sex und all die bescheuerten Dinge, die Männer so machten (und das waren eine ganze Menge). Aber dies war das erste Mal, dass Trish Joan um emotionale Unterstützung bat. Joan konnte sie ihr durchaus geben, schließlich hatte sie schon so manchen Promi davon abgehalten, alles hinzuschmeißen, aber es erinnerte sie an die Arbeit.

»Ich bezweifle, dass ich einen anderen Mann finden werde, der mich so lieben wird«, sagte Trish. Das hatte sie seit Joans Ankunft schon mehrmals mit unterschiedlichen Worten von sich gegeben. Die arme Kellnerin hatte noch nicht einmal ihre eigentliche Bestellung aufgenommen und Joan saß vor ihrer zweiten Tasse mittelmäßigem Kaffee.

»Er liebt dich.«

»Ich kann keine Kinder bekommen.«

»Ihr könnt doch adoptieren.«

»Männer wollen ihre Gene weitergeben. Das ist so ein Machoding.«

»Hat Roy das gesagt?«

»Nein. Aber ich weiß doch, wie die Männer sind. Technisch gesehen bin ich doch auch einer.«

Joan hätte beinahe die Augen verdreht. »Na gut, dann zeig mir doch bitte mal deine Eier.«

Trish musste lachen. »Ich habe keine Eier, aber ich habe Hoden, Joan.«

»Die sind in deiner Vagina«, entgegnete Joan so laut, dass man von den Nachbartischen zu ihnen herübersah. »Pass mal auf, Trish. Du hast das Roy von Anfang an gesagt, nicht wahr?«

»Ja.«

»Und er hatte kein Problem damit?«

»Nein.«

»Wieso musst du dann jetzt diese Gender-Karte ausspielen, noch dazu, wo du nicht einmal weißt, ob er dich überhaupt betrügt?«

Trish beugte sich über den Tisch. »Weißt du, wie es ist, wenn man das Gefühl hat, nicht dazuzugehören?«

»Du kennst doch die Academy of Motion Picture Arts and Sciences? Die haben einen Frauenanteil von achtzehn Prozent.«

»Und wie viele davon sind intersexuell?«

»Du hast ja recht. Aber du hast gefragt, ob ich weiß, wie es sich anfühlt, nicht dazuzugehören. Ich bin keine Afroamerikanerin. Ich bin nicht transgender. Ich kann mich nicht in diese Lage versetzen. Aber ich weiß, wie man sich fühlt, wenn man nicht für voll genommen wird, weil man kein Y-Chromosom hat. Und ich weiß, wie es ist, wenn man objektifiziert und nicht ernst genommen wird. Ich gehe an den Umkleiden der alten Knacker vorbei und mir ist klar, dass sie darin Geschäfte machen, an denen ich nie teilhaben kann. Wir haben noch einen langen Weg vor uns, bevor wir etwas Ähnliches wie Gleichberechtigung erreicht haben. Aber du darfst das nicht als Standardausrede benutzen. Sobald du dich über das definierst, was du nicht bist, und nicht über das, was du bist, spielst du ihr Spiel mit.«

Trish nickte, aber Joan war sich nicht einmal sicher, ob sie sich selbst glaubte. Denn sie konnte das Spiel der Männer spielen, und das sogar besser als so mancher Mann. Joan war attraktiv und nutzte das aus. Sie wusste, dass man sie aufgrund ihres Aussehens unterschätzte, und profitierte auch davon.

»Hat Tom dich jemals betrogen?«

»Nicht dass ich wüsste.«

»Was würdest du tun, wenn er es täte?«

Tom? Joan konnte es sich beim besten Willen nicht vorstellen. Er war einfach nicht der Typ dafür.

»Er ist ein gut aussehender Mann. Polizist. Polizisten haben auch Groupies, weißt du? Mädchen von Anfang zwanzig, die nach einer Vaterfigur suchen. Manche Nutten lassen Polizisten zwischendurch mal ran. Und es gibt Polizistinnen. Was ist mit dieser Eva? War Tom nicht mit ihr auf dieser Wohltätigkeitsveranstaltung?«

»Ich war bei einem Dreh und konnte nicht kommen. Tom hat mich vorher gefragt, ob ich damit einverstanden bin. Eva ist nur eine Freundin. Und sie ist lesbisch«, fügte Joan hinzu.

»Sie ist bi.«

»Wirklich?«

»Hast du mal ein Foto von ihr gesehen?«

»Nein.« Aus irgendeinem Grund hatte Joan sich Eva immer als klein und pummelig vorgestellt.

Trish ging ihre Handyfotos durch und entdeckte eins von Tom im Smoking. Die Frau in seinem Arm trug ein goldenes Kleid und sah atemberaubend aus. Sie musste an die eins achtzig groß sein und hatte so gewaltige Brüste, dass sie einfach nicht echt sein konnten.

»Das ist Eva?«

»Ja. Aber es ist kein sehr gutes Foto.«

Joan winkte die Kellnerin heran, da sie noch mehr Kaffee brauchte. »Worauf willst du eigentlich hinaus, Trish?«

»Als ich dir ihr Foto gezeigt habe, hast du dich da, wenn auch nur für einen Sekundenbruchteil, gefragt, ob Tom mit ihr geschlafen hat?«

»Nein.«

»Nicht? Sie sieht aus wie Sofia Vergara, nur dass sie größere Brüste hat.«

»Mag ja sein, aber sie ist groß. Tom hat mir mal gesagt, dass er auf kleine Frauen steht.«

Joan war nicht groß, und das Geld, das sie regelmäßig für hochhackige Schuhe ausgab, war ein eindeutiger Beweis dafür, dass sie sich mit ihrer Größe nie abgefunden hatte.

»Wie groß bist du? Eins fünfzig?«

»Ich bin eins sechzig.«

»Und alle Männer stehen auf kleine und nicht auf große Brüste, richtig?«

»Ist ja gut, ich hab's verstanden«, erwiderte Joan. »Es ist völlig normal, an sich zu zweifeln und sich auf das zu konzentrieren, was man an sich nicht mag. Aber du musst aufhören, dir den Kopf darüber zu zerbrechen, und Roy darauf ansprechen.«

»Und was ist, wenn er mit einer anderen schläft?«

»Was wäre dann?«

»Wenn du herausfinden würdest, dass Tom mit Eva geschlafen hat, was würdest du dann tun?«

Da musste Joan nicht lange nachdenken. »Ich würde ihn verlassen.«

»Wirklich?«

»Ja.«

»Aber du liebst ihn doch, oder?«

»Ja.«

»Hat ein Mensch, den du liebst, denn keine zweite Chance verdient?«

»Wieso geht es hier auf einmal um mich und Tom, Trish? Ich dachte, wir reden über dich und Roy. Steh deinen Mann und rede mit ihm.«

Trish zog die sorgfältig geschminkten Augenbrauen hoch. »Ich soll meinen Mann stehen?«

»Du hast doch eben selbst geprahlt, du hättest Hoden.«

Trish sah erst verwirrt aus und ließ dann ihr strahlendes Lächeln aufblitzen. Sie rief Roy an. Joan schaffte es, noch einen Kaffee und einen Bagel zu bestellen, während Trish telefonierte. Sie belauschte das Gespräch absichtlich nicht, bekam jedoch deutlich mit, wie Trishs eben noch selbstsichere Miene immer entsetzter wurde.

»Was ist los?«, fragte Joan, ohne darauf zu warten, dass Trish das Gespräch beendete.

»Roy ist im Krankenhaus«, antwortete Trish.

»Geht es ihm gut?«

»Ihm ja. Tom wurde angegriffen.«

29

Erinyes ist verärgert.

Das Haus wurde kompromittiert, aber der Verlust ist zu verkraften. Dort ist alles sauber. Es gibt keine Spuren, die zu ihm führen.

Es gefällt ihm jedoch nicht, dass er seinen Computer verloren hat. Und seine anderen Habseligkeiten.

Den Sünder im Keller.

Aber er hat Geld. Erinyes kann sich ein neues Haus kaufen. Einen neuen Computer. Neue Habseligkeiten.

Einen neuen Sünder, den er bestrafen kann.

Eine neue Leinwand, um Buße zu tun.

Doch der Zeitpunkt ist schlecht. Es gibt noch so viel zu tun. Er muss seine Bemühungen intensivieren. Aber das ist gefährlich. Diese Dinge müssen genossen und dürfen nicht übereilt werden. Wenn er zu schnell vorgeht, könnte das zu Fehlern führen.

Erinyes sieht auf die Uhr. Überprüft seinen Laptop. Checkt die Gasanzeige. Rechnet rasch nach. Nimmt seine morgendliche Dosis Spironolacton. Geht dann im Lieferwagen nach hinten, um sich die Krankenhauskleidung anzuziehen.

Erinyes weiß viel darüber, wie man Arzt spielt.

Und Krankenschwester.

Er überprüft die Kette am Metallfass, vergewissert sich, dass sie fest sitzt, und fährt an seinen Zielort, wobei er sich an die Geschwindigkeitsbegrenzung hält und über keine rote Ampel fährt.

Es wäre gar nicht gut, wenn ihn die Polizei anhalten würde. Erinyes muss einen Arzttermin einhalten.

Zu spät zu kommen wäre eine Sünde.

30

Joan war stinksauer.

»Du hast gesagt, du würdest dir heute freinehmen«, sagte sie zum dritten Mal.

Tom nickte. »Ich weiß.«

»Du hast es mir geschworen.«

»Ich weiß«, wiederholte er und nickte erneut.

»Und jetzt liegst du im Krankenhaus.«

»Nur zur Beobachtung.«

Die Bisswunde an Toms Arm hatte mit sechs Stichen genäht werden müssen. Es war nichts allzu Ernstes, aber wer wusste denn schon, welche Krankheiten der arme Kerl gehabt hatte? Toms Arzt hatte entschieden, auf so gut wie alles zu testen, von Wundstarrkrampf über Tollwut und Herpes bis hin zu AIDS und Rocky-Mountain-Fieber.

Joan saß neben dem Krankenbett und stieß einen ihrer dramatischen Hollywood-Seufzer aus. »Verdammt noch mal, Tom.«

»Es tut mir leid, Joan. Ich wollte nicht, dass das passiert, das kannst du mir glauben. Ich hatte andere Pläne.«

»Wir hatten Pläne, Tom. Wir beide. Und wir haben Regeln über das Arbeiten, wenn wir einander besuchen. Du hast diese Regeln jedoch geflissentlich ignoriert.«

Tom dachte an den Verlobungsring in seiner Jacke.

Dies schien aber nicht der richtige Moment für einen Antrag zu sein.

Joan rieb sich die Schläfen – das war immer ein schlechtes Zeichen – und wandte sich ab, um aus dem Fenster zu sehen.

»Ich will wirklich nicht die ganze Zeit rumjammern …«

»Das tust du doch gar nicht. Es ist meine Schuld.«

»… aber so empfinde ich gerade nun mal. Ich komme mir vor wie die fordernde, ständig unzufriedene Freundin. Und das gefällt mir gar nicht, Tom.«

»Du bist nicht fordernd, Joan. Wir haben Regeln, und ich bin derjenige, der sie gebrochen hat. Du bist eine Heilige, dass du es noch mit mir aushältst.«

»Was hättest du gemacht, wenn ich das getan hätte?«

»Was? Wenn du während meines Besuchs arbeiten gegangen wärst?«

Als Joan ihn wieder ansah, schimmerten Tränen in ihren Augen. »Wenn ich in das Haus eines Psychopathen gegangen und gebissen worden wäre.«

Oh Mann. Die Sache war schlimmer, als Tom gedacht hatte.

»Joan …«

»Das ist mein Ernst. Du liebst mich doch, oder?«

»Aber natürlich.«

»Was wäre, wenn ich mich ständig in gefährliche Situationen bringen würde? Wenn ich Mörder jagen würde? Wenn du jedes Mal, wenn mein Handy klingelt, denken müsstest, es wäre mein Boss, der dir mitteilen will, dass ich tot bin?«

Was sollte er dazu sagen? »Es tut mir leid, Joan.«

Joan stand auf. »Das ist doch Blödsinn, Tom. Ich verdiene mit Kinofilmen mein Geld. Die Sachen, die ich produziere, sind so falsch wie die Schauspieler, die darin mitspielen. Das Schlimmste, was mir in meiner Karriere passieren kann, ist, dass ich einen Flop lande. Aber du? Du liegst im Krankenhaus, weil ein Irrer versucht hat, dir den Arm abzubeißen!«

Tom wusste genau, was hier gerade passierte. Es war der gute alte »Was ist, wenn du nicht mehr nach Hause kommst«-Streit. Früher oder später kam die Partnerin jedes Polizisten damit an. Tom wusste, dass einige seiner Kollegen das erlebt hatten. In vielen Fällen folgte kurz darauf die Trennung oder Scheidung. Bisher war Tom das immer erspart geblieben, was jedoch daran gelegen hatte, dass er noch nie jemandem so nahegestanden hatte wie Joan.

Das Problem war nur, dass sie recht hatte. Diesen Streit konnte er unmöglich gewinnen. Wenn der andere das Risiko nicht akzeptieren konnte, dann war die Beziehung zum Scheitern verurteilt.

Sie hatten sich zuvor schon einmal auf weniger heftige Weise wegen dieses Themas gestritten, und Tom hatte Joan versprochen, den Polizeidienst zu quittieren. Doch das hatte er nicht getan. Und Joan hatte ihn dafür nicht zur Rechenschaft gezogen. Das war Jahre her, und er arbeitete noch immer als Polizist und jagte Mistkerle. Tom hatte geglaubt, seine Freundin würde sich nicht beschweren, weil sie seine Berufswahl nicht infrage stellte.

Da hatte er sich anscheinend gewaltig geirrt.

»Ich werde kündigen«, sagte er.

»Das hast du schon einmal gesagt.«

»Diesmal ist es mein Ernst.«

Joan holte ihr Handy aus der Tasche und warf es aufs Bett. »Okay. Ruf deinen Captain sofort an. Sag ihm, dass heute dein letzter Arbeitstag war.«

Tom starrte das Handy an.

»Worauf wartest du noch?«, verlangte Joan.

»Ich kann nicht einfach von heute auf morgen aufhören, Joan. Ich bin im öffentlichen Dienst. Ich muss meine Kündigung fristgerecht einreichen, sonst verliere ich womöglich noch meinen Pensionsanspruch.«

»Zum Teufel mit deiner Pension. Ich verdiene mehr als genug Geld.«

»Ich kann nicht einfach kündigen, Joan.«

»Das ist doch Unsinn, Tom. Du kannst es durchaus, du willst es aber nicht. Und das liegt nicht etwa daran, dass du dir Sorgen wegen deiner Pension machst. Der Grund dafür ist dieser Irre, hinter dem du her bist. Der Schnippler. Du kannst erst aufhören, wenn du ihn erwischt hast. Gib es doch wenigstens zu.«

Tom sagte nichts dazu. Sie hatte den Nagel auf den Kopf getroffen, und wenn er sich verteidigen wollte, würde er lügen müssen.

Joan stemmte die Hände in die Hüften. »Du hältst den Mund, weil du weißt, dass ich recht habe.«

»Okay. Ich kündige, sobald ich ihn gefasst habe.«

Joan drehte sich wieder zum Fenster um. Eine Minute lang sagte keiner von ihnen etwas.

»Die Bösen zu jagen … Joan, das gehört zu mir. Es ist einer der Gründe, warum du dich in mich verliebt hast. Wenn du willst, dass ich mich ändere, werde ich es versuchen. Für dich versuche ich es. Aber das wird nicht über Nacht passieren.«

Sie starrte weiter auf die Straße hinab, die vier Stockwerke unter ihnen lag. »Das wird nie passieren, Tom. Du hast es doch eben selbst gesagt. Es gehört zu dir. Aber ich weiß nicht, ob ich damit klarkomme.«

»Was willst du mir damit sagen?«

»Ich möchte mich nicht so fühlen, Tom.«

»Joan?«

Sie schüttelte den Kopf.

»Bitte sieh mich an, Joan.«

Ihre Schultern bebten. Sie weinte.

Tom zog die Tür des Kleiderschranks neben sich auf. Er fischte seine Jacke heraus und holte den Ring aus der Innentasche. Dann schwang er die Beine aus dem Bett und ging zu Joan. Sein Tropf verhinderte, dass er vor sie treten konnte, und die Nadel wurde ihm beinahe aus dem Arm gezogen.

»Ich muss dich etwas fragen, Joan.«

Joan drehte sich um.

Blickte auf seine Hand herab.

Sah den Ring.

Und machte das traurigste Gesicht, das Tom je gesehen hatte.

»Nein. Das wirst du jetzt nicht tun.«

»Joan …«

»Das ist nicht fair, Tom.«

Tom ging auf ein Knie, wobei er sich die Infusionsnadel aus dem Arm zog und ein wildes Piepkonzert der Maschine neben seinem Bett einleitete.

»Joan DeVilliers, würdest du …«

»Lass das! Hör auf damit!«

»Joan, ich habe mir in meinem ganzen Leben nie mehr gewünscht als das.«

»Wirklich?«

»Wirklich.«

Joan stemmte die Hände in die Hüften. »Dann gib deinen Job auf. Auf der Stelle. Kündige und lass jemand anderes diesen Irren fangen. Wenn du das tust, dann heirate ich dich.«

Tom schwieg.

Die Stille war entsetzlich.

»Dann wäre das ja geklärt«, stellte Joan fest. »Offensichtlich ist das etwas, das du noch mehr willst als mich.«

Sie ging an ihm und seiner ausgestreckten Hand vorbei zur Tür.

»Heirate mich«, flehte er. »Bitte.«

Joan blieb im Türrahmen stehen. »Du kennst meine Bedingungen. Wenn du deine Entscheidung getroffen hast, kannst du mich ja anrufen.«

»Wohin gehst du?«

»Nach Hause.«

Dann war sie verschwunden.

Tom stand wieder auf. Ging zurück ins Bett. Starrte das Blut an, das ihm am Arm herunterlief. Betrachtete den Verlobungsring. Versuchte, sich an einen schlimmeren Moment in seinem Leben zu erinnern, was ihm jedoch nicht gelang.

Irgendwann kam ein Krankenpfleger herein und schimpfte mit ihm, während er die Infusionsnadel wieder anbrachte. »Darin sind Antibiotika, Mr Mankowski. Sie dürfen die Nadel nicht rausziehen. Wir haben den Mann, der Sie gebissen hat, untersucht, und ...« Der Mann stockte.

»Und was?«

»In Kürze wird ein Spezialist hier sein und Ihnen alles erklären.«

Das waren sehr rätselhafte Worte, und unter normalen Umständen hätte Tom den Mann erst gehen lassen, nachdem er ihm das erklärt hatte.

Aber im Augenblick war Tom alles egal.

31

Es waren eintausendzweihundertsechsundachtzig Schritte bis zur Carpenter-Klinik, und Kendal kam vier Minuten zu spät zu ihrem Termin. Sie wartete draußen, weil fünf eine bessere Zahl war, und wollte die Tür dann aufziehen.

Die Tür war verschlossen.

Kendal drückte dagegen, doch das zeigte auch keine Wirkung. Sie überprüfte den Türanschlag und vergewisserte sich, dass sie tatsächlich ziehen musste, versuchte es erneut, und die Tür ging auf.

Vor ihr stand eine große Frau, deren Gesichtsausdruck zwischen genervt und gelangweilt einzustufen war. Sie trug einen pinkfarbenen Schwesternkittel, weiße Schnürschuhe und ein Namensschild, auf dem Schwester Demeter stand.

»Guten Morgen, meine Liebe«, sagte die Frau auf diese gespielt freundliche Art, die einem vermittelte, dass sich das Gegenüber eigentlich überhaupt nicht für einen interessierte.

Dann drehte sie sich auf dem Absatz um, und Kendal folgte ihr durch den mit Linoleum ausgelegten Flur, in dem zahlreiche Kacheln fehlten, als würde hier gerade renoviert. Nach achtzehn Schritten erreichte sie das Wartezimmer. Die Schwester setzte sich hinter den Empfangstresen und starrte auf ihr Handy. Kendal sah sich im Raum um. Leere Stühle, ein mit Zeitschriften bedeckter Tisch, eine Topfpflanze, die dringend abgestaubt werden musste, eine alte Kaffeemaschine mit leerer Kanne.

Kendal zählte die Stühle, entschied sich für den dritten neben der Tür und wollte sich schon setzen.

»Nimm das Klemmbrett und füll das Formular ganz aus«, sagte die Schwester, ohne aufzublicken.

Da sie nach der letzten Nacht ohnehin schon mit den Nerven am Ende war, zuckte Kendal zusammen. Sie beäugte den Stuhl und musste einfach weiter darauf zugehen. Nachdem sie die Armlehne dreimal berührt hatte, drehte sie sich um und machte fünf Schritte zum Tresen, nahm das Klemmbrett, kehrte die fünf Schritte zum Stuhl zurück und tippte weitere dreimal auf die Lehne, bevor sie sich hinsetzte.

Sie warf der Schwester einen nervösen Blick zu, aber die Frau schien Kendals Benehmen überhaupt nicht zur Kenntnis zu nehmen. Oder es war ihr schlichtweg egal.

Kendal zog den Stift aus der Klemmbretthalterung und ging den Gesundheitsfragebogen durch.

Weder Anämie, Arthritis, Bluthochdruck, Diabetes, Emphyseme, Geschwüre, Herzanfälle, Katarakte, Migräne, Nierensteine, Schilddrüsenprobleme noch Schlaganfälle.

So weit, so gut.

Auch keine Operationen, Bluttransfusionen, Schwangerschaft. Sie rauchte und trank nicht und nahm keine Drogen …

Kendal war der Ansicht, dass es niemanden etwas anging, ob sie hin und wieder Gras rauchte, und kreuzte Nein an.

Medikamente? Seit Jahren nicht mehr, also nicht erwähnenswert.

Familienanamnese. Unverhofft sah sie ihren Vater vor ihrem inneren Auge und kreuzte Alkoholmissbrauch an.

Sexualleben. Über »einvernehmlich« stand dort nichts, und Kendal wollte auch nicht ins Detail gehen, daher kreuzte sie auch hier überall Nein an.

Psychologische Vorerkrankungen …

Kendal ging die Liste durch.

Bipolare Störung. Depression. Posttraumatischer Stress. Angststörung. Wutausbrüche. Selbstmordversuch. Gewalt.

Das waren keine Auswahlmöglichkeiten, sondern eher Kendals persönliche Charts. Sie konnte alles mit Ja beantworten. *Danke, Vater. Du hast mir so viel gegeben.*

Zwangsstörung.

Sie kreuzte den Punkt an. Dreimal.

Schizophrenie.

Schizophrenie. Das war die große Frage. *Ist dieser innere Monolog, den ich gerade führe, normal oder nicht?*

Und was hat das alles mit einer gottverdammten Mammografie zu tun?

Kendal übersprang den Punkt, trug ihre Krankenkasseninformationen ein und machte die fünf Schritte zu Schwester Demeter, der sie das Klemmbrett auf den Tisch legte.

Die Frau würdigte weder sie noch den ausgefüllten Fragebogen eines Blickes, sondern starrte ihr Handy mit finsterer Miene an, steckte es in die Tasche und sagte: »Komm mit.«

Kendal musste sich beeilen, da die Schwester deutlich größer war und mit Riesenschritten durch den Flur marschierte.

»Du kannst dich hier umziehen«, sagte die Schwester und deutete auf eine Tür. »Zieh den Pullover und den BH aus. Am Haken hängen Kittel.«

Kendal betrat die Umkleidekabine, verharrte und wartete, dass die Schwester ging.

Die Frau blieb stehen.

»Die Kittel hängen hinter dir«, wiederholte Schwester Demeter etwas energischer.

Kendal drehte sich um und sah zwei trostlose hellblaue Krankenhauskittel. Sie nahm sich einen und warf Schwester Demeter einen Blick zu.

Die Krankenschwester verschränkte die Arme vor der breiten Brust. Offensichtlich hatte sie nicht vor, Kendal allein zu lassen.

Widerstrebend zog sich Kendal die Jacke aus, legte sie auf die Bank und schämte sich dafür, dass sie sie dreimal berühren musste.

»Na los jetzt, hopp, hopp.«

Kendal hatte den Eindruck, dass Schwester Demeter einer dieser von Natur aus unhöflichen Menschen war, die gar nicht merkten, wie sie auf andere wirkten. Und pervers war sie anscheinend auch noch. Wollte sie Kendal tatsächlich beim Ausziehen zusehen? Die Frau sah irgendwie männlich aus. Das konnte mit ihrer Haltung zu tun haben oder mit ihren großen Händen.

Wäre Linda an ihrer Stelle gewesen, hätte sie deswegen einen Witz gemacht. Linda war stabil. Sehr viel stabiler als Kendal. Sie hätte Linda beinahe gefragt, ob sie sie begleiten würde, aber ihre Mitbewohnerin hatte noch geschlafen und so friedlich ausgesehen, dass Kendal sie nicht hatte wecken wollen.

Linda hätte sich nicht geschämt. Sie wäre auch nicht nervös gewesen. Sie hätte sich ausgezogen und der komischen Schwester dabei direkt in die Augen gesehen.

Also machte Kendal das auch.

Und die unheimliche Schwester grinste.

»So große Titten, und du hattest noch nie eine Mammografie?«, fragte Schwester Demeter.

Kendal spürte, dass sie rote Ohren bekam, aber sie wandte den Blick nicht ab. »Ich bin erst neunzehn.«

»In der Genetik ist das Alter ohne Bedeutung. Hast du schon mal vom Kallmann-Syndrom gehört? Einige Menschen kommen nie in die Pubertät. Sie müssen ihr ganzes Leben lang Ersatzhormone einnehmen. Aber du hast diese Sorge ganz offensichtlich nicht. Und jetzt der BH.«

Dies musste die wohl unprofessionellste Krankenschwester in der Geschichte der Campuskrankenhäuser sein. Kendal überlegte, ob sie nicht einfach wieder gehen sollte.

Schwester Demeter ließ erneut ihr falsches Grinsen aufblitzen. »Du wirkst nervös. Dafür gibt es überhaupt keinen Grund. Ich lasse regelmäßig eine Mammografie machen, seit ich sechzehn bin.«

Die Krankenschwester schob die Brust raus. »Ob du es glaubst oder nicht, das habe ich der väterlichen Seite meiner Familie zu verdanken. Ist schon komisch, wenn man sich überlegt, dass man die Brüste von seinem Vater hat, oder? Dabei befürchten kleine Mädchen eher, andere Dinge wie beispielsweise Alkoholismus zu erben.« Ihr Lächeln verblasste. »Oder Geisteserkrankungen. Natur versus Erziehung. Genetische Vorbelastung gegen Umweltfaktoren. Unsere Eltern haben so oder so die Schuld, nicht wahr? Aber es ist das Kind, das von der vierten Klasse an gehänselt wird, nur weil seine Hirnanhangdrüse nicht so funktioniert, wie sie es bei Kindern in diesem Alter tun sollte.«

Schwester Demeter verzog das Gesicht, und ihr lief eine Träne die Wange herunter.

Kendals Abneigung gegen diese Frau wurde durch Mitleid ersetzt.

»Ich warte auf dem Flur«, sagte die Schwester. »Zieh den Kittel falsch rum an, sodass er sich vorn öffnen lässt. Ich sage dem Arzt Bescheid, dass du da bist.«

Schwester Demeter ging.

Kendal fühlte sich schrecklich allein.

Sie schloss die Augen. Die unterschiedlichsten Gedanken schossen ihr durch den Kopf.

Komische Krankenschwester.

Ich bin zu jung für eine Mammografie.

Warum hat sie Geisteserkrankungen erwähnt?

Ist irgendetwas von dem, was ich in letzter Zeit erlebt habe, real gewesen?

Passiert das hier gerade wirklich?

Woher soll man mit Sicherheit wissen, dass man gerade den Verstand verliert?

Mein Vater war Alkoholiker. Und eindeutig geisteskrank. Aber viel mehr weiß ich auch nicht darüber. Habe ich das von ihm geerbt? Oder bin ich wegen dem, was er mir angetan hat, verrückt geworden?

Sie zog den BH aus und streifte sich den Kittel über.

Letzten Endes war es unwichtig, was real war und was nicht. Kendal war Expertin darin, sich so zu verhalten, als wäre alles in bester Ordnung. Das war ihre besondere Fähigkeit. Wie schlimm es auch wurde, sie hielt einfach durch. Sie steckte alles ein. Wäre ein rosafarbener Drache in die Umkleide gestürmt, hätte sie kaum mit der Wimper gezuckt.

Im Grunde genommen ging es beim Überleben doch darum, das Leben so zu nehmen, wie es kam. Selbst wenn es noch so hart austeilte. Wer das nicht akzeptierte, musste eben von einem Hochhaus springen.

Kendal verließ die Umkleide und trat vor Schwester Demeter, die ihre dicke Foundation gerade mithilfe eines Taschenspiegels auffrischte. Die Schwäche, die sie eben noch gezeigt hatte, war vollständig verschwunden.

»Hier entlang«, sagte sie und führte Kendal mit langen Schritten durch den Flur. Erneut fiel es Kendal schwer, mit der Frau mitzuhalten. Sie hielt den rechten Arm vor die Brust, um zu verhindern, dass der Kittel aufklaffte. Die Schwester öffnete eine Tür und hielt sie Kendal auf. Kendal ging hinein.

Im Raum war es kalt, und die Luft roch abgestanden. An der hinteren Wand stand eine Maschine, bei der Kendal davon ausging, dass damit die Mammografie gemacht werden sollte.

Als die Tür hinter Kendal zufiel, zuckte sie zusammen.

»Tastest du dich regelmäßig ab?«

»Was?«, fragte Kendal.

»Ob du dich auf Knoten untersuchst.«

»Ich habe keine Knoten«, erwiderte Kendal. »Und ich weiß noch nicht mal, warum …«

»Bei deiner Blutuntersuchung wurden Spuren von Cancer-Antigen 15-3 festgestellt«, fiel ihr Schwester Demeter ins Wort.

»Meine letzte Blutuntersuchung war vor …«

»Heb die Hände über den Kopf«, verlangte die Schwester.

Kendal kam der Anweisung nach, und der Kittel ging vorne auf. Schwester Demeter legte eine Hand auf Kendals rechte Schulter und tastete mit der anderen die linke Brust ab.

Die Schwester ging dabei trotz ihres ungehobelten Benehmens überraschend sanft vor. Die Berührung war zwar eindeutig nicht sexuell, fühlte sich aber auch nicht völlig klinisch an.

Es kam Kendal beinahe so vor, als wüsste die Schwester nicht genau, was sie tun sollte. Als hätte sie noch nie zuvor eine Brust untersucht.

Die ganze Situation war nun weitaus mehr als nur seltsam und unangenehm, und in Kendals Kopf gingen die Alarmglocken los. Sie mochte ja eine paranoide Schizophrene mit Halluzinationen sein, aber sie wollte nur noch aus dieser Klinik raus, und zwar sofort.

»Ach du Scheiße, mir ist gerade eingefallen, dass ich jetzt eigentlich einen wichtigen Test schreiben muss.« Kendal trat einen Schritt zurück. »Ich muss jetzt wirklich …«

»Da ist eine Auffälligkeit.«

»Was?«

Schwester Demeter nahm Kendals Hand und legte sie auf ihre Brust. »Da. Drück zu. Kannst du das spüren?«

Kendal drückte zu.

Und spürte tatsächlich etwas. Eine Art Beule.

»Ist das nicht eine Rippe?«

»Wir müssen den Arzt holen«, erklärte die Schwester. Sie wollte schon gehen, blieb dann aber noch einmal stehen. »Vorher werden wir dich aber noch röntgen.«

Sie führte Kendal zu einem hässlichen beigefarbenen medizinischen Gerät an der Rückwand des Raumes. Es sah aus wie ein riesiges Mikroskop und hatte auf Schulterhöhe eine rechteckige Plattform. Die Schwester nahm Kendals Brust und legte sie darauf.

»Halt still. Ich fahre jetzt die Kamera runter.«

Schwester Demeter behielt eine Hand auf Kendals Rücken und drückte sie nach vorn, während sie mit der anderen auf einen Knopf am Ende eines Kabels drückte. Die Kamera fuhr herunter, bis sie auf Kendals Brust ankam.

Dann wurde sie weiter abgesenkt.

»Au!«

»Wir müssen das Gewebe so gut wie möglich zusammendrücken.«

Kendal sah entsetzt mit an, wie die Kamera ihre Brust so weit zusammendrückte, wie es nur ging.

»Das tut weh!«

»Halt still. Ich bin gleich mit dem Arzt wieder da.«

Schwester Demeter ging hinaus.

Kendal fing an zu weinen. Sie versuchte, sich aus der Maschine zu befreien, doch das schmerzte noch mehr. Das konnte nicht richtig sein. Die verrückte Krankenschwester hatte die Kamera zu weit heruntergefahren.

»Hey! Kann mir jemand helfen?«, brüllte Kendal. »Ich bin hier drin! Hilfe!«

Der Schmerz wurde immer intensiver, und inzwischen war es Kendal völlig egal, ob ein Fremder hereinkam und sie sehen konnte. Sie wollte hier weg, und zwar sofort.

Sie sah sich panisch nach dem Knopf um, mit dem die Schwester die Kamera heruntergefahren hatte, und entdeckte ihn in einem Meter Entfernung an der Kordel.

Kendal griff danach.

Sie kam nicht ran.

Als sie gegen die Maschine drückte, fühlte es sich an, als würde ihr die Brust abgerissen, aber es nützte nichts. Das schwere Gerät bewegte sich keinen Zentimeter.

»JEMAND MUSS MIR HELFEN!«

Es kam keine Hilfe.

Eine Minute verging. Vielleicht waren es auch mehrere. Sie hatte ihr Handy in der Jacke gelassen, die noch in der Umkleide lag. Angst machte sich in ihr breit. Davor, stundenlang hier festzusitzen. Was war, wenn die verrückte Krankenschwester einfach gegangen war? Wenn überhaupt kein Arzt kam? Was würde passieren, wenn Kendal das Bewusstsein verlor? Würde ihr die Brust dann einfach abgerissen?

Kendal kämpfte gegen diese Angst an. Versuchte, sie nicht gewinnen zu lassen.

Sie hatte schon Schlimmeres durchgestanden. Und das Schlimmste, was ihr hier passieren konnte, war, dass sie eine Weile festsaß. Die Krankenschwester würde ihren Job verlieren. Vielleicht konnte Kendal sie sogar verklagen. Diese Vorstellung war sogar sehr erheiternd. Dann wäre sie endlich dazu in der Lage, auch ohne HotSororityGirlsLive.com das College bezahlen zu können. Okay, eine ihrer Brüste würde wie ein Pfannkuchen herabhängen, aber das wäre ein geringer Preis für finanzielle Unabhängigkeit.

»Alles wird wieder gut«, sagte sie sich. »Bald ist alles wieder gut.«

»Nein«, erwiderte eine Männerstimme hinter ihr. »Ist es nicht.«

Kendal versuchte, sich umzudrehen, konnte jedoch nicht erkennen, wer den Raum betreten hatte.

»Sind Sie der Arzt?«

»Ich bin kein Arzt, Kendal.«

Sie hörte Schritte, die sich näherten.

»Helfen Sie mir«, flehte sie.

Sie bekam keine Antwort.

»Wer ist da?«

Die Sekunden verstrichen, und Kendal fragte sich schon, ob sie sich die Stimme nur eingebildet hatte. Vielleicht war das Ganze hier auch nur eine Halluzination. Was war glaubhafter: eine durchgeknallte Krankenschwester, die Kendals Brust in einem Mammografiegerät einklemmte und ging, oder dass sie einen weiteren psychotischen Schub hatte?

Oder war dies eine Kombination aus beidem? Vielleicht war Kendal wirklich hier in der Campusklinik und hatte sich das irgendwie selbst eingebrockt. Als wäre es eine Art *Beautiful Mind/Fight Club*-Wahnsinn, bei dem sich Kendal selbst in diese Lage gebracht hatte. Warum war sonst niemand hier? Wieso hatte auf der Topfpflanze im Wartezimmer so viel Staub gelegen?

Kendal erinnerte sich an eine App, mit der Linda und sie vor Monaten herumgespielt hatten. Damit konnte man sich aus einer unangenehmen Lage befreien, da die App automatisch die eigene Nummer anrief und man so tun konnte, als gäbe es einen Notfall. Hatte Kendal das Haus der Schwesternschaft gestern etwa selbst angerufen und diesen falschen Arzttermin mit sich selbst ausgemacht?

Vielleicht war letzte Nacht auch niemand in ihrem Zimmer gewesen. Oder an ihrem Computer. Oder ihrem Kindle. Möglicherweise war ihr Stalker ja nur ihr eigener kranker Geist, der noch immer völlig verrückt war nach allem, was ihr Vater mit ihr gemacht hatte …

»Seltsam«, sagte die Männerstimme, und Kendal zuckte zusammen. »Ich sehe dich gerade das erste Mal nackt.«

Kendal versuchte erneut, sich umzudrehen, konnte aber niemanden entdecken.

»Wer sind Sie?«

»Spiel nicht die Schüchterne, Kendal. Du weißt, wer ich bin.«

»Das tue ich nicht.«

»Vergisst du ständig die Jungs, die du mit auf dein Zimmer genommen hast? Ich bin sogar aus deinem Schrank gekommen.«

Kendal schluchzte auf. Halluzination hin oder her, sie hatte eine Heidenangst.

»Was … was wollen Sie?«

»Wir wollen beide dasselbe. Du bist eine Sünderin. Du musst Buße tun. Erinyes ist hier, um sie dir zu gewähren.«

»Ich weiß nicht, was Sie damit meinen.«

Schweigen.

»Hallo?«

Keine Antwort.

»Hallo!«

»Wir sind noch da«, raunte der Mann Kendal ins Ohr. »Und wir fangen gerade erst an.«

Kendal spürte, wie ihr etwas Kaltes und Feuchtes vor den Mund gepresst wurde. Etwas brannte in ihren Nasenlöchern. Ihr Instinkt übernahm die Oberhand, und alles, was sie vor Jahren im Selbstverteidigungskurs gelernt hatte, fiel ihr wieder ein.

Heb den Fuß hoch.

Ramm die Ferse auf den Spann des Angreifers.

Der Mann jaulte auf und nahm den stinkenden Lappen von Kendals Mund, und sie schrie aus Leibeskräften.

32

»Wir werden es erst mit Sicherheit wissen, wenn wir das Ergebnis Ihrer Blutuntersuchung vorliegen haben, aber wir behandeln Sie gegen nekrotisierende Fascilitis«, sagte der Fachmann, der neben Toms Bett stand. Er sah aus, als wäre er für diese Rolle gecastet worden: weiß, Mitte vierzig, zurückweichender Haaransatz, Brille, Laborkittel. Auf seinem Namensschild stand Dr. Jones.

»Dann geben Sie mir eine Spritze und verschwinden Sie.«

Joan ging nicht an ihr Handy. Tom hatte sogar versucht, Trish anzurufen, weil er hoffte, dass die beiden zusammen waren, aber auch Trish ging nicht ran. Und Roy hielt sich noch immer im Haus des Verdächtigen auf und sammelte Beweise, würde daher also nicht wissen, wo seine Freundin zu finden war.

»Ich bin mir nicht sicher, ob Ihnen der Ernst der Lage bewusst ist, Mr Mankowski. Ich habe erst einen solchen Fall in meiner Karriere gesehen, und zwar bei dem Individuum, das Sie gebissen hat. Das Krankenhaus hat soeben die CDC benachrichtigt.«

»Sie haben die Seuchenschutzbehörde benachrichtigt, weil mir jemand in den Arm gebissen hat?«

»Wir haben die CDC informiert, weil ein Ausbruch der nekrotisierenden Fascilitis um jeden Preis verhindert werden sollte. Man nennt sie auch die fleischfressenden Bakterien.«

»Das klingt ernst«, meinte Tom.

»Das ist es auch. Wir müssen Sie unter ständiger Beobachtung halten und Ihnen intravenös Antibiotika verabreichen. Außerdem rate ich Ihnen, das Gewebe rings um die Wunde chirurgisch entfernen zu lassen. Die Bakterien breiten sich sehr schnell aus.«

»Wie schnell?«

»Augenblicklich.«

»Der Mann, der mich angegriffen hat …«

»Ich bin ehrlich gesagt überrascht, dass er überhaupt die Kraft dazu hatte. Wir gehen davon aus, dass er nicht nur an Streptokokken erkrankt ist. Das Ausmaß seiner Verletzungen ist … außergewöhnlich. Er ist unterernährt. Wurde wiederholt misshandelt. In seinen Haaren lebten Spinnen. Und einige seiner Narben scheinen Jahre alt zu sein. Anscheinend hat ihm sein Geiselnehmer Antibiotika verabreicht, damit er am Leben blieb.«

»Ist er wach?«

»Ich habe die Operation vor einer halben Stunde beendet. Die Menge an infiziertem Gewebe, die ich entfernen musste … war enorm.«

»Kann ich mit ihm reden?«

»Nein, das können Sie nicht. Aber Sie können diese Einverständniserklärung unterschreiben. Es sei denn, Sie wollen Gefahr laufen, Ihren Arm zu verlieren.«

Tom kannte einen äußerst unfreundlichen Expolizisten, der eine Hand verloren hatte. Zwar wusste er nicht, ob die Persönlichkeit des Mannes durch den Verlust gelitten hatte oder ob er schon immer so gewesen war, aber er wollte das Risiko nicht eingehen, auch so zu werden. »Ich würde meinen Arm lieber behalten. Können Sie den Eingriff mit örtlicher Betäubung durchführen? Ich hätte nur ungern eine Vollnarkose.«

Für den Fall, dass Joan zurückrief.

»Wir können mit einer örtlichen Betäubung anfangen, aber ich kann nicht voraussagen, wie der Schaden aussehen wird, wenn ich erst einmal mit dem Schneiden angefangen habe.«

Der Arzt schien bei dieser Aussicht aufzuleben, was Tom mehr als nur ein wenig verstörend empfand. Sobald der Mann gegangen war, kam eine Krankenschwester mit den Papieren herein und Tom versuchte erneut, Joan oder Trish anzurufen. Ohne Erfolg. Doch er erreichte Roy.

»Tommy, du wirst es nicht glauben, was wir in der Garage gefunden haben. Da stehen Fässer voller Leichen. *Fässer.* Der Mistkerl hat sie da reingesteckt wie … wie Gurken. Ich habe eine Sondereinheit angefordert, die gerade die Leichen zählt. Bisher sind es acht. Hast du die Nachrichten gesehen?«

»Roy, weißt du, wo Trish ist? Ich kann Joan nicht erreichen.«

»Ich habe seit heute Morgen nicht mehr mit ihr gesprochen. Du solltest den kranken Scheiß sehen, den wir hier gefunden haben, Tommy. Erinnerst du dich an diese komische Peitsche aus *Die Passion Christi*? Die mit den Dornen am Ende? Dieser Schweinehund hier hat auch so eine. Und wir haben eine halbe Apotheke gefunden. Drogen bis zum Gehtnichtmehr. Wir könnten ihn allein wegen illegaler Steroide bis an sein Lebensende wegsperren. Und ich habe einen riesigen Schlüsselbund mit lauter Hauptschlüsseln entdeckt. Damit kriegt man jedes Schloss auf. Jetzt wissen wir, wie er in die Wohnungen der Opfer …«

»Hör mir zu, Roy. Du musst Trish anrufen, damit sie Joan ausrichtet, dass sie sich bei mir melden muss. Trish denkt, du würdest sie betrügen, daher gehe ich davon aus, dass sie zusammen sein könnten.«

»Trish denkt was? Sag das noch mal, Tom.«

»Deine Freundin hat eine Kreditkartenrechnung vom Sheraton gefunden. Über achthundert Dollar.«

»Mann, als ob ich mir das Sheraton leisten könnte. Achthundert Dollar! Warte mal, Tom. Dieser Computertyp Firoz will mit dir reden. Augenblick …«

»Roy …«

»Hallo? Detective Mankowski? Hier ist Detective Firoz Nafisi. Der Computer des Verdächtigen ist wie erwartet passwortgeschützt. Bevor ich es mit einer Brute-Force-Methode versuche, wollte ich Sie fragen, ob Sie vielleicht eine Idee haben. Detective Lewis meinte, da würde es irgendetwas mit griechischen Dämonen geben, das mit diesem Fall in Verbindung steht.«

Griechische Dämonen? »Ich weiß nicht, was Roy … Warten Sie. Roy hat die Furien gemeint. Griechische Rachegöttinnen. Machen Sie sich diesbezüglich mal schlau.«

»Geht klar. Danke.«

»Können Sie mir Roy noch mal geben?«

Firoz antwortete nicht.

»Hallo? Sind Sie noch dran?«

Offenbar hatte Firoz aufgelegt.

Tom war schon versucht, Joan erneut anzurufen, tat es dann aber nicht, sondern griff nach der Fernsehfernbedienung, die am Bettgitter befestigt war. Er schaltete die Lokalnachrichten ein und sah sofort die Fässer, die Roy erwähnt hatte.

Großer Gott. Dieses Mal hatten sie es aber mit einem wirklich kranken Kerl zu tun.

Und er war noch immer auf freiem Fuß.

Tom schaltete den Fernseher wieder aus und dachte über Joans Worte nach.

Du kannst erst aufhören, wenn du ihn erwischt hast. Gib es doch wenigstens zu.

Hatte sie recht? Tom hatte geglaubt, er wäre bereit, seinen Job für sie aufzugeben. Aber die Nachrichten weckten ihn ihm ein überwältigendes Gefühl …

Was genau war es eigentlich?

Verantwortung? Bürgerpflicht? Joan hatte Tom damit aufgezogen, dass er genetisch dazu veranlagt wäre, für das Leben, die Freiheit und das Streben nach Glück einzutreten. Lag sie damit etwa richtig? Waren Toms Wunsch nach Gerechtigkeit und sein Streben danach, die Welt zu einem besseren Ort zu machen, etwa stärker als seine Liebe zu Joan?

Der Kampf gegen Monster war eine lohnenswerte Sache. Aber sie forderte ihren Tribut. Toms ehemalige Vorgesetzte Lieutenant Jacqueline Daniels, die jetzt im Ruhestand war, hatte sehr darunter gelitten, dass sie ihr Leben der Jagd nach Gesetzesbrechern geopfert hatte. Tom glaubte nicht an Gut oder Böse, denn diese Konzepte gehörten seiner Ansicht nach in den Philosophieunterricht und ließen sich nicht auf unvollkommene Menschen anwenden. Aber Jack hatte in der Welt viel Gutes getan und viel Böses aufgehalten, und sie war einer der unglücklichsten Menschen, die Tom kannte.

Sah Toms Zukunft auch so aus? Würde er dem Wohle der Menschheit dienen und selbst darunter leiden?

Er sah zur Tür hinüber, und seine Grübeleien wurden von Neugier abgelöst.

Der Mann, der Tom im Keller gebissen hatte – was wusste er?

Tom schwang die Beine aus dem Bett, griff sich seinen fahrbaren Infusionsständer und rollte ihn zum Schrank. Er holte seine Dienstmarke aus seiner Hose und tappte auf nackten Füßen den Krankenhausflur entlang. Die Kacheln fühlten sich kalt an, und er trug unter dem Krankenhausnachthemd nichts als Boxershorts, aber dennoch fror er nicht. Lag es an der Aufregung, weil er gleich einen Zeugen befragen und möglicherweise einige Antworten bekommen würde? Oder breitete sich die nekrotisierende Fascilitis bereits in seinem Blutkreislauf aus?

»Sie sollten das Bett nicht verlassen, Mr Mankowski.«

Tom blickte auf und bemerkte den Krankenpfleger, der zuvor schon in seinem Zimmer gewesen war. »Detective Mankowski«, korrigierte er ihn und zeigte ihm seine Dienstmarke. »Dr. Jones hat mir die Erlaubnis erteilt, den Mann zu befragen, der zusammen mit mir eingeliefert wurde.«

»Dr. Jones hat mir nichts davon …«

»Haben Sie die Nachrichten gesehen?«, fiel Tom ihm ins Wort. »In diesem Haus wurden ein Dutzend Leichen gefunden. Wir müssen mehr über den Mörder in Erfahrung bringen.«

Der Pfleger schien mit sich zu ringen, sagte dann aber: »Er liegt in Zimmer siebenhundertdrei, rechte Seite.«

Tom nickte. Dreißig Sekunden später blickte er auf eine Mumie herab. Der Mann, der ihn gebissen hatte, war in derart viele Verbände eingewickelt, dass er aussah, als wäre er einem Hammer-Film entsprungen. Tom konnte nicht erkennen, ob er die Augen geschlossen oder geöffnet hatte, und trat näher heran.

»Sind Sie wach?«

Die Augenlider des Mannes flatterten. Seine Stimme klang sehr schwach. »Wo … bin ich?«

»Im Krankenhaus. Sie sind jetzt in Sicherheit. Wie heißen Sie?«

»Wal… ter.«

Das war also Walter Cissick. Dass er jahrelang im Keller eingesperrt gewesen war, erklärte auch, wieso er seinen Führerschein nie erneuert hatte.

»Wer hat Ihnen das angetan, Walter?«

Walter murmelte etwas, und Tom beugte sich über ihn.

»Können Sie das wiederholen?«

»Era… niiiiies …«

»Erinyes«, wiederholte Tom und erkannte den griechischen Namen wieder. »Aber wie heißt er wirklich?«

Walter antwortete nicht.

»Wo ist Ihr Sohn, Walter? Wo ist Dennis?«

»Erinyes …«

»Hat Erinyes Dennis geholt?«

»Buße. Sünder … müssen … bestraft werden …«

Tom erinnerte sich an das Schlafzimmer, das er als Erstes betreten hatte. »Haben Sie eine Tochter, Walter? Oder lebt ein Mädchen in Ihrem Haus?«

»Krone …«

»Krone?«

»Krone … aus Spinnen …«

Tom hatte den Eindruck, dass das zu nichts führte. Entweder stand Walter nach der Operation noch unter dem Einfluss von Medikamenten oder er hatte nach der jahrelangen Gefangenschaft und Misshandlung den Verstand verloren.

»Sie müssen mir sagen, wer Ihnen das angetan hat, Walter. Wissen Sie, wo er ist?«

»Ken… dal.«

»Was ist mit Kendal, Walter? Hat er es auf eine weitere Frau namens Kendal abgesehen? Noch ein Webcam-Model?«

»Detective Mankowski.«

Als sich Tom umdrehte, stand Dr. Jones im Türrahmen. Hinter ihnen war der Pfleger zu sehen, mit verschränkten Armen und selbstzufriedenem Grinsen.

»Ich versuche hier, Leben zu retten, Doc.«

»Ich ebenfalls. Und zwar das Ihre. Gehen Sie wieder ins Bett. Und solange Sie da liegen, können Sie ja ein bisschen was über ›Fournier-Gangrän‹ nachlesen und sich dann entscheiden, ob Sie auf mich hören wollen oder nicht.«

Tom ließ sich wieder auf sein Zimmer führen. Sobald er im Bett lag, rief er auf seinem Handy die Google-Suche auf.

Einige Dinge sollte man besser nicht zu genau wissen.

Er beschloss, sich an die Anweisungen des Arztes zu halten. Dann wischte er sich den Schweiß von der Stirn und ließ den Handrücken dort liegen, um festzustellen, ob er Fieber hatte.

Natürlich ließ sich das mit dieser Methode nicht feststellen, da seine Hand ja dieselbe Temperatur hatte wie der Rest seines Körpers.

Als Toms Handy klingelte, hatte er es mit dem Rangehen derart eilig, dass es ihm erst einmal aus der Hand fiel und er es auf der dünnen Bettdecke suchen musste. Dann sah er Roys Nummer auf dem Display.

»Hey Roy. Dieser irakische Computergeek hat einfach aufgelegt.«

»Hallo Detective Mankowski. Hier ist der Computergeek. Und ich bin Irano-Amerikaner und kein Iraker. Ich rufe Sie an, weil es mir gelungen ist, auf den Computer am Tatort zuzugreifen. Sie hatten recht, das Passwort war Demeter. Das ist noch eine griechische Göttin.«

»Tut mir leid, dass ich …«

»Dass Sie nicht erkennen konnten, ob ich irakischer oder iranischer Herkunft bin? Ich lebe schon mein ganzes Leben in diesem Land, Detective. Diese Ignoranz gehört für mich zum Alltag. Die Vorurteile, mit denen ich es zu tun bekomme, erst recht seit dem elften September …«

»Es tut mir leid, dass ich Sie als Geek bezeichnet habe«, fiel Tom ihm ins Wort.

»Oh. Ach, das macht mir nichts aus. Ich bin doch ein Computergeek. Es ist ja nicht so, als hätten Sie mich als Nerd bezeichnet.«

»Ich wüsste nicht, was da der Unterschied ist.«

»Oh, das ist ein sehr großer Unterschied. Wie der Unterschied zwischen jemandem, der aus dem Irak stammt, und ...«

»Haben Sie auf dem Computer etwas gefunden, Firoz?«

»Ah, ja. Ich habe etwas gefunden. Und nichts. Das Nichts liegt daran, dass er einen TOR-Browser benutzt hat.«

»Keine Ahnung, was das ist.« Tom wischte sich einige Schweißperlen von der Stirn.

»TOR ist die Kurzform für ›The Onion Router‹. Damit kann man anonym im Netz surfen. Er verbirgt den Standort des Benutzers, indem er ein Netzwerk aus mehreren Tausend Peers benutzt. Daher kann einen die NSA und auch niemand sonst aufspüren. Außerdem wird kein Verlauf gespeichert, wenn man sich also im Dark Web ...«

»Dem Dark Web?«

»Dem Darknet, Detective. Es ähnelt dem Internet, man kann jedoch nicht einfach so darauf zugreifen. Anstelle von dot com oder dot net hat man dot onion. Haben Sie schon mal von Silk Road gehört?«

Immerhin das kannte Tom. »Das war ein Schwarzmarkt im Internet, auf dem man illegale Waren und Dienstleistungen kaufen konnte. Die Feds haben ihn stillgelegt.«

»Der Schwarzmarkt verschwindet nie. Solange es eine Nachfrage gibt, findet jemand einen Weg, sie zu stillen. Da unser Verdächtiger TOR benutzt hat, weiß ich also nicht, welche Seiten er besucht hat, und kann ihn nicht aufspüren. Er hat Administratorrechte für die *Fight the Feeling*-Domain, die jedoch passwortgeschützt ist. Noch konnte ich sie nicht knacken.«

»Aber Sie haben es wenigstens versucht. Können Sie mir Roy geben?«

»Roy ist in der Garage. Ich habe Ihnen noch gar nicht gesagt, was ich gefunden habe, Detective, dabei habe ich Sie doch deswegen angerufen.«

225

»Okay.« Tom hatte sich schon gefragt, wann Firoz endlich damit anfangen würde.

»Sein Computer ist mit zwölf Sicherheitskameras im ganzen Haus verbunden. Das ist ein sehr ausgeklügeltes Hightechsystem. Die Kameras sind winzig und drahtlos.«

»Wird alles aufgezeichnet?«, fragte Tom und schaute zur Tür, da der Pfleger hereinkam.

»Ja. Die Dateien befinden sich auf einer verschlüsselten Festplatte, die ich mir gleich vornehmen werde, und ...«

»Ich werde in einer Minute operiert, Firoz. Könnten Sie zum Punkt kommen?«

»Der Punkt ist, Detective Mankowski, dass der Verdächtige zweifellos über sein Handy oder seinen Laptop auf diese Kameras zugreifen kann. Er wird wissen, dass wir hier sind. Möglicherweise beobachtet er uns in diesem Augenblick.«

33

Erinyes ist wütend.

Er versucht, die Tatsache zu ignorieren, dass die Polizisten wie eine Elefantenherde durch sein Haus trampeln, denn es treibt ihn in den Wahnsinn, mit ansehen zu müssen, wie seine Sachen, sein Haus, sein Leben durchwühlt werden. Er will nicht hinsehen, kann jedoch nicht anders, und mit jedem Blick steigt sein Blutdruck weiter. Einer der klügeren hat sich sogar Zugriff auf seinen Computer verschafft. Das ist der ultimative Eingriff in die Privatsphäre, er ist vor einem Haufen gottloser Fremder bloßgestellt, exponiert und nackt.

Sie halten mich für böse.

Dabei bin ich nicht böser als die Polizei. Oder die Richter. Oder die Priester.

Ich bestrafe die Niederträchtigen. Und dadurch rette ich sie.

Ich bin kein Verbrecher.

Ich bin ein Rachegott.

Warum erkennen sie das nicht?

Von allen Menschen auf der Welt bin ich der einzig wirklich unschuldige.

Erinyes reibt sich den Fuß und fragt sich, ob Kendal ihm irgendwelche Knochen gebrochen hat. Er hat sich gezwungen, von ihr wegzuhumpeln, da sein Zorn derart übermächtig geworden war, dass er kurz davorgestanden hatte, sie an Ort und Stelle zu töten.

Aber das wäre schlampig gewesen. Eine Verschwendung.

Denn sie ist eine Kendal. Kendals haben besondere Aufmerksamkeit verdient.

Erinyes schließt die Augen und konzentriert sich.

Das sind nur die Hormone. Sie machen mich emotional.

Konzentrier dich.

Erledige deine Aufgabe.

Das kompromittierte Haus beeinträchtigt seine Pläne nicht besonders. Erinyes hat alles, was er braucht, im Wagen. Er war davon ausgegangen, dass der schwierigste Teil darin bestehen würde, Kendal von der Klinik ins Auto zu bekommen, hatte für dieses Problem aber rasch eine Lösung gefunden. Wie sich jedoch herausgestellt hatte, war das Kniffflige, die Sünderin überhaupt in seine Gewalt zu bringen. Er war mit der Äthermaske einfach zu langsam gewesen.

Doch diese Lektion hatte er gelernt. Erinyes schaltet den Elektroschocker ein und tätschelt seine Kitteltasche, um sich zu vergewissern, dass sich der Ballknebel darin befindet. Kendals Schreie gehen ihm langsam auf die Nerven.

»Doktor?«

Erinyes dreht sich um. Im Korridor steht ein Mann in einer hellbraunen Uniform. Campuspolizei.

»Das Gebäude ist wegen Renovierung geschlossen«, sagt er.

Erinyes dreht sich leicht, um den Elektroschocker hinter seinem Körper zu verstecken. »Ich bin gerade mitten in einer Mammografie.«

»Warum schreit Ihre Patientin so?«

Erinyes wägt seine Optionen ab. Der Mann ist groß, aber fett. Vermutlich nicht in Form. Wahrscheinlich bewaffnet. Seine linke Hand ist leer, die rechte hinter seinem Bauch verborgen.

Während er sich seine Gereiztheit bewusst anmerken lässt, geht Erinyes langsam auf den Wachmann zu. »Ich habe wirklich keine Zeit für so etwas. Meine Patientin hat offensichtlich Schmerzen, und ich muss jetzt zu ihr.«

Der Polizist hat etwas in der Hand und hebt es hoch.

Eine Waffe?

Nein. Ein Funkgerät.

»Ich hab hier einen Kerl, der behauptet, Arzt zu sein, und eine schreiende Frau. Erbitte Verstärkung.«

Erinyes geht schneller. Er ist nur noch wenige Schritte von dem Mann entfernt. »Ich kann Ihnen meinen Ausweis zeigen«, sagt er und macht sich bereit, den Elektroschocker einzusetzen.

»Wir sind gleich um die Ecke«, ist aus dem Funkgerät zu hören.

Dann schreit Kendal: »Ist da jemand? Hilfe!«

Der Wachmann zieht seine Waffe. Erinyes brüllt: »Sie schwebt in Gefahr! Helfen Sie ihr!«

Der Polizist sieht Erinyes an, blickt den Flur entlang und betrachtet Erinyes erneut. »Bleiben Sie hier!«, ordnet er an und rennt los.

Erinyes wartet nicht auf ihn. Er läuft in die andere Richtung, ins Wartezimmer, greift sich seine Tasche und zieht sich einen Trenchcoat über. Er steht zwei Schritte vor der Klinik, als die Verstärkung eintrifft.

»Was ist denn los?«, fragt er, als sie an ihm vorbeilaufen.

Das war knapp.

Wenn er Kendal das nächste Mal besucht, muss er vorsichtiger sein.

Viel vorsichtiger – und bewaffnet.

34

»Auf das Leben ohne Männer«, sagt Joan und hebt ihr Schnapsglas.

Trish stößt mit ihr an, und die beiden Frauen stürzen den Whiskey herunter. Joan genoss das Brennen in ihrer Kehle. Zwar konnte diese Marke nicht mit dem dreiundzwanzig Jahre alten *Pappy Van Winkle* mithalten, den sie zu Hause in L. A. immer trank, aber für einen Pub, der Fotos der angebotenen Gerichte in der Speisekarte abbildete, war er erstaunlich gut.

Die Tatsache, dass es ihr dritter in einer Stunde war, mochte außerdem dazu beitragen, dass sie nichts am Geschmack auszusetzen hatte.

»Und … war er schön?«, fragte Trish und zupfte an der Cocktailserviette herum.

»Wer?«

»Der Ring.«

»Ist das dein Ernst? Wir machen hier ohne Kerle einen drauf, und du fragst mich nach dem Ring?«

Trish zuckte mit den Achseln. »Mir hat noch nie jemand einen Heiratsantrag gemacht.«

»Heiratsanträge sind doch Blödsinn. Die Ehe ist Blödsinn. Dieser ganze Beziehungsquatsch ist Blödsinn. Weißt du, wie viele Spezies tatsächlich monogam leben?«

»Nein. Wie viele?«

»Keine«, antwortete Joan. »Sie betrügen alle.«

»Schwäne sind monogam«, merkte Trish an.

»Das sind sie nicht. Die Ethologen haben sie nur noch nicht beim Fremdgehen erwischt.«

»Ich habe gehört, sie wären monogam.« Trish runzelte die Stirn.

Joan hatte auf etwas weibliche Anteilnahme und gemeinschaftliches Herumhacken auf Männern gehofft, aber Trish schien wirklich traurig zu sein.

»Bist du nicht wütend?«, fragte Joan.

»Eigentlich nicht. Vermutlich hatte ich schon damit gerechnet.«

»Wieso denn das? Du bist wunderschön.«

»Für eine Frau mit Hoden?«

»Für eine Person«, sagte Joan.

»Was wäre, wenn Tom dich betrogen hätte?«

»Das hat er doch. Mit seinem Job. Er geht lieber arbeiten, anstatt Zeit mit mir zu verbringen.«

»Ist sein Job denn nicht wichtig?«

»Jeder Job ist wichtig«, gab Joan zu bedenken. »Ich produziere Filme, die Millionen Menschen glücklich machen. Du hilfst Leuten dabei, Geld vom Finanzamt wiederzukriegen.«

»Die meisten meiner Klienten sind zu reich, um eine Erstattung zu bekommen«, widersprach Trish ihr. »Und ich kann sie nicht leiden. Das ist ein Haufen reicher, fordernder, gieriger Arschlöcher.«

»Aber wenn du deinen Job lieben würdest, wäre er dir dann wichtiger als deine Beziehung?«

»Was wäre, wenn wir Chirurgen wären?«, fragte Trish. »Und ständig Bereitschaft hätten, falls irgendwo ein schrecklicher Unfall passiert?«

»Das ist etwas anderes«, meinte Joan. »Ärzte retten Leben.«

»Das tun Roy und Tom auch.«

Joan hob die Hand, um beim Barkeeper – der niedlich, aber viel zu jung war – noch mehr Whiskey zu bestellen.

»Trish … Ich will damit nur sagen, dass wir uns den Stress nicht antun müssen, wenn unseren Männern etwas – oder jemand – anderes wichtiger ist.«

»Dann bist du deswegen nicht gestresst?«

»Ich habe schon mit Promis zu tun gehabt, die nach fünfwöchigem Dreh einen Zweihundertmillionen-Dollar-Film hinschmeißen wollten, weil der Friseur ihren Pony vermasselt hat. Nein, ich bin jetzt nicht gestresst.«

»Er hat dir gerade einen Antrag gemacht, Joan.«

»Ich will aber keinen Ehemann. Ich will einen Kerl, dem etwas an mir liegt. Und wenn Tom lieber irgendwelche Mistkerle jagt, anstatt Zeit mit mir zu verbringen … tja, dann bin ich mit einem anderen vermutlich besser dran.«

Als Joan die Worte laut aussprach, war sie auf einmal gar nicht mehr so sehr davon überzeugt. Und Trish hatte offenbar gar nicht zugehört, da sie ihr Handy anstarrte.

»Roy hat noch immer nicht angerufen«, murmelte sie.

»Warum hast du dein Handy überhaupt noch an? Ich habe meins ausgestellt.«

»Und was ist, wenn es einen Notfall gibt?«

»Wie heute Morgen? Um wieder zum Krankenhaus rasen und mich zu Tode ängstigen zu müssen, weil irgend so ein Arschloch Tom in den Arm gebissen hat?«

»Du bist doch Toms Notfallkontakt, oder nicht?«

»Ich denke schon.« Joan war sich nicht sicher.

»Dann solltest du dein Handy lieber anmachen.«

»Damit ich alle fünf Minuten nachsehe, ob er angerufen hat? Nein danke.« Joan winkte den Barkeeper erneut heran.

»Er hat dich bestimmt angerufen.«

»Und wenn schon.«

»Ich sage ja nur, dass es schön wäre, einen Mann zu haben, der mehrfach anruft, um sich zu entschuldigen, weil er Mist gebaut hat.«

»Macht Roy das denn nicht?«

»Früher hat er es jedenfalls gemacht. Jetzt tut er es nicht mehr.«

»Hast du ihm überhaupt gesagt, dass du sauer auf ihn bist?«

»Nein.«

Joan hätte beinahe die Augen verdreht. »Wie kannst du erwarten, dass er sich entschuldigt, wenn er gar nicht weiß, dass du wütend auf ihn bist, Trish?«

»Ich will ja gar keine Entschuldigung. Ich will ... ich weiß auch nicht ... eine Nachricht, in der er schreibt, dass er mich liebt? Dass er mich sehen will? Aber wieso sollte er das tun, wenn er sich mit einer anderen im Sheraton trifft?«

Der Barkeeper brachte ihnen noch zwei Whiskeys und zwinkerte Trish zu.

Joan beachtete er gar nicht.

»Hast du das gesehen?«, meinte Joan. »Er flirtet mit dir. Mich hat er gar nicht zur Kenntnis genommen.«

»Der Barkeeper mit dem Bartflaum?« Trish schnaubte. »Den würde ich ja glatt zerbrechen.«

Sie prosteten sich zu.

»Wie war er denn nun?«, fragte Trish.

»Der Bourbon?«

»Der Ring.«

Joan sah ihn deutlich vor Augen. Weißgold. Gelber Diamant.

»Er war perfekt«, gab sie zu. »Genau mein Stil.«

»Mach dein Handy an und sieh nach, ob er angerufen hat.«

Aber Joan schüttelte den Kopf. »Auf gar keinen Fall. In der Highschool habe ich lange genug neben dem Telefon gesessen und darauf gewartet, dass mich mein Schwarm zum Abschlussball einlädt.«

»Warst du beim Abschlussball?«

»Nein. Der Blödmann hat nie angerufen. Aber wir sind jetzt auf Facebook befreundet. Er arbeitet in einem Sandwichladen, hat eine hässliche Frau und postet viermal am Tag Fotos von seinem Yorkshire Terrier. Da habe ich wohl noch mal Schwein gehabt.«

»Ist er glücklich?«

Joan runzelte die Stirn. »Ja.«

»Ist es das, wovor du Angst hast? Glücklich zu sein?«

Wow, das hatte gesessen.

»Mach so weiter und ich bin gleich wieder nüchtern, Trish.«

Trish nahm Joans Hände. »Ich möchte, dass mich mein Freund anruft, damit ich sicher bin, dass er mich liebt. Du scheinst nicht zu wollen, dass dich deiner anruft, damit du beweisen kannst … Was willst du eigentlich beweisen? Dass du niemanden brauchst?«

»Ich brauche auch niemanden.«

»Warum willst du dann, dass Tom seinen Job für dich aufgibt?«

Darauf wusste Joan nicht sofort eine Antwort, und der Alkohol war auch nicht gerade hilfreich.

»Schalt dein Handy an«, verlangte Trish. »Sieh nach, ob er angerufen hat.«

»Weil mir das beweist, dass er mich liebt?«

»Ja.«

Joan schüttelte den Kopf.

»Wetten, er hat dich mindestens zehnmal angerufen?«

»Ganz bestimmt nicht.«

»Lass uns wetten. Wenn Tom dich zehnmal angerufen hat, rufst du zurück.«

»Und wenn nicht?«

»Dann schalten wir beide unsere Handys für den Rest des Abends aus.«

»Abgemacht.«

Sie schüttelten sich die Hand, und Joan holte ihr Handy aus der Tasche. Als sie es einschaltete, zog sich ihr Magen zusammen.

Wieso werde ich denn auf einmal so nervös? Weil ich befürchte, Tom hat zehnmal angerufen und Trish zwingt mich, mit ihm zu reden? Oder weil ich Angst habe, dass er sich nicht gemeldet hat?

»Zehn verpasste Anrufe«, sagte Joan und starrte ihr Handy an.

Trish grinste breit. »Siehst du?«

»Neun sind von Tom. Einer ist von meiner Assistentin.«

Sie schweigen beide einige Sekunden lang.

»Neun Anrufe sind aber auch sehr viel«, gab Trish zu bedenken.

Da hatte sie recht. Aber aus irgendeinem merkwürdigen Grund schien es nicht genug zu sein.

»So, du hast die Wette verloren. Handys aus.«

Joan und Trish schalteten die Handys aus, und Joan versuchte erneut, den Barkeeper an ihren Tisch zu holen. Sie hatte das Gefühl, dass sie noch eine ganze Weile hierbleiben würden.

35

»Ere Nies?«, fragte Officer Ledesma. Er konnte nicht viel älter als Kendal sein und wirkte auch nicht so abgestumpft wie viele seiner Kollegen. Kendal saß ihm an seinem Schreibtisch gegenüber.

»So hat es sich angehört. *Ere Nies* oder *Ere Nees*.«

Er tippte auf seiner Tastatur herum.

»Und Sie haben sein Gesicht nie gesehen?«

Kendal schniefte. Ihre Brust tat noch immer weh, und sie war sehr aufgebracht. Der Campuspolizist hatte sie vor über einer Stunde gerettet, aber ihr Herz raste weiterhin.

»Ich habe nur die Frau gesehen. Schwester Demeter.«

Kendal wollte nicht schon wieder weinen. Sie hatte im Streifenwagen auf dem Weg zum Revier geweint. Sie hatte in der Lobby des Reviers geweint, während sie darauf wartete, dass ein Detective Zeit für sie hatte. Und sie war kurz davor, vor den Augen des Detectives, der wirklich nett zu ihr war, zu weinen.

Er reichte ihr ein weiteres Mal die Schachtel mit den Taschentüchern, und Kendal zog eins heraus und tupfte sich die Augen ab.

»Möchten Sie mit unserer Psychologin sprechen, die Opfer von sexuellen Übergriffen betreut?«, erkundigte er sich.

»Ich wurde nicht vergewaltigt.«

»Aber jemand hat sich an Ihnen vergriffen, Miss Smith.«

»Ich möchte das hier einfach nur zu Ende bringen und ...«

Ja, wohin wollte sie dann gehen? Sie hatte das Gefühl, überall verfolgt zu werden. Wie viele Leute waren eigentlich hinter ihr her?

Kendal schluchzte. Der nette Polizist wartete, bis sie sich wieder beruhigt hatte.

»Haben Sie Feinde?«, fragte er sanft. »Oder wurden Sie von jemandem belästigt?«

Kendal wusste nicht, was sie darauf antworten sollte. Dass das möglicherweise alles nur in ihrem Kopf stattfand? Dass sie sich vielleicht selbst die Brust in dieser schrecklichen Maschine eingeklemmt hatte? Dass ihr Cyberstalker, der Mann in ihrem Schrank, die Krankenschwester und der Arzt nur Einbildung waren?

»Ich glaube, jemand ist hinter mir her«, gab sie zu und brach zusammen.

Dann erzählte sie dem Polizisten alles.

* * *

»Wo soll ich Sie absetzen?«, fragte Detective Ledesma.

Kendal gähnte. Es war noch nicht sehr spät, aber sie war erschöpft. Sie hatte die letzten fünf Stunden auf dem Polizeirevier verbracht. Detective Ledesma hatte ihr eine Pizza geholt, während sie versucht hatte, mit einer Phantombildzeichnerin Schwester Demeters Aussehen zu rekonstruieren. Sie hatte alles aufgezählt, was ihr in den letzten Tagen passiert war und sogar einige Traumata der Vergangenheit erwähnt; nur dass sie als Kind als schizophren eingestuft worden war und dass das Haus ihrer Schwesternschaft voller Kameras war, die alles live ins Internet übertrugen, hatte sie lieber verschwiegen.

Doch den ganzen Rest hatte sie ihm erzählt und auch ihre Zwangsneurose nicht verschwiegen.

Es tat gut, über alles zu reden, und Kendal hatte sich in ihrem Leben nie sicherer gefühlt. Detective Ledesma – dessen Vorname Jacob lautete, wie sie herausfand – hatte etwas Beruhigendes an sich, und sie wollte eigentlich gar nicht aus seinem Wagen aussteigen.

»Keine Ahnung«, gestand sie. Die Vorstellung, das Haus erneut zu betreten, ängstigte sie. Eigentlich wollte sie nirgendwo hingehen. »Am liebsten würde ich hierbleiben.«

»Damit habe ich kein Problem.« Jacob nahm die Hände vom Lenkrad und legte sie hinter seinen Kopf. »Wir können bis in alle Ewigkeit hier parken.«

»Die Vorstellung gefällt mir. Aber was machen wir, wenn wir aufs Klo müssen?«

»Dann bauen wir Truckerbomben.«

»Was sind Truckerbomben?«

»Wir pinkeln in Plastikflaschen und werfen sie auf die Straße.«

Kendal musste kichern. »Ist ja eklig. Polizisten sollten nicht so reden.«

»Das tun Polizisten aber ständig. Eine lange Überwachung. Keine Toilette in der Nähe. Ich habe gerade eine große Flasche Gatorade geleert. Dann fülle ich sie wieder auf und werfe sie aus dem Fenster.«

»Das glaube ich Ihnen nicht.«

»Das würden wir auch nie tun. Die Männer und Frauen des Evanston Police Department würden niemals die Umwelt verschmutzen. Wir sind verantwortungsbewusst und halten uns ans Gesetz. Daher landet jede Truckerbombe ordnungsgemäß im Mülleimer.«

Sie lachten beide los.

»Haben Sie schon mal einen Mörder gefasst?«

»Nein. Bei einer Bevölkerung von achtzigtausend gab es in den letzten beiden Jahren nur einen einzigen Mord.«

»Und was ist mit einem Vergewaltiger?«

»Dutzende.«

»Stalker?«

»Ich habe erst letzte Woche einem eine einstweilige Verfügung in die Hand gedrückt. Ein Mann drohte, seine Frau zu schlagen, und sie ging zu einem Richter. Ich musste ihn mit Gewalt aus seinem Haus zerren.«

Kendal riss die Augen auf. »War das gefährlich?«

»Sehr gefährlich sogar. Der Mann war achtundachtzig Jahre alt. Ich hatte schon Angst, er würde mir auf dem Weg zum Altersheim wegsterben.«

Sie lachten erneut. »Ich glaube, ich weiß jetzt, wohin ich will«, sagte Kendal. »In die Collegebibliothek.«

»Geht klar.«

Er ließ den Wagen an, und sie genossen eine angenehme, schweigsame fünfminütige Fahrt zum Campus. Dort angekommen öffnete Kendal die Tür, stieg aber nicht aus.

»Machen Sie sich keine Sorgen«, versicherte Jacob ihr. »Ich passe auf Sie auf.«

Das war jedoch nicht der Grund für Kendals Zögern. Sie versuchte vielmehr herauszufinden, wie viele Schritte es vom Bürgersteig bis zur Tür der Bibliothek waren.

»Sie haben meine Nummer doch gespeichert?«

»Ja.«

»Ich bin in Ihrer Nähe, Kendal. Soll ich mit Ihnen reingehen?«

Kendal hatte im Kopf nachgerechnet und entschieden, dass sie bei eintausendeinhundertsiebenundsechzig anfangen musste. »Nein. Alles gut. Danke, Detective Ledesma.«

Kendal stieg aus dem Wagen und drehte sich nicht mehr um. Siebenundsechzig Schritte später meldete sie sich bei Computer #17 mit ihrer Immatrikulationsnummer als Benutzer 11892 an.

Nachdem sie zwanzig Minuten lang am Rechner gearbeitet hatte, fror der Bildschirm ein. Sie drückte mehrmals auf der Maus und der Tastatur herum, ohne dass etwas passierte, schob schließlich den Stuhl nach hinten und suchte unter dem Schreibtisch nach einem Schalter, um den Computer neu hochzufahren.

Auf einmal erschien ein Pop-up-Fenster auf dem Bildschirm.

Helpdesk: Wo liegt das Problem?

Kendal drückte vorsichtig auf eine Taste.

Benutzer 11892: Der Bildschirm ist eingefroren. Scheint jetzt wieder zu funktionieren.

Helpdesk: Wolltest du den Computer ausschalten?

Benutzer 11892: Nein. Ich habe nichts angefasst.

Helpdesk: Es ist gegen die Bibliotheksregeln, einen der Computer manuell auszuschalten.

Mir doch egal, dachte Kendal. Sie drückte auf ESC, aber das Fenster ging nicht weg.

Wie kann ich weitersurfen?

Es ist gegen die Bibliotheksregeln, sich Onlinepornos anzusehen.

WTF?

Ich habe mir keine Pornos angesehen.

Ich weiß. Ich habe dich beobachtet.

Kendal sah sich um. Am Schalter saßen mehrere Bibliotheksangestellte an ihren Computern, aber keiner schaute zu ihr herüber.

Du hast an Pornos gedacht, nicht wahr, du böses Mädchen?

Das wurde ja immer unheimlicher. Kendal zog ihren Studentenausweis aus dem Kartenslot.

Der Bildschirm veränderte sich nicht.

Du denkst, du hättest deine Bestrafung überstanden, nachdem dir die Titte eingequetscht wurde? Du wirst leiden, Kendal. Du wirst für deine Sünden büßen.

Kendal wandte sich vom Computer ab.

Und erstarrte.

Wie viele Schritte bis zum Ausgang? Waren es sechzehn oder siebzehn?

Hinter ihr drang eine Stimme aus den Computerlautsprechern.

Kendals Stimme.

»Ich hatte gerade einen echt merkwürdigen Anruf.«

»Merkwürdig obszön? Ein Kerl, der sich stöhnend einen runterholte? Du Glückspilz. Solche Anrufe kriege ich nie.«

»Es hörte sich eher an, als würde jemand geschlagen.«

»Das ist ja sogar noch heißer.«

Kendal blickte über die Schulter und sah auf dem Monitor das Webcam-Video vom Vortag, auf dem sie und Linda in der Küche standen.

»Wirklich geschlagen. Jemand, der um sein Leben schrie.«

»Sollte das ein Witz sein?«

»Falls es einer war, dann fand ich ihn nicht witzig.«

»Kanntest du die Nummer?«

»Da stand, es wäre ein unbekannter Anrufer.«

Dann veränderte sich das Bild zu dem Schrecklichsten, was Kendal je gesehen hatte: Ein Mann mit einer Kette um einen Fußknöchel wurde mit einer Peitsche blutig geschlagen und schrie dabei wie am Spieß.

Kendal hatte die Treppe mit vierzehn Schritten erreicht und musste noch zwei weitere machen und das Geländer dreimal berühren, bevor sie die fünfundzwanzig Schritte durch die Lobby in Angriff nehmen konnte.

Detective Ledesma parkte noch immer in zehn Schritten Entfernung im Ladebereich. Kendal rannte zu seinem Wagen und klopfte dreimal ans Fenster.

Er ließ es halb herunter.

»Schon fertig?«

»Ja.«

Was hätte sie sonst sagen sollen? Kendal wusste, dass auf dem Bildschirm nichts mehr zu sehen sein würde, wenn sie den Mann dorthin führte.

Falls überhaupt je etwas da gewesen war.

»Und wohin jetzt?«

Sie überlegte. »Nach Hause.«

Wenn ihr Stalker real war und ihr überallhin folgen konnte, dann wollte Kendal an einem Ort sein, an dem achtzehn Kameras rund um die Uhr live sendeten.

Im Haus wäre sie wie in einem Aquarium und würde von allen Seiten beobachtet. Das schien ihr momentan der sicherste Ort zu sein.

Sie fuhren schweigend dorthin und hielten viel zu schnell vor der Tür. Doch Kendal machte keine Anstalten auszusteigen.

»Früher bin ich hier Patrouille gefahren«, sagte Detective Ledesma. »Ich kenne das Haus von Epsilon Epsilon Delta.«

»Wirklich?«

Wollte er damit andeuten, dass er von den Webcams wusste?

»Robuste Türen vorn und hinten. Mit Bolzen gesichert. Sogar Sicherheitsfenster. Universitätsregel. Hier passt man auf seine Studenten auf.«

»Schlösser kann man knacken«, entgegnete Kendal.

»Stimmt. Aber ich werde die ganze Nacht da sein und aufpassen.«

»Und wenn Sie Feierabend haben?«

Er schenkte ihr ein freundliches Lächeln. »Dann wird mich jemand ersetzen.«

Sie erwiderte nichts.

»Welches ist Ihr Schlafzimmer?«

»Das da.« Kendal deutete auf eines der Fenster, die zur Straße zeigten.

»Können Sie die Tür abschließen?«

»Da ist nur eins dieser lächerlichen Schlösser mit einem Schlitz, die man mit dem Fingernagel aufkriegt.«

»Da hab ich was Besseres. Kommen Sie mal mit in mein Büro.«

Officer Ledesma stieg aus dem Wagen. Kendal war neugierig geworden und folgte ihm. Er öffnete den Kofferraum, griff in einen kleinen Pappkarton und holte eine blaue Tüte heraus, die etwa so groß wie ein Handy war. Nachdem er diese geöffnet hatte, hielt er ein seltsames Gerät aus Metall und orangefarbenem Plastik in der Hand.

»Das ist ein Addalock. Reisende benutzen das oft in ihren Hotelzimmern. Man legt den Metallstreifen auf den Schnapper der Tür, schließt sie und steckt dieses orangefarbene Teil in den Schlitz. Jetzt lässt sich die Tür nicht mehr öffnen, auch dann nicht, wenn der Türknauf umgedreht oder das Schloss geknackt wird.«

Er reichte es Kendal.

»Es ist so klein.«

»Aber es funktioniert. Das können Sie mir glauben. Sobald das Ding angebracht ist, muss man die Tür schon aushängen, um reinzukommen.«

Sie umklammerte das Addalock. »Danke.«

»Sie haben meine Handynummer. Rufen Sie an, falls irgendetwas sein sollte. Oder ziehen Sie die Vorhänge auf und winken mir durch das Fenster zu. Ich werde die ganze Nacht hier draußen sein, Kaffee trinken und Truckerbomben basteln.«

Kendal nickte, umarmte den Detective kurz und rannte dann ins Haus, wobei sie das Addalock wie einen Glücksbringer an ihre Brust presste.

36

Zum ersten Mal seit sehr, sehr langer Zeit spürt Walter Cissick keine Schmerzen.

Er fragt sich, ob er endlich genug für seine Sünden gelitten hat. Ob seine Buße vorbei ist.

Dann lacht er. Er lacht so lange und so laut, dass eine Krankenschwester hereinkommt und ihm ein Beruhigungsmittel gibt.

Walter schließt die Augen und schwelgt in der Herrlichkeit der Sühne.

37

Tom schlug die Augen auf und war noch immer ganz benommen von der Narkose. Er sah auf die Uhr. Es war kurz nach zwanzig Uhr.

Er hatte keine Vollnarkose bekommen, aber was immer man ihm gegeben hatte, war stark genug gewesen, sodass er von den letzten Stunden nichts mehr wusste. Das war gar nicht mal so schlimm. Das Letzte, woran er sich erinnerte, war Dr. Jones, der ein Skalpell in die genähte Wunde an Toms Arm stieß, und das war ein widerlicher und ekelhafter Anblick gewesen.

Er hatte Durst und griff nach dem Wasserglas neben seinem Bett. Sein Handy lag ebenfalls dort. Er hatte es nicht ausgeschaltet, und jetzt war der Akku leer. Tom schloss es ans Ladegerät an und drückte den Rufknopf an seinem Bett. Der Pfleger hatte anscheinend Feierabend, da eine ältere Asiatin hereinkam.

»Wissen Sie, wie meine Operation verlaufen ist?«

»Das sollten Sie lieber den Arzt fragen.«

»Ist er hier?«

»Er ist nach Hause gegangen.«

»Dann können Sie mir also gar nichts sagen?«

»Ich werde versuchen, etwas herauszufinden. Kann ich sonst noch was für Sie tun?«

»Ich habe wohl das Abendessen verpasst. Könnte ich etwas zu essen haben?«

»Irgendwelche Nahrungsmittelunverträglichkeiten?«

»Ich ziehe es vor, nichts Widerliches zu essen.«

Sie lächelte. »Ich werde sehen, was ich tun kann.«

»Danke.«

Tom überprüfte sein Handy. Es war gerade mal zu zwei Prozent geladen.

Joan hatte ebenso wenig angerufen wie Roy.

Er überlegte, ob er es noch einmal bei Joan versuchen sollte. Wenn er es vom Festnetz probierte, würde sie vielleicht nicht vermuten, dass er es war, und rangehen, und dann …

Und dann?

Wenn du deine Freundin täuschen musst, damit sie mit dir redet, steckt eure Beziehung ganz schön in der Krise.

Anstatt Joan anzurufen, öffnete er die Google-Suche und informierte sich über TOR, diesen Browser, mit dem man ins Deep Web gelangte und von dem Firoz ihm erzählt hatte. Er fand schnell heraus, dass es auch für iPhones einen Onion-Browser gab, lud ihn herunter und war kurz darauf anonym im Darknet unterwegs.

Nachdem er herausgefunden hatte, wie man navigierte, rief er eine Seite namens Ahmia.fi auf, eine Suchmaschine für versteckte Dienstleistungen, in der Tausende von Webseiten mit Namen wie *fzqnrlcvhkbgwdx5.onion* gelistet waren. Tom klickte wahllos URLs an.

Offenbar konnte man hier mit Bitcoin alles kaufen, darunter sämtliche Drogen (illegale und verschreibungspflichtige), Escort-Damen, Schusswaffen, Schalldämpfer, Zigaretten, elektronische Geräte, Pässe, gestohlene Kreditkartennummern, Geschenkkarten, Falschgeld und noch mehr Drogen. Man konnte Attentäter, Hacker und Cyberbullys anheuern, um eine Zielperson online zu belästigen, oder sich Computerviren maßschneidern zu lassen. Es gab unzählige Seiten über Bitcoin-Mining, von denen der Großteil von demjenigen, wer immer bei Ahmia dafür zuständig war, das Label *Betrug* erhalten hatte.

Einige Seiten sahen aus, als stammten sie von Amateuren und wären 1999 mit Dreamweaver erstellt worden. Tom konnte sich nicht vorstellen, dass irgendjemand, nicht einmal der dümmste Mensch der Welt, tatsächlich glaubte, man könnte sich für umgerechnet vierhundert Dollar einen Raketenwerfer zulegen. Andere Seiten sahen hingegen wie moderne Shops aus. Hier konnte man Bananen-Kush-Cannabis für nur 0,0052 Bitcoin das Gramm und Blotter-Acid für 0,0025 Bitcoin das Stück in den virtuellen Einkaufswagen legen.

Tom fand das faszinierend. Bis es immer abgedrehter wurde.

Zwar war er ein Verfechter von Privatsphäre und Freiheit, aber das Surfen im verborgenen Web wurde ihm mit der Zeit immer unheimlicher. Er bezweifelte, dass die Webseite, auf der beinamputierte Thai-Kinder verkauft wurden – die garantiert nie wegliefen –, tatsächlich auf Bestellung lieferte, aber allein die Vorstellung war schon entsetzlich. Natürlich hatte Tom gewusst, dass es im Internet Hassreden gab, aber im Darknet nahm das Ganze noch eine ganz andere Dimension an und es wurde tatsächlich zu Gewalt aufgerufen. Es gab Live-Webcams für Dinge, die definitiv nicht legal waren und auch nicht einvernehmlich passierten. Er sah Bilder, nach denen ihm die Fotos der Fourier-Gangrän-Opfer harmlos vorkamen.

Aus einer Laune heraus suchte er nach *Fight the Feeling*. Wie erwartet hatte der Domainbesitzer die öffentliche Seite gespiegelt.

Allerdings war »gespiegelt« nicht das richtige Wort. Anstatt dass Sexualstraftäter einander halfen, der Versuchung zu widerstehen, gab es in diesem Forum Tipps, wie man nicht erwischt wurde, Tricks, wie man Minderjährige verführte, Ratschläge, wie viel Rohypnol man brauchte, um ein achtzehn Kilogramm schweres Kind bewusstlos zu machen.

Laut der Anzeige war der Moderator online.

Es gab auch eine Chatbox. Tom drehte sein Handy seitlich, damit die Bildschirmtastatur größer war, und schrieb:

Ich suche Erinyes.

Wer sucht?, kam sofort die Antwort.

Tom aus Chicago.

Zuerst kam keine Antwort. Dann rasend schnell:

Ihr Schweine habt mich mit meinem Haus ausgetrickst.

Er chattete mit dem Schnippler! Tom überlegte, ob er Firoz anrufen und ihn bitten sollte, eine Nachverfolgung …

Ach ja. Richtig. Genau darum ging es ja beim Darknet. Man konnte niemanden aufspüren.

Ich war das nicht, erwiderte Tom. Ich lecke meine Wunden. Dein Freund im Keller hat mich gebissen.

Damit solltest du zu einem Arzt gehen, Tom. Nicht dass sich die Wunde noch infiziert.

Danke für den guten Rat. Er muss ganz schön böse gewesen sein, wenn du ihn jahrelang eingesperrt hast.

Er war ein sehr, sehr böser Junge.

Hat es dir Spaß gemacht, ihn wie einen Hund anzuketten?

Ich habe nur meinen Job gemacht. So, wie du deinen machst. Hast du Spaß an deinem Job, Tom?

Mir missfällt die Gewalt.

Mir auch. Aber einer muss es machen.

Warum?

Ich bestrafe Sünder. Ich lasse sie büßen.

Bist du nicht auch ein Sünder? Wir chatten hier auf einer Seite, die Kinderschändern helfen soll.

Ich helfe ihnen nur, indem ich sie läutere.

Indem du sie kastrierst, werden sie geläutert?

Aber natürlich. Ich rette ihre Seele. Und ich rette ihre zukünftigen Opfer.

Was ist mit den Webcam-Models? Wie hast du Kendal Hefferton gerettet?

Frauen sind anders als Männer. Das weißt du. Männer können sich nicht selbst helfen. Sie werden von ihrem Schwanz gesteuert. Entfernt man den Schwanz, entfernt man die Sünde.

Und Frauen?

Ich kann ihnen nichts abschneiden, was sie nicht haben. Ihre Sünde ruht tief in ihrem Inneren. Sie lässt sich nicht entfernen.

Also folterst du sie zu Tode?

Ich reinige sie, Tom. Ich läutere sie. Einige brauchen mehr Läuterung als andere.

Webcam-Models, die Kendal heißen?

Kendals sind die schlimmsten Sünderinnen.

Warum? Hieß deine Mutter Kendal?

Nein.

Tom wagte einen Schuss ins Blaue. Hieß deine Mutter Lilyana?

Eines Tages werde ich dir von meiner Mutter erzählen.

Warum nicht jetzt?

Ich habe zu tun. Ich muss die nächste Sünderin läutern.

Das war genau das, was Tom verhindern wollte. Chatten ist so unpersönlich. Wie wäre es, wenn wir uns treffen?

Das werden wir.

Jetzt?

Wir werden uns begegnen. Aber nicht so, wie du denkst.

Dann hast du die nächste Kendal schon ausgewählt?

Ja.

Und du wirst sie heute Nacht töten?

Läutern ist nicht töten, Tom. Der Körper hat ein Verfallsdatum. Die Seele ist ewig. Wenn Kendal für ihre Sünden büßt, während sie am Leben ist, kann sie im Jenseits gerettet werden.

Tom zermarterte sich das Gehirn, aber ihm wollte die griechische Version des Himmels nicht einfallen. Wo? In den Illusionsgefilden?

Das sind die elysischen Gefilde. Aber jetzt spiel nicht den Dummen. Die sind nicht real.

Aber du hältst dich für eine Furie, oder nicht? Sind die real?

Ich bin ein Produkt meiner Realität.

Tom erinnerte sich an eine Unterhaltung mit einem Psychopathen namens Torble, die ihn sehr an diese erinnerte. In einem Moment schien der Mann völlig normal zu sein, um in der nächsten wie ein durchgedrehter Irrer zu wirken.

Bitte bring niemanden mehr um.

Bist du bereit, einen Deal einzugehen, Tom?

Klar. Was willst du?

Die Antwort kam sofort: Kastrier dich.

Wenn ich mir die Eier abschneide, wirst du niemanden mehr töten?

Ja. Darauf gebe ich dir mein Wort.

Ich werde darüber nachdenken.

Dafür ist keine Zeit. Der Deal läuft in dreißig Sekunden ab. Und das ist mehr als genug Zeit, um es zu tun. Das weiß ich aus Erfahrung.

Okay. Ich werde es tun.

Dann mach es, Tom.

Ich muss erst ein Messer suchen. Tom wartete. Dann tippte er: Okay, hab eins.

Du bist ein Lügner, Tom. Der nächsten Hure, die ich töte, werde ich am ganzen Körper deinen Namen einritzen.

Erinyes verließ den Chatroom und das Forum. Er machte sich auf, erneut zu töten.

Und Tom hatte keine Ahnung, wie er ihn davon abhalten sollte.

38

Erinyes geht ihre mentale Liste durch. Was ist im Wagen, was hat sie bei sich?

Klebeband.

Fleischermesser.

Pappkarton.

Sackkarre.

Umzugsdecken.

Generalschlüssel.

WD-40.

Elektroschocker.

Gamma-Hydroxybutansäure.

Ballknebel.

Taurus 9mm mit Schalldämpfer.

Erwachsenenwindeln.

Äthyläther.

Ammoniakampullen.

Türstopper.

Antike Äthermaske.

Danke, Internet. Was ich auf Amazon und eBay nicht bekomme, gibt es im Darknet.

Es ist zwei Uhr, und Erinyes ist gleichzeitig müde und aufgeregt. Der Chat mit dem Polizisten war seltsamerweise beglückend gewesen. Der voyeuristische Aspekt spielte dabei eine entscheidende Rolle.

Du hast ein Messer, Tom?

Nein, hast du nicht. Das weiß ich, weil ich dich über deine Handykamera sehen kann.

Aber die Sache ist schwieriger geworden. Komplizierter. Planänderungen in letzter Minute können zu Fehlern führen. Aber Erinyes ist geduldig.

Erinyes ist die verkörperte Geduld.

Ruhig und gemäßigt.

Lautlos und vorsichtig.

Erinyes steht vor der Tür der Sünderin.

Sie holt das Handy aus der Tasche.

Öffnet die App.

Schaltet das Handy der Sünderin ein.

Greift auf die Kamera und das Mikrofon zu.

Im Zimmer ist es dunkel. Man hört nichts als Atemgeräusche.

Die Sünderin schläft.

Erinyes sprüht das Innere des Bolzens mit Schmieröl ein. Außerdem schiebt sie das dünne rote Röhrchen in jede Ritze und kümmert sich um jedes Scharnier, damit auch ja alles gut geölt wird.

Die Tür hat früher gequietscht, das weiß Erinyes dank ihrer Onlineüberwachung. Mithilfe des Generalschlüssels geht sie nun lautlos auf.

Erinyes tritt in die Dunkelheit und schließt die Tür hinter sich.

Du hättest nicht lügen dürfen, Tom.

Du hättest den Deal annehmen und dir deine widerliche Männlichkeit abschneiden sollen.

Denn jetzt bin ich in deinem Haus.

Und ich werde ein Video drehen. Auf dem ich Joan deinen Namen ins Gesicht schneide.

39

Joan wurde von einem Summen geweckt. Es dauerte einen Augenblick, bis sie wusste, wo sie war.

Ich liege im Bett. In Toms Bett. War mit Trish aus. Habe zu viel getrunken.

Wieder dieses Summen.

Mein Handy. Auf dem Nachttisch neben dem Bett.

Joan griff danach und starrte die Nachricht mit leicht zusammengekniffenen Augen an. Sie war von Trish und in Großbuchstaben.

IDENTITÄTSDIEBSTAHL!!!!

Während sich Joan noch fragte, was das bedeuten sollte und wieso es vier Ausrufezeichen rechtfertigte, kam auch schon die nächste Nachricht.

Roy war nicht im Sheraton! Jemand hat seine Kreditkarte geklont! Er betrügt mich nicht!!!

Joan schickte ein Smiley zurück und sah nach, ob sie noch mehr Nachrichten erhalten hatte.

Nichts Neues von Tom.

Joan lag in der Dunkelheit und runzelte die Stirn. Sie hatte seine Nachrichten auf ihrer Mailbox bisher noch nicht abgehört. Eigentlich hatte sie darauf gehofft, dass er nach Hause kommen würde, damit sie in Ruhe mit ihm sprechen konnte.

Lag er noch im Krankenhaus? War die Bisswunde schlimmer, als Joan angenommen hatte?

Oder war er woanders?

In einer Bar?

Einem Hotel?

Mit seiner unglaublich heißen, bisexuellen Kollegin Eva?

Oder jagte er weiter den Schnippler?

Joan versuchte, ihre Gefühle zu ordnen. Zuvor war sie in ihrer Wut selbstgerecht gewesen. Der Mann konnte sich nicht einmal ein paar Tage freinehmen und die Zeit mit ihr verbringen. Trotzdem hielt er den Heiratsantrag – etwas, das Joan nicht einmal wollte – für einen logischen Schritt.

Eine Ehe war eine lebenslange Verpflichtung, dabei konnte sich Tom nicht einmal für eine Woche festlegen.

Sie hatte das Recht, wütend zu sein.

Aber nun sorgte sie sich um ihn.

Ging es ihm gut?

Sie hatten sich auch früher schon gestritten. Bei mehr als einer Gelegenheit hatte Joan ihr Handy ausgestellt, damit sie sich erst einmal beruhigen konnten. Bisher hatte das immer gut funktioniert.

Augenblick mal … Wieso ist mein Handy nicht ausgeschaltet? Wieso ist es wieder an?

Joan knipste die Nachttischlampe an und setzte sich auf. Das Haus schien leer zu sein.

Aber es fühlte sich nicht leer an. Sie hatte den Eindruck, als wäre jemand da und würde sie beobachten.

»Tom?«

Ihr Herzschlag beschleunigte sich, und Joans Angst und ihr gesunder Menschenverstand kämpften in ihrem Kopf um die Oberhand.

Wie wahrscheinlich war es, dass jemand eingebrochen war, Joans Handy eingeschaltet hatte und sich jetzt irgendwo versteckte?

Sehr unwahrscheinlich.

Aber Tom war Polizist. Er hatte Feinde. Er jagte Mörder. Joan hatte dem Bösen früher schon einmal ins Auge gesehen und wusste, dass man nie vorsichtig genug sein konnte. Wenn man sich fürchtete, wollte der Körper einem etwas sagen. Dann sollte man zuhören.

Joan sah zur Zimmertür hinüber. Sie war gerade mal drei Meter von ihr entfernt. Sie konnte hinrennen, durch den Flur laufen und dann …

Dann was?

Die Polizei rufen und sagen, sie glaube, jemand wäre im Haus?

Wenn sie sich irrte, wäre das sehr peinlich. Alle würden sich über Tom und Joan lustig machen.

Sollte sie Tom anrufen?

Das war die bessere Option. Außerdem hatte sie so die perfekte Ausrede, um mit ihm zu sprechen.

Aber was sollte sie tun, wenn er nicht ranging? Wenn er sie ignorierte, so wie sie ihn die letzten Stunden ignoriert hatte? Oder wenn er gerade trinkend durch die Kneipen zog, wie Joan und Trish an diesem Abend?

Ruf zuerst Tom an. Wenn er nicht rangeht, versuchst du es bei einem Nachbarn.

Und dann? Wenn sie nachts um halb drei nur in BH und T-Shirt bei einem Nachbarn an die Tür klopfte, würde der die Polizei rufen. Was erneut zu dem Szenario führte, bei dem sie zum Gespött der Leute wurden.

Da fiel Joan der Nachttisch ein.

Toms Ersatzwaffe. Eine .380er Kimber, mit der sie auf dem Schießstand geübt hatte.

Sie zog die Schublade heraus, sah die Waffe neben der Fernbedienung, überprüfte schnell und gekonnt, ob sie geladen war, und lud durch.

»Ich habe eine Waffe!«, rief Joan, so, wie Tom es ihr beigebracht hatte.

Joan entsicherte, hielt die Waffe mit beiden Händen fest, schwang die Füße aus dem Bett und machte sich daran, das Haus zu durchsuchen.

40

Sobald Joans Handy vibriert, schlüpft Erinyes ins Badezimmer. Sie kennt sich im Haus gut aus; die Leute nahmen ihr Handy ja immer überall mit hin. Während Joan die Nachricht beantwortet, streckt Erinyes eine Hand nach oben aus und tastet nach der Deckenlampe. Sie entfernt leise die Glasabdeckung und dreht die Glühbirne eine Viertelumdrehung.

Dann streift sich Erinyes die Schuhe ab und zieht sich sorgfältig aus.

Es ist stets von Vorteil, vorauszuplanen. An ihrer Kleidung sind keine Reiß- oder Klettverschlüsse und keine Schnallen. Nichts, das beim Ausziehen Geräusche macht. Erinyes stellt ihre Tasche und die Schuhe in die Badewanne und legt die weite Jeans, die Jacke und das Flanellhemd daneben. Unter der Kleidung trägt sie einen Vantablack-Ganzkörperanzug mit dazu passenden Socken. Sie nimmt die Tube mit dem Vantablack-Make-up aus ihrer Jackentasche, schließt die Augen und trägt es auf den Lidern auf. Danach setzt sie sich die Vantablack-Skimaske auf und zieht die Handschuhe an.

»Tom?«

Nein, hier ist nicht Tom.

Vorsichtig nimmt Erinyes die Äthermaske aus der Tasche, legt sie ins Waschbecken und drückt den Stöpsel runter. Im Dunkeln schüttet sie eine halbe Flasche Äther auf die Maske und schätzt die Menge anhand des Gewichts. Danach legt sie den Elektroschocker und die mit Schalldämpfer versehene Pistole hinter sich auf den Toilettendeckel.

»Ich habe eine Waffe!«, sagt Joan.

Die habe ich auch. Erinyes schließt die Augen, steht reglos da und wird eins mit der Dunkelheit. *Komm und such mich, du Schlampe.*

41

Joan ging am Bett vorbei, suchte in jeder Zimmerecke und fand nichts. Die Schranktür stand einen Spalt weit offen, und sie zog sie mit einer schnellen Bewegung auf, wobei sie einen Finger auf dem Abzug hatte.

Der Schrank war leer.

Sie durchquerte das Schlafzimmer, ging um die Ecke und schaltete das Licht in der Küche an.

Auch hier war niemand zu sehen.

Blieben nur noch einige Wandschränke, das Wohnzimmer und das Bad.

Ihre Angst ließ langsam nach, und sie kam sich immer alberner vor. Inzwischen fragte sie sich schon, ob ihre anfängliche Panik vielleicht eher auf Schuldgefühlen als auf einer tatsächlichen Gefahr beruhte. Joan stellte sich vor, wie Tom in diesem Augenblick hereinkam und sie ihm versehentlich drei Kugeln in den Bauch jagte. Sie nahm den Finger vom Abzug und legte ihn auf den Abzugsbügel.

Ich benehme mich albern. Und bin paranoid.

Ich sollte wieder ins Bett gehen.

Und dann sollte ich Tom anrufen.

Joan nahm sich vor, genau das zu tun.

Aber vorher musste sie noch den Rest des Hauses überprüfen.

Sie stieß die Luft aus und ging zum Wäscheschrank.

Legte eine Hand auf den Türknauf.

Zog die Tür ruckartig auf.

Leer.

Joan musste daran denken, wie witzig diese Geschichte in ferner Zukunft bei einer Flasche Wein sein würde. Wenn Tom und sie schon alt waren.

»Erinnerst du dich an unseren Streit, als du mir den Antrag gemacht hast? Als ich danach allein in deinem Haus war, hast du mir so sehr gefehlt, dass ich schon glaubte, da wäre ein Eindringling.«

»Und was hast du gemacht?«

»Ich habe das getan, was du mir geraten hast: Ich habe gesagt, dass ich eine Waffe habe, und bin herumgelaufen auf der Suche nach jemandem, den ich erschießen kann.«

Sie würden sich eines Tages darüber amüsieren, und wenn Joan auch nur daran dachte, hatte sie ihre Angst auf einmal vergessen.

Weil du mir so gefehlt hast.

Sie wollte Tom zwingen, sich zwischen ihr und seinem Beruf zu entscheiden. So etwas hätte Tom nie von ihr verlangt.

Wieso tue ich das? Aus Eifersucht? Unsicherheit?

War ich wirklich besorgt, dass ihm etwas passieren könnte? Oder habe ich mich nur darüber geärgert, dass ich die zweite Geige spielen musste?

Joan sah ihn vor sich, wie er vor ihr kniete, den wunderschönen Ring in der Hand, und sie mit nichts als Liebe in den Augen ansah.

Wow. Diesmal habe ich wirklich Mist gebaut.

Sie ging zum Badezimmer und griff nach dem Lichtschalter.

Das Licht ging nicht an.

Joan drückte mehrmals auf den Schalter und versuchte, in der Dunkelheit etwas zu erkennen.

Der Raum ist leer. Das ist doch albern. Ich muss Tom anrufen.

Sie drehte sich um, sicherte die Waffe und bemerkte auf einmal einen seltsamen, stechenden Geruch. Dann war da eine schnelle Bewegung, und jemand schlug ihr in den Nacken.

Joan fiel nach vorn, stürzte auf die Knie und versuchte zu begreifen, was gerade passiert war. Der Schmerz hatte sie zu Boden gehen lassen, doch es war ihr gelungen, die Waffe festzuhalten. Sie drehte sich um und sah ...

Es sah aus, als würde da etwas in der Luft schweben.

Joan zielte und drückte ab, doch sie hatte die Waffe wieder gesichert. Der Elektroschocker wurde gegen ihre Schulter gedrückt, und auf einmal lag sie auf dem Rücken und etwas Unsichtbares presste sich auf sie.

Nein. Es war nicht unsichtbar.

Sondern durch und durch schwarz. So schwarz, dass man es unmöglich sehen konnte.

Bis auf die Augen. Aus der Finsternis blickten zwei Augen auf sie herab.

Da ihr Waffenarm festgehalten wurde, schlug Joan mit der anderen Hand zu, fuhr dem Mann über das Gesicht, packte den Rand der Maske und legte ein Kinn und gebleckte Zähne frei.

Sie presste ihm den Daumen ins Auge. Als er sich zur Seite beugte, setzte Joan nach, zog ein Knie an und stieß es ihm in den Schritt ...

... aber ihr nackter Fuß traf nicht das, was sie erwartet hatte.

War das eine Frau?

Der Elektroschocker wurde auf Joans Oberschenkel gepresst, und der Schmerz war derart durchdringend und heftig, dass es sich anfühlte wie ein Muskelkrampf im ganzen

Körper. Joan zuckte, und die abrupte Bewegung brachte ihren Angreifer aus dem Gleichgewicht.

Dummerweise ließ Joan aber auch die Waffe fallen.

Es gelang ihr, sich auf die Seite zu drehen. Sie zog die zitternden Knie an, sprang auf und sprintete in vollem Lauf zur Haustür.

Sie packte den Türknauf, drehte ihn und wollte die Tür aufziehen.

Aber die Tür ließ sich nicht bewegen. Joan zerrte daran, sah zu Boden und entdeckte einen Türstopper auf der Schwelle. Als sie sich bückte, um ihn wegzuziehen, traf sie der Elektroschocker erneut, und diesmal ließ der Schmerz nicht nach, bis Joan das Bewusstsein verlor.

42

Diese hier ist eine echte Kämpferin.

Erinyes drückt Joan den Elektroschocker so lange auf den Leib, bis die Frau ohnmächtig wird. Dann geht sie schnell ins Bad, nimmt die Äthermaske und presst sie aus.

Zu viel Äther und die Sünderin wacht nicht mehr auf.

Erinyes drückt Joan die feuchte Maske aufs Gesicht, bis sie davon überzeugt ist, dass sie so schnell nicht wieder aufwachen wird.

Dann überprüft sie rasch Toms Handy, um sich zu vergewissern, dass er noch im Krankenhaus ist.

Er ist noch da. Und er schläft.

Höchstwahrscheinlich wird er in den nächsten Stunden nicht nach Hause kommen.

Erinyes holt ihre Sachen aus der Badewanne und zieht sich die billige Kleidung wieder an, die ruhig Flecken bekommen kann.

Während sie sich das schwarze Make-up abwäscht, denkt Erinyes über ihren nächsten Schritt nach.

Sie hat Tom etwas versprochen: sein Name überall auf dem Körper der Hure.

Aber so etwas braucht Zeit. Und kostet Energie. Erinyes ist müde. Sie hat einen langen Tag hinter sich. Ihr Auge tut weh, weil Joan sie dort angegriffen hat.

Aber ein Versprechen muss man halten.

Erinyes stellt ihre Tasche neben Joan auf den Boden und nimmt Klebeband und Riechsalz heraus.

43

»Dann war es … ein Erfolg?«, fragte Tom. Es war kurz nach sieben, und der Arzt stand neben seinem Bett.

Dr. Jones nickte. »Ich konnte kein nekrotisches Gewebe finden. Zur Sicherheit habe ich rund um die Wunde etwas weggeschnitten – mit nekrotisierender Fascilitis ist nicht zu spaßen – und Gewebeproben ins Labor geschickt. Die Prognose sieht gut aus.«

»Dann kann ich nach Hause?«

»Ich würde noch einen weiteren Tag intravenöse Antibiotika empfehlen.«

»Kann ich die auch oral einnehmen?«

»Orale Medikation ist weniger effektiv gegen diese Art der Streptokokken.«

»Das Risiko muss ich eingehen, Doc. Der Serienmörder, hinter dem wir her sind, könnte letzte Nacht erneut gemordet haben, und ich muss mich mit meiner Freundin aussöhnen.«

Der Arzt verschrieb Tom Azithromycin-Tabletten und auf die eine Stelle begrenzt anzuwendende Clindamycin-Creme, und es schien eine Ewigkeit zu dauern, bis er die Medikamente in der Apotheke im zweiten Stock erhalten würde. Während er wartete, besorgte er sich im Geschenkeshop eine Apfeltasche und eine Streuselschnecke. Tom hatte das Frühstück – kaltes, gummiartiges Rührei und muffiger Toast, gebracht von dem Pfleger, den er angelogen hatte – nicht angerührt, daher schlang er die Teilchen herunter und überlegte sich dabei, wen er zuerst anrufen sollte, Roy oder Joan.

Tom fand, es sprach für ihn, dass er sich für Joan entschied. Sie ging nicht ran.

Er versuchte es auf seiner Festnetznummer, doch da sprang nur der Anrufbeantworter an.

Ignorierte sie ihn noch immer?

Tom erinnerte sich an ihre letzten Worte.

»Wohin gehst du?«

»Nach Hause.«

Möglicherweise hatte sie damit gar nicht Toms Haus gemeint. Vielleicht war Joan zurück nach Los Angeles geflogen.

Der Flug dauerte fünf Stunden, mit Zwischenlandungen noch weitaus länger. Je nachdem, welchen Flug Joan genommen hatte, konnte es sein, dass sie noch gar nicht in L. A. angekommen war.

Tom rief Joans Assistentin an und bekam auch hier nur eine Maschine ans Telefon. Das war auch kein Wunder, schließlich war es in Kalifornien zwei Stunden früher. Er hinterließ eine Nachricht, sagte, dass es dringend sei, und rief seinen Partner an.

»Ich werde diesen Mistkerl finden, Tommy. Ich werde ihn finden, und dann drücke ich ihm die Kehle zu und höre erst auf, wenn das Licht in seinen Augen erloschen ist.«

»Ich glaube, er hat letzte Nacht wieder getötet, Roy.«

»Wer?«

»Der Schnippler. Von wem redest du denn?«

»Von diesem Arschloch, das meine Kreditkartennummer geklaut und sich damit eine Suite im Sheraton gemietet hat. Die arme Trish war völlig aufgelöst. Sie dachte, ich würde sie betrügen. Hat Joan dir nichts davon erzählt? Warum hast du keinen Ton gesagt, Mann? Wir sind doch wie Brüder.«

»Ich habe es versucht. Hat Trish etwas von Joan gehört?«

»Die Damen haben sich gestern einen hinter die Binde gekippt. Trish ist noch immer ein bisschen grün um die Nase. Sie hat mir erzählt, dass Joanie dir eine Abfuhr erteilt hat. Tut mir echt leid. Aber sie wird sich schon wieder beruhigen.«

»Hat Joan zu Trish gesagt, dass sie zurück nach Los Angeles fliegen wollte?«

»Soweit ich weiß, sind sie gegen zehn mit einem Taxi nach Hause gefahren. Warte kurz.« Tom hörte Trish im Hintergrund reden. »Joan hat Trish letzte Nacht um zwei eine SMS geschickt.«

Das war eine gute Nachricht. Dann konnte Tom davon ausgehen, dass sich Joan in seinem Haus aufhielt und ihren Rausch ausschlief.

»Was ist mit dem Fall? Irgendwelche Hinweise?«, erkundigte sich Tom.

»Mann, Kreditkartendiebe sind wie Geister.«

»Ich meine den Schnippler, Roy.«

»Es wird einen Monat dauern, den ganzen Mist durchzugehen, den wir in dem Haus gefunden haben. Treffen wir uns im Büro?«

»Nein. Ich habe Urlaub.«

»Okay. Ich halte dich auf dem Laufenden. Viel Glück mit Joan.«

»Danke.«

»Ach, Tom. Das hätte ich fast vergessen. Das ganze Revier spricht davon. Terrance Wycleaf Johnson ist letzte Nacht aus dem Knast ausgebrochen. Sein Gangname war T-Nail. Chef der Eternal Black C-Notes. Ein echt übler Kerl. Er hat seinen Spitznamen daher, dass er Leute an Wände genagelt hat.«

Tom war sich nicht sicher, warum Roy ihm das erzählte.

»Hat er bei der Flucht jemanden ermordet?«, hakte er nach.

»Keine Ahnung. Zwei Wachen und drei Rettungssanitäter werden vermisst. Er sollte ins Krankenhaus gebracht werden, und der Krankenwagen ist einfach verschwunden.«

Das war das Schlimmste an diesem Job: Man buchtete die üblen Kerle ein, und irgendwann waren sie wieder draußen und bauten noch mehr Mist. »Das klingt übel, aber wir bearbeiten doch keine Gangdelikte, Roy.«

»Ich weiß. Das ist nicht unser Problem. Aber Captain Bains bat mich, es dir zu sagen.«

»Warum?«

»Der Undercover-Officer, der T-Nail verhaftet hat, war unser ehemaliger Lieutenant.«

»Jack?«

»Lieutenant Daniels hat den Mistkerl hinter Gitter gebracht. Es könnte gut sein, dass er sich an ihr rächen will. Bains hat in ihrem Haus angerufen, aber es ist keiner rangegangen. Auch ihren alten Partner konnte er nicht erreichen.«

Tom kannte Sergeant Herb Benedict ebenso gut, wie er Jack kannte. Ein guter Mann und guter Polizist.

»Bains fragte, ob ich ihre Handynummer habe«, fuhr Roy fort. »Hast du sie? Habt ihr noch Kontakt?«

»Ja. Ich rufe sie gleich an und sage ihr Bescheid.«

»Dann noch viel Spaß im Urlaub, Mann.«

Roy legte auf, und Tom ging seine Kontaktliste durch und fand Jacks Nummer. Die Frau hatte sich in ihren Job gestürzt und musste das auch im Ruhestand noch büßen.

»Hier ist Jack.«

»Entschuldige, dass ich so früh anrufe, Loot. Hier ist Tom Mankowski.«

»Ich bin kein Lieutenant mehr, Tom. Was ist los?«

»Ich hab's gerade erst erfahren und konnte Sergeant Benedict bisher noch nicht erreichen. Hat er dich schon angerufen?«

»Herb ist auf Heimaturlaub und hat sein Handy ausgestellt. Was hast du gerade erst erfahren?«

»Letzte Nacht ist Terence Wycleaf Johnson aus dem Gefängnis geflohen.«

Erst nach kurzem Schweigen sagte Jack: »T-Nail.«

»Zwei Wachen und drei Sanitäter werden vermisst.«

»Was ist passiert?«

Tom wiederholte, was Roy ihm erzählt hatte.

»Klingt ganz danach, als hätte er Hilfe gehabt. Wurde der Krankenwagen schon gefunden?«

»Nein.«

»Hast du mit jemandem aus der Gang-Einheit geredet? Unternehmen sie was?«

»Ich habe eben erst mit Roy gesprochen und dich sofort angerufen. Soll ich dir einen Streifenwagen rüberschicken?«

»Das ist nicht nötig. Wir sind oben im Norden. Harry hat ein Haus an einem See. Ich glaube nicht, dass uns hier jemand findet. T-Nail hat nie meinen Namen erfahren. Ich habe undercover ausgesagt.«

»Wo genau bist du?« Tom schüttelte den Kopf. »Nein, sag es mir nicht. Ich bearbeite gerade einen Fall, bei dem sich zeigt, dass die elektronische Sicherheit weitaus mehr Lücken hat, als ich bisher dachte.«

»Der Schnippler?«

»Ja. Er jagt mich und meinen Partner im Kreis herum. Ich weiß nicht, ob du es schon gehört hast, aber es gab noch einen zweiten Mord.«

»Beschreib mir den Tatort.«

Tom gab Jack alle hässlichen Details über Kendal Heffertons Ableben wieder.

»Klingt für mich wie ein Sexualdelikt«, sagte Jack.

»Kein Sperma. Keine Spuren von Vergewaltigung.«

»Wurden ihre Brüste ebenso geschändet wie ihr Mund und ihre Vagina?«

»Nein. Sie waren unberührt. Genau wie beim letzten Opfer.«

»Trug sie noch den BH?«

»Ja.«

»Männer sexualisieren die weibliche Brust. Daher ist es ungewöhnlich, dass der Mörder ihre in Ruhe gelassen hat.«

»Glaubst du, wir haben es mit einer Frau zu tun?« Tom war dieser Gedanke auch schon gekommen.

»Das Ganze sieht vielleicht wie ein Sexualdelikt aus, aber der Täter könnte auch andere Gründe haben. Hast du den Namen des Opfers durch ViCAT laufen lassen? Du kannst auch einen Alarm einrichten, der dich informiert, sobald jemand neue Daten eingibt. Wahrscheinlich sucht sich der Mörder ein neues Opfer, und wenn er seinem Muster treu bleibt, belästigt er es zuerst. Vielleicht kommst du ihm so auf die Schliche.«

»Gute Idee.« Tom hatte ViCAT schon seit einer Weile nicht mehr benutzt, weil die Webseite so benutzerunfreundlich war und die Polizisten oft vergaßen, die Informationen auf den neuesten Stand zu bringen, ihn selbst eingeschlossen. »Hast du einen Augenblick Zeit zum Brainstormen?«

»Klar.«

Tom berichtete ihr schnell, was sich bei Hector Valentine und Walter Cissick abgespielt hatte. »Ich habe letzte Nacht online mit dem Täter gechattet und vermute, dass es sich um Walters Sohn Dennis handelt. Aber die beiden Kinderzimmer beschäftigen mich. Und auch die Opfer. Die Männer werden kastriert, die Frauen zu Tode gefoltert. Eine Frau, die transgender oder intersexuell war, kam zu uns aufs Revier und gab sich als Zeugin aus. Sie ist zumindest eine Komplizin, möglicherweise sogar mehr.«

»Woher weißt du, dass sie transgender war?«, hakte Jack nach.

»Roy hat es gesagt, als sie wieder weg war. Wenn er mich nicht darauf hingewiesen hätte, wäre mir das nicht aufgefallen. Worauf ich eigentlich hinauswollte, ist …«

»… dass es sich nach zwei Tätern anhört.«

»Genau. Wir wissen nicht, wie viele Kinder Walter Cissick hat. Hattest du schon mal einen Fall mit zwei Geschwistern, die zusammen gemordet haben?«

Jack stieß ein Geräusch aus, das für Tom nach einem Schnauben klang. »Ja, hatte ich. Verrücktheit liegt meist in der Familie.«

»Dann könnten es also Bruder und Schwester sein. Mit ähnlichen, aber nicht identischen Absichten.«

»Oder zwei Brüder«, merkte Jack an, »von denen sich einer als Frau identifiziert. Die Identität ist mehr als die Art, wie wir uns selbst sehen. Sie beeinflusst auch unsere Sicht auf andere. Wir sind Herdentiere und wollen uns mit Menschen umgeben, die so sind wie wir.«

Das war ein guter Einwand. »Und was ist, wenn wir niemanden finden, der so ist wie wir?«

Tom bemerkte, dass der Apotheker seine Medikamente endlich fertig hatte, und ging zum Schalter.

»Jack? Bist du noch dran?«

Sie antwortete nicht. Tom wählte erneut ihre Nummer, aber es ging sofort die Mailbox ran.

Er bezahlte, steckte sich alles in die Tasche und ging zum Parkplatz. Sobald er in seinem Wagen war, versuchte er es noch einmal bei Jack.

Wieder wurde er sofort zur Mailbox durchgestellt.

Seltsam. Die Verbindung war anscheinend mitten in der Unterhaltung unterbrochen worden. Aber es gehörte sich doch so, dass eine oder beide Parteien versuchten, sie wiederherzustellen. Jack hatte ihm keine Nachricht hinterlassen, daher fragte sich Tom, ob sie dort, wo immer sie sich gerade aufhielt, schlechten Empfang hatte.

Er konnte jedoch nicht völlig ausschließen, dass etwas Schlimmes passiert war. Etwas sehr, sehr Schlimmes.

Obwohl er es eigentlich nicht tun wollte, rief Tom Harry McGlade an, den Expolizisten, der seine Hand verloren hatte und seitdem eine echte Nervensäge war. Der Mann arbeitete im privaten Sektor weiterhin mit Jack zusammen, und sie hatte erwähnt, dass sie in seinem Haus wäre. So ungern Tom auch mit Harry sprach, war er doch der Ansicht, ihn über T-Nails Ausbruch informieren zu müssen.

»Was?«

Eine nette Art, sich zu melden. »Hier ist Detective Tom Mankowski, McGlade.«

»Und?«

»Ich rufe wegen Jack Daniels an.«

»Jack ist nicht hier.«

»Ich weiß. Ich habe gerade mit ihr gesprochen.«

Tom fasste kurz alles zusammen und fragte dann: »Gibt es in dem Haus, in dem sie sich aufhält, ein Festnetztelefon?«

»Nein. Das war bestimmt nur schlechter Empfang. Ich drücke so lange Wahlwiederholung, bis ich durchkomme.«

McGlade legte auf.

Tom versuchte ein weiteres Mal, Joan zu erreichen, sowohl auf ihrem Handy als auch auf seiner Festnetznummer.

Sie ging nicht ran.

Er hatte ein ganz mulmiges Gefühl im Bauch. Als Polizist verließ er sich häufig auf seine Intuition.

Und seine Vorahnung verriet ihm, dass die Dinge bald noch sehr viel schlimmer werden würden.

44

Erinyes erwacht.

Sie schläft nicht gern im Auto. Der Lieferwagen parkt an einer Tankstelle an der I-90 zwischen lauter Lastern, deren Fahrer sich hier aufs Ohr gehauen haben.

Sie streckt sich und stellt fest, dass es sieben Uhr ist, und sieht nach Tom. Sein Arzt unterhält sich gerade mit ihm.

»Ich konnte kein nekrotisches Gewebe finden. Zur Sicherheit habe ich rund um die Wunde etwas weggeschnitten – mit nekrotisierender Fascilitis ist nicht zu spaßen – und Gewebeproben ins Labor geschickt. Die Prognose sieht gut aus.«

Erinyes muss nachschlagen, was nekrotisierende Fascilitis ist.

Ekelhaft. Das ist also mit Walters Lippen passiert.

Die Tom-Mankowski-Show zieht sich noch über mehrere Telefonate.

Erinyes erfährt eine ganze Menge.

Die Polizei hat in ihrem Haus keine Hinweise gefunden. Und sie wird auch keine finden. Selbst wenn dieser Computergeek ihre Dateien entschlüsselt, gibt es darin nichts, was zu ihr führt.

Jemand ist aus dem Gefängnis geflohen, und die Geschichte ist derart interessant, dass Erinyes Terrance Wycleaf *T-Nail* Johnson googelt.

Seine Opferliste stellt ihre deutlich in den Schatten. Und sein Polizeifoto ist wirklich furchterregend. Erinyes erschaudert sogar ein bisschen. Sie haben es geschafft, eine Bestie wie ihn einzusperren, und er ist trotzdem wieder entkommen. In diesem lächerlichen Krieg gegen Drogen – bei dem Menschen für den Konsum von Chemikalien schikaniert werden, die ein Haufen kleinkarierter, korrupter Politiker für illegal erklärt hat – werden im Schnitt alle eins Komma neun Sekunden Personen wegen drogenbezogener Delikte verhaftet. In welchem Universum ergibt es Sinn, Menschen für etwas einzusperren, das sie ihrem eigenen Körper antun wollen, und Psychopathen rauszulassen, die Menschen an Böden und Wände nageln? Irgendetwas stimmt mit dem Strafvollzug in diesem Land doch nicht.

Die Unterhaltung mit Toms Mentorin, einer ehemaligen Polizistin, die den witzigen Namen Jack Daniels trägt, ist auch sehr faszinierend, vor allem, als sie über Erinyes sprechen. Mit den meisten Vermutungen liegen sie weit daneben, aber einiges kommt der Wahrheit erstaunlich nahe.

Erinyes sucht nach Jacqueline Daniels und findet eine Menge Informationen. Jack war früher mal ein Star. Sie hat einige sehr bekannte Serienmörder gejagt, von denen auch Erinyes schon gehört hat.

Vielleicht statte ich Toms Mentorin einen Besuch ab, wenn ich mit ihm fertig bin. Jack Daniels hat zweifellos viele Sünden begangen, für die sie büßen muss.

Die Tom-Mankowski-Show geht mit einem kurzen Telefonat mit einem Flegel namens Harry McGlade weiter – der sogar noch berühmter ist als Jack –, und Erinyes steigt aus, als Tom einen weiteren verzweifelten und erbärmlichen Versuch macht, seine Möchtegernverlobte zu erreichen.

Was wirst du überrascht sein, wenn du herausfindest, was mit ihr passiert ist.

Erinyes steigt aus dem Wagen und geht zur Tankstelle. Nachdem sie auf der Damentoilette war, kauft sie sich ein Croissant-Sandwich und einen großen Kaffee mit extra viel Milch und Zucker.

Die Kalorien kann sie gut brauchen, schließlich hat sie heute eine Menge vor.

Sie hat jetzt nur noch zehn Dollar und nimmt sich vor, bald Geld abzuheben.

Zurück im Lieferwagen sieht sie nach Joan. Erinyes hat ihre Handgelenke mit Klebeband an den Stahlträger gefesselt, der neben dem Terrarium am Wagenboden befestigt ist.

Joan ist noch nicht wieder zu sich gekommen.

Stunden zuvor hatte Erinyes mit sich gerungen und dann beschlossen, Joan zu entführen, anstatt sie sofort zu töten. Das war eigentlich sogar ziemlich gerissen, da sie Joan auf diese Weise als Druckmittel gegen die Polizei einsetzen konnte. Aber Erinyes hatte noch einen anderen, weitaus größeren Grund dafür: Sie hat noch nie zwei Sünder gleichzeitig büßen lassen.

Der Gedanke ist provokativ. Den anderen leiden zu sehen, wird ihre Qualen nur noch steigern.

Jedenfalls in der Theorie.

Anstatt Joan also auf Toms Bett zu fesseln, sie zu wecken und mit einem Fleischermesser aufzuschlitzen, hat Erinyes die Sackkarre und den Karton mit den Instrumenten aus dem Lieferwagen geholt. Sie hat Joan in die Umzugsdecken eingewickelt und mit Klebeband verschnürt, und als sie sie draußen in den Wagen verladen hat, war niemand auf sie aufmerksam geworden.

Allerdings herrschte um vier Uhr früh auch nicht gerade viel Betrieb auf der Straße. Die Passanten hätten jedoch nur eine Person bemerken können, die eine große Kiste verlud.

Dann hatte Erinyes Joan eine Windel angezogen – sie hatte ja keine Ahnung, wie lange es dauern würde, Kendal zu erwischen –, sie an den Strahlträger gefesselt und ihr eine GHB-Tablette unter die Zunge gelegt, um sie gefügig zu machen. Noch hatte Erinyes den Ballknebel nicht benutzt, aber wenn Joan zu laut wurde, ließ sich das jederzeit nachholen. Sie wollte jedoch nicht das Risiko eingehen, dass sich Joan möglicherweise übergab und an ihrem Erbrochenen erstickte.

Außerdem gehörte es zu den angenehmen Seiten der Buße, sich anzuhören, wie sie ihre Sünden gestanden.

Erinyes lässt den Motor an und fährt zum nächsten Bitcoin-Geldautomaten. Die Dinger schossen in Chicago wie Pilze aus dem Boden, sodass der nächste keine fünf Minuten entfernt in einem Schnapsladen zu finden ist.

Als sie schon fast da ist, sieht sie das Blaulicht im Rückspiegel. Polizei.

Das ist nicht gut. Überhaupt nicht gut.

Schlimmer noch: Sie hat die Pistole hinten im Wagen liegen gelassen.

Erinyes fährt langsam an den Straßenrand. Der Polizist zeichnet garantiert alles auf, und sie bemerkt, dass sein Blick auf ihren Seitenspiegel gerichtet ist. Wenn sie versucht, Joan zu knebeln und sich die Waffe zu holen, wird er die Bewegung bemerken und Verdacht schöpfen.

Daher bleibt Erinyes ruhig sitzen. Als sie sich jedoch zum Handschuhfach herüberbeugt, um ihre Versicherungskarte herauszuholen, zieht sie unauffällig den Vorhang zum Innenraum zu.

Der Polizist kommt zur Wagentür stolziert, und Erinyes lässt das Fenster herunter.

Er mustert sie und reckt den Hals, um in den Lieferwagen zu sehen.

Hier gibt es nichts von Interesse, Officer.

»Führerschein, Fahrzeugpapiere und Versicherungskarte, bitte.«

»Darf ich fragen, warum Sie mich anhalten?«

»Sie sind eben über eine rote Ampel gefahren.«

Erinyes weiß ganz genau, dass dem nicht so war. Die Ampel war gerade erst auf Gelb umgesprungen, als sie auf die Kreuzung gefahren war. Bei so etwas passt sie immer ganz genau auf, weil Polizisten richtige Arschlöcher sein können.

Sie weiß, dass es sinnlos ist, mit ihm zu diskutieren. Da fängt sie sich lieber einen Strafzettel ein und kann weiterfahren.

»Das tut mir wirklich leid.« Sie kramt in ihrem Portemonnaie herum und achtet darauf, auch den richtigen Führerschein herauszunehmen. Dann reicht sie ihm diesen zusammen mit ihrer Versicherungskarte und den Fahrzeugpapieren und trommelt mit den Fingern auf dem Lenkrad herum, während sie wartet und hofft, dass die falschen Papiere das viele Geld wert sind, das sie dafür bezahlt hat.

Er geht zurück zu seinem Streifenwagen.

Eine Minute verstreicht.

Zwei Minuten.

Joan wimmert leise.

Erinyes sieht in den Rückspiegel. Er schreibt noch immer die Verwarnung.

»Tom?«, fragt Joan nuschelnd.

»Sch. Sei leise.«

»Wer sind Sie?«

»Ich sagte, du sollst leise sein«, schimpft Erinyes.

Der Polizist steigt aus seinem Wagen und kommt auf sie zu.

»Ich will Tom«, sagt Joan etwas lauter.

»Ich bringe dich gleich zu Tom, Schätzchen, aber du musst noch eine Minute lang leise sein. Zähl bis sechzig, dann darfst du mit Tom reden.«

»Warum bin ich gefesselt?«

278

Der Polizist ist nur noch fünf Schritte entfernt. Er hat eine Hand am Gürtel neben seiner Waffe liegen.

»Du hattest einen Unfall«, sagt Erinyes. »Möchtest du Tom sprechen?«

»Ja.«

»Dann musst du zuerst bis sechzig zählen.«

»Eins … zwei …«

»Leise.«

Der Polizist klopft mit einem Fingerknöchel ans Fenster. Erinyes lässt es einige Zentimeter herunter, und er schiebt ein kleines Klemmbrett mit daran befestigtem Strafzettel hindurch.

»Unterschreiben Sie unten.«

Erinyes nimmt das Klemmbrett eilig entgegen.

Da ist kein Stift.

»Tom? Bist du das?«

Der Polizist sieht Erinyes fragend an. Erinyes zuckt mit den Achseln. »Haben Sie einen Stift, Officer?«

»Tom?« Joans Stimme wird immer lauter.

»Ist noch jemand bei Ihnen im Wagen.«

»Nein. Ich bin allein. Das ist nur das Radio.« Erinyes dreht schnell am Knopf des Radios, obwohl es längst aus ist. »Ach, da ist ja ein Stift.«

Sie zieht den Kugelschreiber hastig aus ihrer Tasche, kritzelt ihren Namen unten auf den Strafzettel, gibt ihm das Klemmbrett zurück und schließt das Fenster.

Der Polizist geht nicht weg.

»Tom? Wo ist Tom?«

Der Polizist klopft erneut, und Erinyes lässt das Fenster wieder herunter.

»Hier haben Sie Ihre Kopie und Ihren Ausweis. Alles, was Sie wissen müssen, um den Strafzettel zu bezahlen oder die Verwarnung anzufechten, steht auf der Rückseite.«

»Danke, Officer.«

Er starrt sie an und bleibt noch immer stehen. Was zum Henker will dieser sadistische Mistkerl denn noch?

»Ist wirklich alles in Ordnung, Miss?«

»Es geht mir gut.«

»Sind Sie sicher?« Der Polizist berührt sein rechtes Auge.

Erinyes begreift nicht, was er ihr damit sagen will. Dann sieht sie in den Rückspiegel.

Bemerkt die Spuren des schwarzen Make-ups.

Er glaubt, ich wäre geschlagen worden. Bei der Vorstellung fängt sie beinahe an zu lachen.

»Ich kann Sie an einen sicheren Ort bringen und dafür sorgen, dass man Ihnen hilft.«

Ist das sein Ernst? Erst gibt er mir einen Strafzettel über zweihundert Dollar, und jetzt will er den Helden spielen?

»Das ist im Fitnessstudio passiert, Officer. Kein Grund zur Sorge.«

»Okay. Fahren Sie vorsichtig.«

Erinyes nickt und schließt das Fenster. Hinter ihr fängt Joan an zu schnarchen.

GHB, die beste Date-Rape-Droge seit 1960.

Erinyes fährt weiter. Zwei Minuten später parkt sie vor dem Schnapsladen, begibt sich nach hinten, knebelt Joan, steigt aus, betritt den Laden und geht zum Bitcoin-Geldautomaten.

Sie zeigt den auf ihrem Handy gespeicherten QR-Code vor, gibt das Passwort ein und sieht sich die Tagesrate an. Bitcoins sind momentan vierhundertzwanzig Dollar wert. Erinyes hebt zwei Bitcoins in Zwanzigern ab. Damit hat sie noch etwas mehr als achthundertundsechs Bitcoins auf ihrem digitalen Konto.

Nachdem sie schon seit Jahren Bitcoin-Mining betreibt und verschiedene Hackerdienste im Darknet verkauft, hat sie mehr als genug Geld, um in einem anderen Staat einen Neuanfang zu machen, sich mit Bargeld ein Haus zu kaufen und sich mehrere neue Identitäten zu beschaffen.

Aber zuerst müssen die Angelegenheiten in Illinois geregelt sein.

Erinyes verlässt den Parkplatz und fährt zum Expressway in Richtung Evanston.

Unterwegs hält sie noch bei einer Zoohandlung und kauft eine Packung Grillen.

Ihre Spinnen sind geschlüpft, und sie will nicht, dass die kleinen Tierchen sich gegenseitig auffressen.

45

Tom schloss seine Haustür auf, eilte hinein und hoffte darauf, dass Joan noch schlief.

Aber sie war nicht da.

Er legte eine Hand auf das ungemachte Bett, um zu überprüfen, ob er noch Restwärme von ihr spüren konnte, aber das Laken war kalt.

Tom setzte sich und dachte zum hundertsten Mal darüber nach, wie anders alles hätte laufen können.

»Kündige und lass jemand anderes diesen Irren fangen. Wenn du das tust, dann heirate ich dich.«

Das war der entscheidende Augenblick gewesen. Hätte er zugestimmt, könnte er jetzt schon in den Flitterwochen sein.

Doch anstatt ein glückliches, sicheres Leben an der Seite der Frau, die er liebte, zu führen und mit ihr eine Familie zu gründen, hatte sich Tom dafür entschieden, das moralische Schwarze Loch namens Darknet zu erkunden und online mit Psychopathen zu chatten. Psychopathen, bei denen er Sorge haben musste, dass sie eines Tages aus dem Gefängnis ausbrachen und hinter ihm und seiner Familie her waren.

Tom wollte nicht so wie Jacqueline Daniels enden. Er hatte die Verzweiflung in ihrer Stimme gehört. Sie hatte nur aufgemerkt, als sie über den Schnippler-Fall gesprochen hatten.

Es war traurig. Und er war auf dem besten Weg, ebenso zu enden.

Als er an Jack dachte, fiel Tom ihr Rat wieder ein, und er beschloss, in der nationalen Datenbank Violent Criminal Apprehension Teams nach ähnlichen Fällen zu suchen. Die Chancen standen nicht gerade gut. Es dauerte immer ewig, die ViCAT-Berichte auszufüllen, und brachte häufig nicht das Geringste ein. Die staatlichen und lokalen Behörden waren auch nicht dazu verpflichtet. Aus diesem Grund verzichteten viele Polizisten darauf, was dazu führte, dass das eine Revier nicht wusste, was das andere tat. So konnten die Täter aus einem Zuständigkeitsbereich in den nächsten flüchten, und jeder neue Ermittler musste von vorn anfangen und konnte nicht auf die bisher zusammengetragenen Beweise zurückgreifen.

Tom starrte seinen Computer auf dem Eckschreibtisch an.

ViCAT durchsuchen? Oder ein Kündigungsschreiben an Captain Bains aufsetzen?

Tom setzte sich vor die Tastatur und tippte.

Betrachten Sie diesen Brief als meine fristgerechte Kündigung.

Er starrte den Satz an, löschte ihn und versuchte es erneut.

Bitte betrachten Sie diesen Brief als formelle Benachrichtigung über meinen Rücktritt aus dem Chicago Police Department.

Auch diesen Entwurf löschte er.

Ich kündige.

Aber warum wollte er eigentlich kündigen? Joan zuliebe? Oder weil er es selbst wollte?

Möglicherweise eine Kombination aus beidem.

Er musste an die Frage denken, die Erinyes ihm im Chatraum gestellt hatte.

Hast du Spaß in deinem Job, Tom?

Tom bekam es mit dem Schlimmsten zu tun, das die Menschheit zu bieten hatte. Er hatte das Gefühl, etwas zu bewirken, aber dass er die unerbittliche Grausamkeit der Menschen ständig sehen musste, setzte seiner Psyche merklich zu. Es war deprimierend. Und frustrierend. Und es hörte nie auf.

Das Gute an seinem Job …

Das Gute an meinem Job ist der Moment, in dem ich Feierabend mache und mit Joan rede.

Ich möchte anderen helfen. Etwas bewirken. Dafür sorgen, dass die Gerechtigkeit siegt.

Aber ich bin nicht gern Polizist.

Diese Erkenntnis traf ihn wie ein Schlag, und er fühlte sich wie ein Blinder, der zum ersten Mal sehen konnte. Tom stand auf.

Zum Teufel mit dem Kündigungsschreiben. Ich werde jetzt gleich ins Büro des Captains gehen und ihm meine Dienstmarke und meine Waffe in die Hand drücken.

Er setzte sich wieder hin.

Aber zuerst werde ich noch schnell eine ViCAT-Suche laufen lassen. Die paar Minuten machen jetzt auch nichts mehr aus.

46

Erinyes parkt einige Blocks vom Epsilon-Epsilon-Delta-Haus entfernt und loggt sich auf HotSororityGirlsLive.com als Administrator ein. Sie geht alle Live-Cams durch. Fünf Mädchen schlafen noch, obwohl es schon nach acht ist. Das wundert sie nicht. Die kleinen Huren sind garantiert lange aufgeblieben und haben mit ihren Freiern gechattet.

Aber Erinyes kann Kendal nicht sehen. Sie muss die Kameras noch immer ausgeschaltet haben. Ebenso wie den Computer, das Handy und den Kindle. Erinyes schaltet Kendals Handy per Remote-Access ein – sie hat die App darauf installiert, als Kendal in der Klinik eingeklemmt gewesen war.

Kendal schläft.

Erinyes geht im Lieferwagen nach hinten. Joan blickt benommen zu ihr auf.

»Du bekommst bald eine Mitbewohnerin«, erklärt Erinyes ihr und sammelt ihre Sachen zusammen. Sie hat in Toms Haus eine Make-up-Tube geleert und nimmt die neue, die sie vor Kurzem erst erhalten hat, aus einem Schrank.

»Das ist Vantablack«, sagt sie zu Joan. »Es besteht aus Kohlenstoffnanoröhrchen. Das ist die schwärzeste bekannte Substanz, und sie absorbiert neunundneunzig Komma neun sechs fünf Prozent des sichtbaren Spektrums. Darum konntest du mich im Badezimmer nicht sehen. Es absorbiert das Licht, anstatt es zu reflektieren.«

Erinyes steckt sich die Tube in die Jackentasche. Danach nimmt sie den Beutel mit den Grillen, den sie im Zoogeschäft gekauft hat, und schüttelt einige ins Terrarium. Joan reißt die Augen auf, als sie sieht, was sich darin befindet, und wimmert.

»Ja, Joan. Die sind für dich. Sie werden dir helfen, für deine Sünden zu büßen. Soll ich dir was Witziges erzählen? Du hättest das ganz einfach verhindern können. Wenn du Toms Heiratsantrag angenommen hättest, wärst du jetzt nicht hier. Aber das war wirklich sehr gemein.«

Erinyes hockt sich neben Joan und sieht ihr in die Augen. »Ich weiß das, weil ich alles mit angesehen habe.«

Joan wimmert erneut leise. Erinyes tätschelt ihr den Kopf, hält Ausschau nach dem Stadtplan und nimmt ihn an sich. Sie vergewissert sich, dass sich niemand auf der Straße aufhält, als sie aus dem Wagen steigt. Nachdem sie die Türen verriegelt hat, geht sie zum Haus der Schwesternverbindung.

Davor parkt ein Streifenwagen. Erinyes faltet den Stadtplan auseinander und geht langsam daran vorbei. Sie bleibt stehen. Wartet. Dreht wieder um und hält direkt auf den Wagen zu, wobei sie die Pistole in ihrer Hand hinter ihrer Reisetasche verbirgt.

»Ich suche diese Straße«, sagt sie und reicht dem Mann den Stadtplan, als er das Fenster herunterlässt. Es ist nicht der niedliche Polizist, mit dem Kendal zuvor unterwegs ist. Dieser Mann ist alt und aufgedunsen. Als sein Gesicht hinter dem Stadtplan verschwunden ist, sieht sich Erinyes schnell nach Zeugen um, hebt die Waffe und schießt ihm sechsmal in den Kopf und die Brust.

Es gibt keinen wirklich wirksamen Schalldämpfer, aber der, den Erinyes online gekauft hat, ist sehr gut, und die Schüsse sind nicht lauter als ein kräftiges Husten.

Sie öffnet die Tür, indem sie eine Hand durch das Fenster steckt, schiebt seine Leiche zur Seite und schließt das Fenster. Der Stadtplan ist jetzt voller Blut, daher kann sie ihn nicht behalten. Wie schade. Derart große Faltpläne aus Papier sind im Digitalzeitalter schwer zu bekommen.

Erinyes schließt die Autotür und geht rasch über die Straße zum Haus.

Der Generalschlüssel passt wie erhofft. Im Haus zieht sie sich bis auf den Ganzkörperanzug aus, verteilt das Augen-Make-up, zieht sich die Handschuhe an und setzt die Maske auf.

Danach legt sie ein neues Magazin in die Neunmillimeter ein und vergießt beinahe eine Träne ob der Tragödie, die sich gleich ereignen wird.

Die Sünderinnen müssen büßen. Eine Kugel im Kopf ist nicht genug. Sie sollen viel mehr leiden. Aber diese Umgebung ist zu gefährlich. Zu gewagt. Sie muss die Mädchen töten, sich Kendal schnappen und schnell wieder von hier verschwinden.

Sie kann nur hoffen, dass Gott ihnen dennoch gnädig sein wird.

Erinyes geht zum Zimmer der ersten Hure.

Bleibt stehen.

Dreht wieder um.

Geht an ihre Tasche und nimmt das Klebeband und das Fleischermesser heraus.

Denn für ein bisschen Leid ist immer Zeit.

47

Die ViCAT-Homepage sah genau wie viele der betrügerischen Seiten im Dark Web aus, als wäre sie von einem Highschoolschüler auf Windows 98 programmiert worden. Sie war auch genauso benutzerfreundlich.

Tom suchte nach dem Wort »Kendal«.

Drei Treffer. Keiner aus der jüngsten Vergangenheit; keiner entsprach der Vorgehensweise des Schnipplers.

Danach versuchte er es mit »Erinyes«, »Furie«, »Tilphousia«, »Megaera« und »Alecto«.

Nichts.

Tom suchte nach »Kastration« und bekam zu viele Treffer, um sie alle durchzusehen.

Okay. Ich hab's versucht. Zeit für die Kündigung.

ViCAT hatte seine Nützlichkeit anscheinend überdauert. Wie alles andere, wenn das Benutzerinterface nicht mit der Technologie mithalten konnte. Tom fragte sich, ob ein Computergeek wie Firoz das System vielleicht irgendwie modernisieren konnte, damit es …

Als er an Firoz dachte, kam ihm ein Gedanke. Welches Passwort hatte er doch gleich benutzt, um auf Cissicks Computer zuzugreifen? Dement? Demonstration?

Demeter.

Tom gab das Wort in die Suchmaske ein.

Er bekam einen Treffer. Der Eintrag war ganz neu, gerade mal eine Stunde alt. Ein Polizist aus Evanston namens Ledesma meldete, dass ein Mädchen auf dem Campus von jemandem sexuell misshandelt worden war, der sich als Schwester Demeter ausgegeben hatte.

Tom las weiter, und seine Nackenhärchen stellten sich auf. Schwester Demeter hatte ein Mädchen namens Kendel attackiert.

Der Name des Mädchens war falsch geschrieben, aber das reichte Tom dennoch, um so schnell wie möglich in Evanston anzurufen. Nachdem er in der Zentrale kurz sein Anliegen erklärt hatte, stellte man ihn zu Detective Ledesma durch.

»Detective Tom Mankowski, CPD. Ich habe gerade Ihren ViCAT-Bericht gelesen.«

»Dann funktioniert das alte System also wirklich? Ich habe das erst heute Morgen eingetragen. Haben Sie was für mich?«

»Sagt Ihnen der Schnippler-Fall etwas? Der Kerl hat es auf Webcam-Models namens Kendal abgesehen.«

»Kendal Smith studiert hier an der Uni. Sie hat nichts davon gesagt, dass sie Webcam-Model ist.«

»Wo ist sie jetzt?«

»Im Haus ihrer Schwesternverbindung Epsilon Epsilon Delta.«

Tom konnte in zwanzig Minuten mit dem Auto in Evanston sein. »Ich kann mich dort in einer Viertelstunde mit Ihnen treffen.«

»Das ist nicht nötig. Sie hatte solche Angst, dass wir einen Wagen vor ihrer Tür abgestellt haben.«

»Funken Sie den Kollegen an. Sagen Sie ihm, er soll im Haus bei Kendal warten.«

»Er hat sich erst vor fünfzehn Minuten gemeldet. Aber ich funke ihn an. Augenblick.«

Tom wartete.

»Er meldet sich nicht«, sagte Ledesma.

»Schicken Sie auf der Stelle Ihre Leute da hin.«

Tom war schon auf dem Weg zur Tür.

48

Kendal gähnte, klopfte an die Tür der Duschkabine, um sich zu vergewissern, dass sie leer war, und ging hinein. Der Boden war feucht, woraus sie schloss, dass erst vor Kurzem eine ihrer Mitbewohnerinnen geduscht hatte. Sie hoffte, dass noch genug warmes Wasser übrig war. Kendal schaltete die Duschkamera am Wandschalter aus. Das grüne Licht am Fuß der Kamera blinkte und wurde rot.

Sie hängte zur Sicherheit ein Handtuch über die Linse und stellte das Wasser an. Obwohl es schneller heiß sein sollte, weil eben erst jemand geduscht hatte, zählte sie dennoch bis fünfunddreißig, bevor sie die Hand darunterhielt.

Es hatte die perfekte Temperatur.

Dann überprüfte sie es noch einmal.

Und ein drittes Mal.

Jemand im Haus musste stark erkältet sein, da Kendal das Husten trotz des laufenden Wassers und Ventilators hörte.

Als sie unter der Dusche stand, versuchte sie gar nicht erst, die Fliesen nicht zu zählen. Sie zählte die Seifenschale an der Wand wieder als zwei Fliesen, weil sie so viel Platz einnahm.

Dreimal Haarewaschen und drei Minuten später verließ Kendal die Duschkabine, trocknete sich ab und ging durch den Flur zu ihrem Zimmer, wo sie die Tür hinter sich schloss. Sie legte die Kleidung, die sie an diesem Tag tragen wollte, auf ihr Bett, hörte erneut das Husten und erinnerte sich an das Addalock, das Detective Ledesma ihr gegeben hatte. Obwohl sie nicht mehr lange in ihrem Zimmer bleiben wollte, brachte sie es trotzdem an.

Wenn man eine Zwangsstörung hatte, waren neue Gewohnheiten ebenso hartnäckig wie alte.

Kendal zog sich eine schwarze Jeans, einen roten Pullover mit Rundhalsausschnitt und dem Logo der Uni an und schlüpfte gerade in ihre Socken, als jemand versuchte, die Tür zu öffnen.

»Hallo?«

Kendal sah, wie jemand am Türknauf rüttelte.

»Linda? Hildy?«

Sie bekam keine Antwort.

Aber da war ein leises Klopfen. Und dann …

Ein Kratzen.

Jemand kratzt an meiner Tür.

»Das ist nicht witzig, Hildy.«

Das Kratzen hörte auf.

Dann drehte sich das Schloss im Türknauf, weil es von der anderen Seite entriegelt wurde.

Der Türknauf wurde erneut umgedreht.

Die Tür bewegte sich ein Stück.

Aber sie ging nicht auf. Das Addalock verhinderte es.

Kendal nahm ihr neues Handy, rannte zum Fenster, schob die Lamellen der Jalousie mit den Fingern zur Seite und spähte nach draußen. Der Streifenwagen parkte am Straßenrand, aber die Sonne blendete Kendal, sodass sie nicht erkennen konnte, wer am Steuer saß.

BÄMM!

Jemand hatte fest gegen ihre Tür geschlagen.

Kendal schrak zusammen und ließ ihr Handy fallen.

BÄMM!

Sie hob das Handy sofort wieder auf, entsperrte es und wählte den Notruf.

»Kendal?«

Kendal kannte diese Stimme.

»Bitte nennen Sie die Art des Notfalls.«

»Kendal?«

Das war Linda.

Kendal legte auf. »Linda?«

Erneut dieses leise Klopfen. Kendal machte drei Schritte auf die Tür zu und wollte schon nach dem Addalock greifen, hielt dann jedoch inne.

»Linda? Was ist los?«

»Ich bin verletzt … schwer verletzt …«

Die Sorge um ihre eigene Sicherheit wurde von der Sorge um ihre Freundin übertroffen, und Kendal öffnete das Addalock und die Tür.

Linda war ganz blass und hatte die Augen und den Mund weit aufgerissen. Sie trug ihr rotes Universitäts-T-Shirt.

Nein … Das war ihr Spongebob-T-Shirt. Ihr Lieblingsshirt. Aber das Spongebob-Shirt war weiß. Wieso sah es jetzt …

Kendal stockte der Atem. Lindas T-Shirt war mit Blut getränkt. Als sie auf die Seite fiel, sah Kendal hinter ihrer Freundin etwas Schwarzes hocken.

Sie dachte nicht weiter nach, sondern reagierte einfach. Während ihr ein Schrei über die Lippen kam, rammte Kendal den Mann in der Tür mit einer Schulter, drückte ihn zur Seite und rannte durch den Flur.

Zwölf Schritte bis zur Haustür!

Elf, zehn, nein, acht, sieb...

Kendal rutschte auf etwas aus und stützte sich im Fallen mit den Händen ab. Ihr Handy segelte durch die Luft, und sie scheuerte sich die Handflächen auf, als sie über den Hartholzboden rutschte. Ihre Beine hingen irgendwo fest. Kendal drehte sich auf die Seite, sah das viele Blut auf dem Boden und landete schließlich auf Hildy, die an der Wand lag, mit weit aufgerissenen Augen und einem Streifen grauem Klebeband über dem Mund.

Hildy zitterte am ganzen Körper und stieß ein schrilles Jaulen aus, bei dem ihre Nasenflügel bebten. Kendal versuchte, von ihr wegzurutschen, woraufhin Hildy nur noch lauter kreischte.

Kendal starrte ihre Füße an und fragte sich, wieso in aller Welt sich ein Seil darumgewickelt hatte.

Eine halbe Sekunde später erkannte sie, dass das gar kein Seil war – es kam aus dem breiten Schlitz in Hildys Bauch, auf den ihre Freundin beide Hände presste, als wäre sie hochschwanger und würde ihren Babybauch streicheln.

Aber Hildy liebkoste nicht ihr ungeborenes Kind.

Sie versuchte, ihr Gedärm wieder in ihren Bauch zu stopfen. Und Kendal erschwerte ihr das Ganze noch mehr, da sie mit den Füßen in Hildys Eingeweiden festhing.

Kendal konnte nicht mehr rational denken. Sie trat wild um sich, bis sie sich aus dem Gewirr befreit hatte, und zog einen glitschigen Fuß an, um weiter zur gerade noch zwei Meter entfernten Haustür zu laufen.

Dann erstarrte sie.

Ich habe die Zahl vergessen.

Zwölf Schritte von der Haustür bis zu ihrem Zimmer.

Wo habe ich aufgehört zu zählen?

Kendal stand starr und reglos wie eine Statue da und fing an zu weinen.

Plötzlich wurde sie von hinten gepackt. Jemand drückte ihr ein feuchtes Tuch auf den Mund, und ihre Lunge brannte, während um sie herum alles verschwamm.

49

Während sich Detective Ledesma in einen Mülleimer übergab, zuckte Tom beim Anblick der Leiche auf dem Bett zusammen. Ihre nackten Oberschenkel waren von der Hüfte bis zum Knie aufgeschlitzt worden, und Tom musste unwillkürlich an die Hotdogs denken, die seine Mutter früher immer gemacht hatte und die mit Käse gefüllt gewesen waren.

»Das macht fünf«, sagte Tom. »Und das ist nicht Kendal?«

»Ihr gehört das Zimmer zur Straße«, sagte Ledesma, ohne den Kopf aus dem Mülleimer zu nehmen.

»Könnten Sie ihr zur Sicherheit ins Gesicht sehen?«

»Ist es ... noch ganz?«

Im letzten Zimmer hatte der Schnippler dem Mädchen die Wangen und die Nase abgeschnitten.

»Größtenteils«, erwiderte Tom. »Welche Augenfarbe hat Kendal?«

»Braun«, antwortete Ledesma und drehte sich zu der Leiche um. »Großer Gott ... Er hat ihr die Augen rausgeschnitten ...«

Wieder würgte er. Tom wusste, dass dies nicht Kendal sein konnte. Er wandte sich zum Gehen.

»Ich kann nicht erkennen, ob sie es ist«, sagte Ledesma und rang nach Luft.

296

»Sie ist es nicht. Ihre Augen sind blau.«

»Ihre Augen sind weg, Mann!«

»Das sind sie nicht«, korrigierte Tom ihn. »Sie liegen auf der Kommode.«

Tom verließ das Zimmer und ging zwischen den Polizisten und Technikern hindurch zur Haustür. Dort streifte er sich die blutdurchtränkten Überzieher ab, die er über seine Schuhe gezogen hatte, warf sie zu den fünf anderen in den Mülleimer und ging nach draußen, wo er in die Sonne starrte, bis er Kopfschmerzen bekam.

»Was jetzt?«, fragte Detective Ledesma, der hinter ihm auftauchte.

»Ich bin hier fertig.«

»Falls Sie sich wegen der Zuständigkeit Sorgen machen, kann ich Ihnen versichern, dass wir ständig mit dem Chicago PD zusammenarbeiten. Wie gehen wir jetzt weiter vor?«

Tom schloss die Augen und sah noch immer die helle Sonne vor sich. »Ich habe genug. Ich kündige. Als Nächstes werde ich zu meinem Captain gehen und ihm meine Dienstmarke und meine Waffe in die Hand drücken.«

Er drehte sich zu Ledesma um und fragte sich, ob er selbst jemals so jung gewesen war. »War das Ihr erster Mordtatort?«

»Ja.«

»Es ist mein zweihundertneunzehnter. Und jeder einzelne davon«, Tom rammte seinen Zeigefinger gegen seine Schläfe, »ist da oben eingebrannt. Ich habe genug. Ich werde nach L. A. fliegen, meine Freundin anflehen, dass sie es noch einmal mit mir versucht, und mir einen normalen Job suchen. Das hier ...« Tom breitete die Arme aus und bezog sie beide, das Haus und die ganze Welt mit ein. »Das ist nicht normal. Und es ist ungesund.«

»Er hat sie mitgenommen, Detective Mankowski. Dieses Tier hat Kendal mitgenommen. Ich habe den Fall verfolgt. So etwas hat er bisher noch nie gemacht.«

»Dann erweitert er jetzt sein Repertoire.«

»Kendal könnte noch am Leben sein.«

»Das hoffe ich. Das tue ich wirklich. Und ich hoffe, dass Sie sie finden.«

»Das Böse triumphiert schon allein dadurch, dass gute Menschen nichts unternehmen.« Ledesma blinzelte. »Das ist von Edmund Burke.«

»Ich kündige. Das ist von Tom Mankowski. Viel Glück bei Ihren Ermittlungen, Detective. Eine Entführung ist ein Bundesverbrechen, daher werden die Feds den Fall vermutlich übernehmen. Ich richte meinem Partner Roy Lewis aus, dass er sich bei Ihnen melden soll.«

Tom machte sich nicht die Mühe, dem Mann die Hand zu schütteln. Er ging zu seinem Wagen, der einen Block weiter parkte.

Dabei hatte er keine Schuldgefühle. Er empfand kein Bedauern. Sein geschärfter Sinn für seine Bürgerpflichten riet ihm nicht, sofort wieder umzukehren und seinen Kollegen zu assistieren.

Stattdessen spürte Tom eine überwältigende Erleichterung.

Er holte sein Handy aus der Tasche und stellte erfreut fest, dass ihm jemand auf die Mailbox gesprochen hatte. Seine Freude war jedoch von kurzer Dauer, denn es war nicht die Person, auf die er gehofft hatte.

»Hier ist McGlade. Ich habe es jetzt stundenlang bei Jack und ihrem Mann Phin probiert. Sie gehen einfach nicht ran. Danach habe ich einige Quellen überprüft und herausgefunden, dass die Folk Nation —T-Nails Gang – irgendetwas Großes zu planen scheint. Aus diesem Grund fahre ich mit Herb rauf nach Spoonward, Wisconsin. Falls du Jack noch einen Gefallen schuldig bist, dann kannst du diese Schuld jetzt begleichen, indem du mit-kommst. Ruf mich schnellstmöglich zurück.«

Ach, verdammt. Tom schuldete Jack eine ganze Menge Gefallen.

Er googelte Spoonward und stellte fest, dass ihn eine siebenstündige Fahrt in Richtung Norden erwartete.

Danach rief er erneut bei Joan an. Als sie wieder nicht ranging, hinterließ er ihr noch eine Nachricht.

Tom schloss seinen Wagen auf, setzte sich hinter das Lenkrad und rieb sich das Gesicht. Danach schickte er McGlade eine Nachricht, da er so wenigstens nicht mit dem Mann reden musste.

Dieses Zitat von Edmund Burke, das Ledesma erwähnt hatte, kannte Tom nur zu gut. Er hatte es selbst schon im Streit Joan gegenüber vorgebracht.

Das Böse triumphiert schon allein dadurch, dass gute Menschen nichts unternehmen.

So war es auch. Aber von Burke stammte noch ein anderes berühmtes und ebenso wahres Zitat: *Wer die Geschichte nicht kennt, läuft Gefahr, sie zu wiederholen.*

Tom starrte in die Sonne.

Er wusste, dass das nicht gut für seine Augen war.

Aber er tat es trotzdem.

50

Joan träumte von Tom, wie sie ihm wehgetan hatte, und wachte von seiner Stimme auf.

»… kann nicht ohne dich leben. Ruf mich zurück.«

Auf einen Schlag hatte die Realität sie wieder eingeholt.

Sie setzte sich auf. Ihre Hände waren hinter ihrem Rücken gefesselt. Ihre Füße waren mit Klebeband an eine geschwungene Metallstange gebunden worden, die in den Boden eines kleinen Zimmers eingelassen zu sein schien.

Nein, dies war kein Zimmer. Es war ein Lieferwagen. Joan konnte Motorgeräusche hören und die Bewegung des Fahrzeugs spüren.

Bruchstückhafte, traumartige Erinnerungen stiegen in ihr auf, wie sie getragen und geknebelt worden war, durchdrungen von klareren Bildern eines Kampfes in Toms Haus.

Jemand hat mich entführt.

Danach kam der Schmerz. Entsetzliche Kopfschmerzen. Verletzungen vom Elektroschocker. Schmerzender Unterkiefer. Kribbeln in den Fingern.

Dann die Übelkeit. Joan drehte sich auf die Seite, um sich zu übergeben, und sah, dass neben ihr eine junge Frau ebenfalls mit Klebeband gefesselt am Boden lag und einen Ballknebel im Mund hatte. Joan würgte, schaffte es jedoch, dem Drang zu widerstehen, und spürte, wie der Wagen anhielt.

Eine Bewegung zu ihrer Rechten, und ein Vorhang teilte sich.

Es war ein junger Mann. Längeres blondes Haar. Drahtiger Körperbau. Er trug eine Stoffhose, ein Polohemd und Turnschuhe.

»Bist du wach? Alle Synapsen am Feuern? Geisteskräfte noch intakt?«

»Wer sind Sie?«, krächzte Joan.

»Erinyes.« Er kniff die Augen zusammen. »Sag es.«

Joan wiederholte das seltsame Wort. »Erinyes.«

»Du hast vielleicht schon von unserem Werk gehört. Sie nennen uns den Schnippler. Meine bessere Hälfte hat dich letzte Nacht aus Toms Haus entführt.«

Joan spürte, wie ein Schrei in ihr aufstieg, aber Erinyes legte einen Finger an die Lippen. »Sch. Dies ist weder die richtige Zeit noch der passende Ort zum Schreien. Ich habe nur einen Ballknebel, und ich habe ihn dir bloß nicht verpasst, damit du nach den ganzen Drogen, die ich dir gegeben habe, nicht an deinem Erbrochenen erstickst. Aber ich kann unterwegs noch einen kaufen.«

Irgendwie schaffte es Joan, nicht zu schreien, und sie versuchte, sich ihre Furcht nicht anmerken zu lassen – was ihr allerdings nicht gelang.

»Was wollen Sie?«

»Hast du schon mal von den Furien gehört? Das sind alte griechische Rachegöttinnen aus der Unterwelt, die auf die Erde geschickt wurden, um Sünder zu bestrafen.«

Er deutete mit beiden Zeigefingern auf sich, als wollte er ihr sagen, dass er das wäre.

»Die Stimme …« Joan stockte.

»Du hast Tom gehört. Ganz richtig. Ich war neugierig und habe deine Mailbox abgehört.«

Erinyes hielt Joans Handy hoch und spielte ihre Nachrichten ab.

»Es tut mir leid. Können wir reden? Bitte. Ich liebe dich.«

»Ist er nicht süß?«, fragte Erinyes. Seine Worte wirkten auf sie, als würde er Salz in ihre Wunden streuen.

»Ich bin's wieder. Du hattest in jeder Hinsicht recht. Es tut mir so leid. Bitte ruf mich zurück.«

Als sie Toms Stimme hörte und er so schrecklich traurig klang, bekam Joan fast keine Luft mehr. Ihr stiegen Tränen in die Augen.

»Du bist alles für mich, Joan. Ich weiß, dass ich Mist gebaut habe. Der Ring ... Ich habe nicht nachgedacht. Du hast mir gesagt, dass du die Ehe für überflüssig hältst, aber ich dachte ... Ich weiß nicht, was ich gedacht habe. Bitte ruf mich zurück. Ich ... ich liebe dich so sehr.«

Joan ließ den Tränen freien Lauf.

Erinyes stoppte die Aufnahme. »Er hat seine ganzen Comics verkauft, um sich den Ring leisten zu können«, sagte er. »Insgesamt hat er über siebentausend Dollar gekostet. Weißgold, ein gelber Diamant. Tom war überglücklich, weil es ein alter Cartier ist, der aus Frankreich stammt.«

Ein Schluchzen entrang sich ihrer Kehle.

»Jetzt fühlst du dich bestimmt ganz schlecht«, fuhr Erinyes fort. »Ich bin eine griechische Gottheit. Ich sehe alles. Ich weiß alles. Und lass dir eins gesagt sein, Joan: Du hättest Ja sagen sollen.«

Er spielte die nächste Nachricht ab.

»Sie behalten mich über Nacht zur Beobachtung hier, Joan.«

Erinyes stoppte die Aufnahme erneut. »Er versucht, es dir schonend beizubringen. Sie mussten seinen Arm operieren. Es ging um eine schreckliche Infektion, irgendwas mit fleischfressenden Bakterien. Schlimme Sache.«

»Ich habe viel über dich nachgedacht. Über uns. Du ... du bist alles, was ich will. Ich kann ohne dich nicht leben. Ruf mich zurück.«

»Bitte ...«, sagte Joan. »Bitte lassen Sie mich gehen.«

»Sch. Die letzte Nachricht.«

»Ich bin an einem Tatort in Evanston. Der Schnippler hat hier fünf Schwestern einer Studentenverbindung abgeschlachtet und eine sechste entführt. Ich habe genug, Joan. Ich kündige. Ich werde jetzt zum Captain gehen und ihm meine Dienstmarke in die Hand drücken. Wahrscheinlich bist du längst auf dem Weg nach L. A. Bitte ruf mich an, wenn du gelandet bist. Bitte. Ich liebe dich so sehr.«

Erinyes steckte Joans Handy in die Tasche. »Du hast also gewonnen. Wie fühlst du dich jetzt?«

Joan fühlte sich ...

Hilflos. Verängstigt. Beschämt. Am Boden zerstört.

Was Erinyes ihr auch antun mochte, sie konnte sich nicht vorstellen, dass sie noch mehr leiden konnte, als sie es jetzt schon tat. Wenn sie doch nur bei Tom geblieben wäre. Wenn sie doch nur seinen Antrag angenommen hätte. Wenn sie doch nur ...

Die Ohrfeige kam unverhofft und schleuderte ihren Kopf nach hinten.

»Du kannst am besten Buße tun, indem du deine Sünden bereust, Joan. Sag mir, was du fühlst.«

Eine weitere Emotion brach sich Bahn.

Wut.

Joan starrte den Mann durchdringend an. »Ich werde Ihnen überhaupt nichts sagen.«

Er lächelte und streichelte ihr mit einem Daumen über die schmerzende Wange. »Oh, du wirst mir alles sagen. Wenn wir miteinander fertig sind, wirst du mir jede Kleinigkeit, jede Sünde und jedes Geheimnis verraten haben. Danach wirst du mich anflehen, mir noch mehr erzählen zu dürfen.«

Er schlug sie wieder.

Und wieder.

Und wieder, bis sie die Übelkeit nicht mehr zurückhalten konnte und sich übergeben musste. Erinyes griff schnell auf die abgedeckte Kiste neben ihr und hielt ihr eine Plastiktüte unter den Kopf, bis sie nicht länger würgte.

»Die Drogen, die ich dir gegeben habe, verursachen diese Übelkeit«, sagte er und knotete die Tüte zu. »Aber wenn du das noch einmal machst, dann schneide ich dir alle Finger ab, tauche sie in deine Kotze und lasse dich sie wieder ablecken, das schwöre ich dir.«

51

Captain Bains war nicht in seinem Büro. Tom hörte sich um und fand heraus, dass Bains aus persönlichen Gründen einen freien Tag genommen hatte. Laut der Gerüchteküche hatte es etwas mit seiner Gesundheit zu tun.

Normalerweise hätte Tom seine Waffe und seine Dienstmarke einfach auf den Schreibtisch seines Vorgesetzten gelegt, aber dessen Büro war abgeschlossen. Daher fuhr er wieder nach Hause.

Er starrte sein leeres Bett an und hielt es gerade mal fünf Minuten dort aus, dann schickte er Harry McGlade eine Nachricht.

Bin dabei.

Okay. Ich hole dich ab.

Tom packte ein paar Sachen in einen Rucksack: T-Shirt, Unterwäsche, Socken, Kulturtasche, Handyladegerät, zusätzliche Munition. Dann machte er das Bett, schaltete den Fernseher ein, sah einen kurzen Bericht über den Schnippler, schaltete wieder aus, nahm sein Handy und lud sich ein Spiel herunter, nach dem er süchtig war. Wenn Joan ihn besuchte, löschte er es immer, um nicht in Versuchung zu geraten und es zu spielen, solange sie bei ihm war.

Wenn er bei seinem Job doch nur ebenso konsequent gewesen wäre.

Irgendwann schrieb McGlade endlich, dass er angekommen war, und Tom kam aus dem Haus und sah den Privatdetektiv vor einem großen knallroten Wohnmobil stehen.

Harry war gute zwölf Jahre älter als Tom, hatte einen von grauen Strähnen durchzogenen dunklen Bart und manische Augen. Seine Kleidung sah teuer, aber ungebügelt aus.

»Schön, dass du's einrichten kannst.«

»Ich bin Jack was schuldig.«

»Steig durch die Seitentür ein.«

Als Tom die Tür öffnete, sah er als Erstes das vertraute rundliche und schnauzbärtige Gesicht von Sergeant Herb Benedict, der auf einem der Sofas saß. Herb war Mitte fünfzig, trug einen billigen, zerknitterten Anzug und hatte einen Fleck auf der Krawatte, der vermutlich ebenso alt war wie die Krawatte selbst. Neben Herb lag ein schlafendes Baby, und ihm gegenüber saß ein Papagei in einem Käfig.

Tom nickte ihm zu, stieg ein und schloss die Tür hinter sich.

»Willkommen im Krimibago, Tom«, rief Harry vom Fahrersitz aus. Er sprach das Wort als »Krimeee-baygo« aus, dass es wie »Winnebago« klang. »Das hier sind Harry junior und Homeboy. Harry junior ist der mit der Windel, der gerade neben Herb ein Nickerchen macht. Homeboy ist der im Käfig. Und der gestrandete Wal hier ist Herb. Nimm dir aus dem Kühlschrank, was du willst. Falls dir während der Fahrt langweilig wird, kannst du mit Herb Schach spielen, vorausgesetzt, Herb weiß, wie das geht. Das Brett ist im Schrank bei Juniors Spielzeug, gleich neben der Geschirrspülmaschine.«

Tom nahm Herb gegenüber Platz. »Wieso heißt der Papagei Homeboy?«

»Die Vorbesitzer haben ihn so genannt. Ich weiß nicht, ob ich ihren Eltern oder der Gesellschaft die Schuld geben soll. Irgendwas ist da falsch gelaufen.«

»Warum ist er kahl?«

»Er ist süchtig nach Methamphetamin. Deshalb hat er sich sämtliche Federn ausgerupft.«

Tom nickte. Ein Papagei mit Trichotillomanie klang ebenso plausibel wie ein riesiges rotes Wohnmobil. So war Harrys Welt nun mal. Tom sah sich um und begutachtete die teuren Möbelstücke. Der Wagen war eindeutig neu ausgestattet worden. McGlade reiste stilvoll, wenngleich es ein auffälliger, protziger Stil war.

»Und wie geht's dir, Sarge? Hab dich schon länger nicht mehr gesehen.«

»Ich musste den ganzen Vormittag mit McGlade verbringen. Das sagt alles. Und dir?«

»Nicht ganz so schlimm wie dir, aber fast.«

Einerseits aus Nervosität und andererseits, um nicht über Joan reden zu müssen, erzählte Tom von seinen Ermittlungen im Schnippler-Fall, ließ seine bevorstehende Kündigung jedoch vorerst unerwähnt.

»Ich hab den Fall in den Medien verfolgt«, unterbrach Harry ihn. »Das muss ein echter Psychopath sein. Herb und ich hatten schon ein paar Mal mit solchen Typen zu tun.«

Tom berührte geistesabwesend seinen Arm. Der Verband war unter seiner Jacke verborgen.

»Ein Psychopath hat Herb die Augenlider zugenäht«, sagte Harry. »Mir ist es noch schlimmer ergangen: Derselbe Typ hat mich mit Elektroschocks gefoltert.«

»Einmal hat einer mich entführt, mir den Arm gebrochen und ihn mir immer weiter verdreht, damit ich Jack zu ihm locke«, berichtete Herb. »Das war echt furchtbar.«

»Elektroschocks sind schlimmer als so ein lächerlicher Knochenbruch«, widersprach Harry ihm.

»Er hat die Knochen aneinandergerieben.«

»So was ist doch nur Vorspiel. Ich habe noch immer keine vollständige Kontrolle über meine Blase.«

»Hattest du das denn jemals?«, fragte Herb.

Das wollten sie hier also machen? Sie spielten die Szene aus *Der weiße Hai* nach, in der alle ihre Narben verglichen? Die beiden warfen sich noch eine Minute lang die Bälle hin und her und stritten sich wie Brüder. Tom starrte aus dem Fenster. Er fragte sich, ob Joan gerade in der Ersten Klasse in dreitausend Fuß Höhe auch aus dem Fenster sah.

»Mich hat mal einer gefesselt und mit einem Brandeisen malträtiert«, warf Tom ein.

»Wie lange hat das gedauert?«, wollte Harry wissen.

»Lange genug, dass ich in Ohnmacht gefallen bin. Und dann hat der Kerl die Brandwunde abgeleckt.«

»Das ist doch gar nichts im Vergleich zu meiner Hand.« Harry winkte mit seiner Prothese. »Diese Irre hat mir einen Finger nach dem anderen abgeschnitten und anschließend die Stummel mit einem Lötkolben ausgebrannt. Die Ärzte konnten nichts mehr retten und mussten die Hand amputieren. Weißt du das noch, Herb?«

»Ja. Ich hab damals 'ne volle Ladung Dachnägel in die Brust bekommen.«

»Ja, richtig! Jetzt erinnere ich mich wieder. Ich hab Witze darüber gemacht, dass dich jemand genagelt hat. Du hast das nicht mitbekommen, weil du in der Notaufnahme lagst und von den starken Schmerzmitteln benebelt warst. Besucht hab ich dich anschließend auch nicht. Was ist dir sonst noch passiert, Tom?«

»Mich hat erst neulich ein Kerl gebissen.«

»So, so … gebissen. Na ja, zum Glück ist das kein Wettbewerb, denn dann hättest du verloren. Aber du bist ja noch jung. Da können noch viele Irre kommen und dich foltern, bevor deine Karriere beendet ist.«

»Drück mir die Daumen, dass das nicht passiert«, murmelte Tom.

Er lehnte sich zurück und machte sich auf eine lange, langweilige Fahrt gefasst.

52

Joans Handy klingelt.

Es ist wieder Tom.

Erinyes wartet, bis er eine Nachricht hinterlassen hat, und hört sie dann ab.

Interessant. Er ist nach Nord-Wisconsin unterwegs.

Erinyes trommelt nachdenklich mit den Fingern auf dem Lenkrad.

Er verfolgt die Nachrichten auf seinem Laptop. In Illinois geht es heiß her. Die Razzia in seinem Haus und das Abenteuer bei den Studentinnen haben die Polizei und die Medien aufgeheizt. Es heißt, dass das FBI hinzugezogen werden soll, und man denkt über Straßensperren nach.

Aufregend. Aber auch riskant.

Dies könnte eine gute Zeit sein, um den Staat für eine Weile zu verlassen. Bis sich die Lage wieder etwas beruhigt hatte.

Erinyes fragt seine bessere Hälfte, die zustimmt.

Er ortet Toms Position über dessen Handy und fährt gen Norden.

53

Die Angst überrollte sie.

Eins, zwei, drei … Eins, zwei, drei …

Sie war gefesselt und geknebelt und wartete nur darauf, von dem Wahnsinnigen ermordet zu werden, der ihre Mitbewohnerinnen umgebracht hatte.

Eins, zwei, drei …

Das passierte nicht nur in ihrem Kopf. Das war kein Traum. Es war keine paranoide Illusion. Es war keine Halluzination und keine Einbildung.

Es war real. Und es gab kein Entkommen.

Eins, zwei, drei … Eins, zwei, drei … Eins, zwei, drei …

Kendal schaffte es irgendwie, nicht den Verstand zu verlieren, indem sie mit dem Kopf gegen die Innenwand des Wagens schlug.

Eins, zwei, drei … Eins, zwei, drei … Eins, zwei, drei …

Die Frau neben Kendal hatte die Augen geschlossen und zuckte mit den Armen. Es würde nichts bringen. Klebeband konnte man so nicht lösen. Kendal besaß eine Handtasche, die nur aus Klebeband bestand und die sie auf einer Handarbeitsmesse gekauft hatte. Das Material war robuster als Leder.

Eins, zwei, drei …

»Wir halten gleich an, Ladys«, verkündete der Fahrer. »Ihr müsst euch benehmen. Die Wände des Wagens sind schallgedämmt, wenn ihr schreit, passiert also nichts weiter, als dass ihr mich wütend macht.«

Er parkte den Wagen und stellte den Motor ab. Nach über einer Minute wurde der Vorhang zurückgeschlagen und ihr Entführer tauchte auf.

Kendal machte sich aus Angst in die Hose. Erst in diesem Moment merkte sie, dass sie eine Windel trug.

Der Mann hockte sich neben sie und grinste sie an. »Hallo Kendal. Ich werde dir jetzt den Knebel rausnehmen, willst du das?«

Als er nickte, nickte sie ebenfalls.

»Und wirst du schreien?«, fragte er kopfschüttelnd.

Sie machte die Geste nach. Er löste den Ballknebel und nahm ihn ihr aus dem Mund. Kendal wackelte mit den schmerzenden Kiefern und schluckte mehrmals.

»Ich bin Erinyes. Sag meinen Namen.«

»Erinyes«, flüsterte sie.

Er tätschelte ihr grob die Wange und wandte sich dann an die andere Frau. »Rate mal, wo wir sind, Joan.«

Die Frau schwieg.

»Willst du nicht mit mir reden? Jetzt bin ich wirklich verletzt. Liegt das daran, dass dein Herz ihm gehört?« Erinyes hob ein Handy hoch und zeigte ihr das Display. »Ich habe vor einer Minute ein Foto von Tom gemacht. Er ist ganz in der Nähe und betritt gerade das Restaurant. Euch trennen keine zwanzig Meter.«

»TOM!«, schrie Joan.

Erinyes packte Joan an den Haaren und schlug ihren Kopf gegen die Seitenwand, bis sie entweder tot oder bewusstlos war.

Dann glättete er ihr Haar, zog die Hand zurück, starrte seine Finger an und wischte das Blut an Joans Jeans ab.

»Ich habe ihr gesagt, dass sie nicht schreien darf«, meinte er und sah Kendal an. »Wirst du schreien?«

»Nein.«

Kendal spürte, wie sie immer kleiner wurde, bis sie beinahe verschwunden war. Der Fachbegriff dafür lautete Verfremdung. Sie distanzierte sich von ihrer Umgebung und begab sich an einen sicheren Ort in ihrem Kopf, an dem ihr niemand wehtun konnte.

Das war eine effektive Art, mit schrecklichen Situationen fertigzuwerden. Aber es war auch ihr letzter Ausweg. Wenn Kendal das machte, würde sie niemals entkommen.

Daher konzentrierte sie sich darauf, den Kopf gegen die Seitenwand zu schlagen, machte es jetzt allerdings etwas fester.

Eins, zwei, drei … Eins, zwei, drei … Eins, zwei, drei … Eins, zwei, drei …

»Was machst du da?«, fragte Erinyes.

»Ich habe eine Zwangsstörung.«

Erinyes nickte. »Ich wusste doch, dass an dir etwas komisch ist. Wie Jack Nicholson in diesem Film. Musst du dir auch ständig die Hände waschen?«

»Nein. Ich zähle.«

»Was zählst du?«

»Alles. Schritte. Kacheln. Vorbeifahrende Autos.«

Erinyes legte den Kopf schief und schien sie zu taxieren. »Dann bist du also verrückt.«

»Wir sind alle ein wenig verrückt.«

Er legte ihr eine Hand an die Kehle. »Hast du mich gerade als verrückt bezeichnet, Kendal?«

Eins, zwei, drei … Eins, zwei, drei …

»Mein Vater hatte eine antisoziale Persönlichkeitsstörung«, sagte Kendal, so schnell sie konnte.

»Und du glaubst, du hättest das auch?«

Aus Kendal sprudelte alles hervor, was sie sich aus ihrem Kurs über abnormale Psychiatrie gemerkt hatte. »Es müssen mehrere Verhaltensmuster vorliegen, bevor man diese Diagnose stellen kann. Die Person ist nicht dazu in der Lage, sich an soziale Normen oder Regeln anzupassen, lügt oder benutzt Alternativnamen, reagiert impulsiv, aggressiv und reizbar, legt ein hohes Maß an Gleichgültigkeit für die eigene und die Sicherheit anderer an den Tag, besitzt kein Verantwortungsgefühl und ist nicht zu Reue fähig.«

»Und was hat Daddy gemacht, dass du ihn für einen Soziopathen hältst?«

Eins, zwei, drei … Eins, zwei, drei … Eins, zwei, drei … Eins, zwei, drei …

»Es gibt laut Theodore Millon sieben Unterformen der Krankheit. Mein Vater gehörte zu den Undisziplinierten. Er hat getan, was er wollte.« Kendal hatte einen Kloß im Hals. »Ganz egal, wen er damit verletzt hat.«

Das rechte Auge des Mannes zuckte. »Manchmal tun Väter Dinge, die wir nicht verstehen.«

»Mein Vater hat mich vergewaltigt.«

Erinyes zeigte keine Reaktion. »Hast du ihn in Versuchung geführt? Dich wie eine Hure benommen?«

»Ich war elf.«

»DAS ALTER IST UNWICHTIG!«, schrie Erinyes ihr ins Gesicht und bespritzte sie mit Spucke. »Wir sind alle Sünder, Kendal. Wir alle. Sogar Babys.«

EINS, ZWEI, DREI …

»Hör mit dem Geklopfe auf. Das nervt.«

»Ich kann nicht«, wimmerte Kendal.

»Männern mangelt es an Disziplin«, erklärte Erinyes. »Das hat mich mein Vater gelehrt. Die Impulskontrolle ist direkt mit dem Penis verbunden. Aber Frauen ... sie haben die Kontrolle, Kendal. Sie machen nichts Impulsives. Sie berechnen. Sie planen. Das macht sie zu schlimmeren Sündern als Männer. Bei Frauen geschieht nichts unabsichtlich. Also hör jetzt mit dem verdammten Kopfwackeln auf.«

»Ich wünschte, ich könnte es«, jammerte sie. »Oh Gott, wie sehr ich mir das wünschte.«

Erinyes kniff die Augen zusammen, und Kendal zuckte vor ihm zurück. Sie war davon überzeugt, dass er sie schlagen, ihren Kopf gegen die Seitenwand hämmern oder etwas Schlimmeres mit ihr anstellen würde.

Stattdessen sagte er: »Die Erinyes sind griechische Rachegöttinnen. Sie lassen die Sünder büßen. Wenn ein Sünder leidet, wird seine Seele gereinigt. Je mehr sie gesündigt haben, desto länger müssen sie leiden. Glaubst du, es wäre leicht, Erinyes zu sein, Kendal? Es ist eine schwere Bürde, die Niederträchtigen zu bestrafen.«

Er trat neben eine kleine Kiste, die neben Joan auf dem Boden stand und mit einer Decke abgedeckt war.

»Alle Furien tragen eine besondere Krone«, fuhr er fort und zog die Decke weg.

Darunter kam ein kleines Terrarium zum Vorschein, das vielleicht vierzig Liter fasste. Das Innere schien mit Schlamm bedeckt zu sein.

Doch dann bemerkte Kendal, dass sich der Schlamm bewegte.

»Eine Spinnenkrone«, sagte Erinyes.

Kendal wackelte immer heftiger mit dem Kopf.

Oh nein. Nein, nein, nein, nein, nein, nein ...

»Findest du nicht auch, dass Joan dabei wach sein sollte?«

Er zog etwas Kleines und Weißes aus der Tasche. Es klackte, und Kendal roch Ammoniak. Joans Kopf ruckte hoch.

»Willkommen bei der Party, Joan. Ich habe Kendal gerade von meinen Haustieren erzählt. Den Winkelspinnen. Sie gehören zu den wenigen Spinnenarten, die dafür bekannt sind, dass sie Menschen angreifen. Darum hat man ihr auch noch einen anderen Namen gegeben: aggressive Hausspinne.«

Erinyes nahm die Gitterabdeckung vom Terrarium und stellte sie beiseite. Sofort krabbelten die Spinnen heraus und breiteten sich in alle Richtungen aus. Einige waren mindestens sechs Zentimeter lang.

»Ich habe Kendal eben erklärt, dass alle Furien eine Spinnenkrone tragen müssen. Ich habe es mit sechzehn getan.« Erinyes senkte die Stimme, bis sie nur noch ein Flüstern war. »Kleine Warnung: Wenn ihr euch zu viel bewegt, beißen sie. Und das tut wirklich sehr weh.«

Er griff ins Terrarium und holte eine Plastiktüte heraus, wie man sie im Supermarkt bekam.

Erinyes hielt die Tüte an einem Griff fest und schwang sie hin und her. »Ein paar Gramm Spinnen. Das ist eine ganze Menge.«

Als er sich Joan näherte, zuckte sie hektisch zurück und versuchte, von ihm wegzukommen, konnte aber nirgendwohin.

Erinyes ging zu ihr …

… zog ihr die Plastiktüte über den Kopf und verknotete die Griffe unter ihrem Kinn.

Dann langte er erneut ins Terrarium und holte eine zweite Tüte heraus.

»Erinnerst du dich an unser kleines Spiel, Kendal? Möchtest du mitsingen?«

EINS, ZWEI, DREI … EINS, ZWEI, DREI …

»*Die … Itzi … Bitzi … Spinnnne … kroch … in die … Regenrinnne.*«

Er öffnete die Tüte und hielt sie ihr vors Gesicht. Kendal konnte einfach nicht anders; sie starrte entsetzt hinein und erkannte, dass es auf dem Boden der Tüte vor haarigen, herumhuschenden achtbeinigen Monstern wimmelte.

Dann hing die Tüte über ihrem Kopf, und Tausende von Spinnen machten sich daran, ihre neue Umgebung zu erkunden.

54

Wider Erwarten war die Reise nicht besonders langweilig. Sie hielten einmal, um zu essen, einmal, um Harrys Kind bei einem Babysitter abzugeben, und mehrmals zum Tanken. Zwischendurch spielte Tom sein Handyspiel und die Zeit verging relativ schnell.

Bis sie sehr weit in den Norden kamen und keinen Empfang mehr hatten.

»Mein Handyempfang ist weg.« Herb hielt sein Handy hoch und schwenkte es hin und her.

Tom machte es genauso, aber wie er sein Handy auch hielt, es nützte einfach nichts.

»Versuch es mal, indem du die Zimmerantenne anders ausrichtest.«

»Hä?«

»Alte Fernsehgeräte hatten Zimmerantennen. Du bist wahrscheinlich zu jung, um dich daran zu erinnern.«

»Hilft es, wenn wir auf WLAN oder Bluetooth umschalten?«

Herb schüttelte den Kopf. »Ich hatte mal einen Fall, wo ein Mörder sich in die WLAN-Verbindung seiner Nachbarin gehackt hat, um sie auszuspionieren. Das geht leichter, als man denkt. WLAN hat nur eine Reichweite von etwa dreißig Metern, Bluetooth weniger als zehn. Und beide benötigen einen WAP.«

»Was zum Teufel soll denn das sein?«

»Das steht für *Wireless Access Point*. Wie ein Router. Wir haben keinen. Auch keinen Hotspot und kein Ad-hoc-Netz. Damit könnten wir uns vielleicht Nachrichten schicken, hätten aber keinen Zugang ins Internet und könnten niemanden außerhalb unserer kurzen Reichweite kontaktieren.«

»Faszinierend«, flunkerte Tom.

»Ich bin voll von unnützem Wissen.«

»Zum Beispiel?«, fragte Tom, um die Unterhaltung in Gang zu halten.

Er achtete nur halb auf Herbs Gerede über Argentinien, Nikola Tesla und Haie, denn eigentlich interessierte ihn nur, dass er keinen Handyempfang mehr hatte und Joan sich weiterhin in Schweigen hüllte.

Dabei hätte er zu gern gewusst, was sie gerade machte.

55

Joan presste die Lippen aufeinander und zitterte am ganzen Körper vor lauter Anstrengung, nicht zu schreien.

Denn wenn sie jetzt schrie, würden die Spinnen, die auf ihrem Gesicht herumliefen, auch in ihren Mund krabbeln.

56

Erinyes überprüft sein Handy.

Kein Signal.

Er versucht es mit Joans iPhone und seinem 4G-Laptop, hat aber auch nicht mehr Erfolg.

Vielleicht gibt es hier draußen in der Provinz einfach keinen Empfang.

Er fährt schneller. Tom und seine Freunde sind ihnen gut drei Kilometer voraus. Bis der Empfang ausgefallen war, hatte sich Erinyes ihre Unterhaltung anhören können. Er weiß, wo sie hinwollen – zum hiesigen Polizeirevier –, und überlegt, ob er sie dort schon erwarten soll.

Aber das könnte zu Problemen führen. Falls sie ihre Pläne ändern, kann er Tom womöglich nicht wiederfinden.

Die andere Option ist, hinter ihnen und auf Sichtweite zu bleiben. So schwer kann das nicht sein. Obwohl die Sonne untergegangen ist, sticht das Wohnmobil des Privatdetektivs wie ein riesiger roter Daumen ins Auge.

Allerdings könnte dieser McGlade merken, dass er verfolgt wird.

Immer diese Entscheidungen ...

Die Entscheidung wird ihm abgenommen, als Erinyes zu einer Baustelle kommt und sieht, dass Tom und die anderen fünfzig Meter weiter am Straßenrand angehalten haben.

Wenn er langsamer wird oder stehen bleibt, riskiert er, entdeckt zu werden.

Daher entscheidet sich Erinyes für den ursprünglichen Plan, schaltet die Scheinwerfer aus, bevor er an ihnen vorbeirollt, und hält auf das winzige Kuhkaff Spoonward, Wisconsin, zu.

Als er dort ankommt, weiß er nicht, wie es weitergehen soll. Er kennt die Adresse des Polizeireviers nicht, und der ganze Ort scheint über Nacht wie ausgestorben zu sein. Besorgt wegen der Uhrzeit und weil er nicht weiß, wie dicht Tom und seine Begleiter ihm auf den Fersen sind, fährt Erinyes die Straßen auf und ab und hält Ausschau nach jemandem, irgendjemandem, den er nach dem Weg fragen kann. Er entdeckt das Hinweisschild auf einen rund um die Uhr geöffneten Supermarkt, fährt in diese Richtung und sieht dann ein einfaches Schild, auf dem *Polizei* geschrieben steht.

Also biegt er auf die Main Street ab, fährt an dunklen Geschäften und Gebäuden vorbei und sieht vor sich ein einsames Licht am Ende der Straße.

Wie erwartet, kommt es aus dem Polizeirevier.

Erinyes rollt daran vorbei und parkt einen Block weiter neben einem Angelbedarf. Er schaltet den Motor aus und geht nach hinten. Als er die Tüte von Kendals Kopf zieht, huschen Spinnen weg.

Kendal hat die Augen offen und starrt ins Leere. Auf ihren Wangen und ihrer Nase zeichnen sich einige Spinnenbisse ab, und in ihren Haaren haben die Tiere erste Netze gesponnen.

»Bist du noch bei uns, Kendal?«

Kendal antwortet nicht. Sie ist jetzt ganz woanders. Vorerst hat er damit kein Problem, da sie so wenigstens gefügig ist.

Erinyes wendet sich Joan zu. Als er ihr die Tüte vom Kopf zieht, sind ihre Augen ebenfalls offen. Aber sie starrt ihn trotzig an. Auch sie wurde mehrmals gebissen, und ihr Haar ist derart von Netzen durchzogen, dass sie wie eine alte grauhaarige Dame aussieht.

»Wie ich sehe, hast du uns nicht verlassen, Joan. Ich muss mal für einige Minuten weg. Wie du ja inzwischen weißt, spreche ich keine leeren Drohungen aus. Wenn du schreist, wenn du einen Fluchtversuch wagst, wenn du dich auch nur einen Zentimeter von der Stelle bewegst, bekommst du doppelt so viele Spinnen. Aber diesmal werde ich dir vorher die Augenlider und die Lippen abschneiden. Hast du das verstanden?«

Joan reagiert nicht.

»Antworte. Wenn du deine Zunge nicht benutzen willst, schneide ich sie dir ebenfalls ab.«

»Ich habe verstanden«, murmelt sie.

Erinyes zieht sich bis auf den Vantablack-Anzug aus und trägt das Make-up auf die Augenlider auf. Danach zieht er die Handschuhe an, setzt die Skimaske auf und wirft sich für Joan in Pose.

»Sehe ich darin etwa fett aus?«, fragt er kichernd.

Joan scheint das nicht witzig zu finden. »Es ist völlig unwichtig, was du mit mir machst. Tom wird dich finden.«

»Nicht, wenn ich ihn vorher erwische.«

Erinyes nimmt seine Tasche und tritt in die Nacht hinaus, mit der er verschmilzt, als wäre er ein Teil davon.

Als er zum Büro des Sheriffs kommt, späht er durch ein Seitenfenster. Anstatt wie erwartet einen Hinterwäldlerpolizisten zu sehen, der eine Maiskolbenpfeife raucht und Speckschwarten knabbert, entdeckt er drei afroamerikanische Jugendliche mit MPs im Inneren des Hauses.

Interessant. Erinyes weiß sehr wenig über Straßengangs, nur, dass einige mehrere hundert Mitglieder haben. Er möchte nicht in der Haut dieser Jacqueline Daniels stecken, wegen der sie hergekommen sind.

Die Jugendlichen sind beschäftigt; sie sitzen um einen Tisch herum, spielen ein Würfelspiel und rauchen Gras.

Erinyes ist zahlen- und waffenmäßig unterlegen, hat jedoch das Vantablack, das Überraschungsmoment und einen klaren Kopf auf seiner Seite. Er entsichert seine Pistole, betritt schnell den Raum und erschießt alle drei, wobei er zwei in den Kopf trifft und den dritten in Hals und Brust.

Sie sterben, ohne auch nur nach ihren Waffen gegriffen zu haben.

Erinyes steckt ein neues Magazin in die Pistole, während er das Gebäude durchsucht, das eigentlich nur aus zwei Büros, einem Flur, einem Lagerraum, einer Hintertür und einer einzigen vergitterten Zelle besteht. Auf dem Boden der Zelle liegt ein toter alter Mann mit einem Stern an der Brust. Ihm fehlen acht Finger.

Du liebe Güte. Diese Gangmitglieder sind aber ganz schön ungezogen.

Jammerschade, dass sie gestorben sind, ohne dass sie Buße tun konnten.

Erinyes steckt den Kopf aus der Tür und vergewissert sich, dass die Straße noch leer ist. Dann schaltet er bis auf die Schreibtischlampe sämtliche Lichter aus, stellt sich ans Fenster, sodass man seine Silhouette sehen kann, und wartet auf Tom und seine Freunde.

57

»Willkommen in der wunderschönen Innenstadt von Spoonward, Wisconsin«, sagte McGlade. »Bitte nicht blinzeln, sonst habt ihr sie verpasst.«

Tom schaute aus dem Fenster. Er hatte gewusst, dass die Stadt klein war – gerade mal fünfhundert Einwohner –, aber das hier war ja nicht mehr als eine Hauptstraße mitten im Wald. Und alles war dunkel. In keinem Geschäft oder Gebäude brannte Licht – außer einem.

Glücklicherweise war das der Grund, aus dem sie hier waren: das Polizeirevier. Allerdings ging er anhand der Größe weniger von einem Revier und mehr von einem kleinen Büro aus.

Der Plan, auf den sie sich zuvor geeinigt hatten, sah vor, dass sie hineingehen, den oder die Gesetzeshüter über Jacqueline Daniels aktuelle Situation informierten und einige Polizisten zusammentrommelten, um McGlades Versteck aufzusuchen, falls T-Nail und seine Gang schon hier aufgetaucht waren.

»Die Einheimischen können mehr Männer, mehr Waffen und die notwendige Autorität beisteuern«, hatte Tom argumentiert. »Wenn irgendwas schiefläuft, bekommen wir Ärger von der Presse und den Behörden. Wir sind weit von unseren

Zuständigkeitsbereichen entfernt, und Harry ist nicht mal Polizist. Wenn wir die Sache falsch angehen, erwartet uns am Ende nicht nur eine Verwarnung, sondern schlimmstenfalls eine Gefängnisstrafe.«

»Ich will nicht ins Gefängnis«, stimmte Harry ihm zu. »Dafür sehe ich viel zu gut aus. Die Lebenslänglichen würden mich gegen eine Schachtel Zigaretten untereinander weiterreichen.«

McGlade parkte vor dem Polizeirevier.

»Wir sollten uns beeilen«, sagte Herb. »Wir gehen rein, berichten demjenigen, der da ist, was gerade passiert, und fahren zu Jack. Wie weit ist es bis zu deinem Haus, Harry?«

»Noch gut sechzehn Kilometer.«

»Lasst mich aussteigen«, schlug Tom vor. »Ich werde mit ihnen reden.«

»Wir können alle reingehen.«

»Wir haben keine Ahnung, wie lange das dauern wird. Ihr beide müsst zu Jack.«

Außerdem will ich Joan noch einmal anrufen, falls es dort ein Festnetztelefon gibt, fügte Tom innerlich hinzu.

»Bist du sicher?« Herb runzelte die Stirn. »Und was machst du, wenn keiner da ist?«

»Da ist doch Bewegung hinter den Fenstern. Irgendjemand ist im Gebäude. Hast du eine Straßenkarte, McGlade?«

Ihr Navi war zeitgleich mit den Handys ausgefallen.

»Ja. Im guten alten Handschuhfach.«

Harry öffnete das Fach und entdeckte inmitten eines Berges aus Schokoriegeln die Karte. Er vergeudete dreißig Sekunden damit, sein Versteck zu finden und mit einem Stift zu markieren, bevor er Tom die Karte gab. Es war eine dieser kostenlosen Touristenkarten, auf denen alle Geschäfte, Tankstellen und Motels eingezeichnet waren. Viele waren es nicht.

Tom beschloss, seine Tasche im Wagen zu lassen, da er davon ausging, sie bald zurückzubekommen. Er schüttelte Herb die Hand. »Seid vorsichtig. Ich komme nach, so schnell ich kann. Wenn der Chief mich nicht mitnimmt, klaue ich eben seinen Streifenwagen.«

»Viel Glück«, sagte Herb.

»Wer braucht Glück, wenn er angeborenen Charme besitzt?«, entgegnete Tom.

»Ned Beatty hatte auch angeborenen Charme«, gab Harry zu bedenken. »Das hat ihm in *Beim Sterben ist jeder der Erste* aber nicht geholfen.«

Tom öffnete die Seitentür und grinste die beiden Männer an. »Sie sind Polizisten wie wir. Was kann denn schlimmstenfalls passieren?«

58

Joan schüttelte den Kopf und versuchte, die Spinnen aus den Haaren zu bekommen. Die letzte Stunde stellte eines der schlimmsten Erlebnisse ihres Lebens dar, und das wollte bei ihr schon etwas heißen.

Aber als der Adrenalinschub nachließ, wurde auch die Panik erträglicher. Und die Bisse waren zwar schmerzhaft, aber bei Weitem nicht so schlimm wie Bienenstiche.

»Ist alles okay, Kendal?«, erkundigte sie sich.

Kendal gab ihr keine Antwort. Sie schien unter Schock zu stehen.

Joan hatte nur darauf gewartet, dass Erinyes sie allein ließ. Während der letzten Stunden hatte sie beim Ausschnauben von Spinnen aus der Nase einen Fluchtplan geschmiedet. Es war zwar sehr riskant, doch immer noch weitaus besser, als zu Tode gefoltert zu werden.

Seltsamerweise spielten die Spinnen, die ihr eine solche Angst eingejagt hatten, bei ihrem Plan eine wichtige Rolle.

Oder vielmehr das Terrarium.

Joan beugte sich vor, reckte den Kopf über den Rand des Beckens und schob sich weiter hinein. Es gefiel den Spinnen gar nicht, dass sich ihr Habitat bewegte, und mehrere Dutzend huschten seitlich über das Glas und Joans Haut.

Sie schaffte es, den Glasbehälter auf die Seite zu kippen. Dann steckte sie den ganzen Kopf hinein, bis ihre Nase in den Spinnen steckte und ihr Hinterkopf den anderen Rand berührte. Dann hob Joan mit einer schnellen Bewegung den Kopf und setzte sich auf, wobei das ganze Terrarium durch die Luft flog.

Doch anstatt neben Joan zu landen, flog es auf Kendal zu.

Das Terrarium zerbrach, wie erwartet. In Scherben, die groß genug waren, um damit ihre Fesseln zu durchtrennen.

Aber die Glassplitter lagen zu weit weg. Joan kam nicht heran.

Sie legte sich auf die Seite und streckte sich, zerrte so sehr am Klebeband, dass es sich anfühlte, als würden ihr gleich die Füße abgetrennt.

Aber der nächste Glassplitter war noch einen halben Meter weit weg. Sie konnte ihn unmöglich erreichen.

Bei Kendal sah die Sache anders aus.

»Kendal. Hör mir zu. Direkt neben dir liegt eine Glasscheibe. Du kannst damit das Klebeband durchschneiden und dich befreien.«

Kendal starrte weiterhin ins Leere.

»Verdammt, Kendal! Hör auf mich! Wir können hier rauskommen!«

Keine Reaktion.

»KENDAL!«, schrie Joan so laut wie nie zuvor in ihrem Leben. Sie schrie für sich, für das Leben, das sie schon hinter sich hatte, und für das, was noch vor ihr lag. Sie schrie für die Welt und all die Menschen, die leiden und sterben würden, weil Erinyes weiterhin auf freiem Fuß war. Aber vor allem schrie sie für Tom, dem sie so wehgetan hatte und den sie unbedingt wiedersehen wollte, weil ihre Antwort Ja lautete, Ja, Ja, GOTTVERDAMMT NOCH MAL JA, sie wollte ihn heiraten.

Kendal blinzelte nicht einmal. Sie war viel zu weit weg.

59

Tom steigt aus dem Winnebago.

Er ist ganz allein.

Dann fährt das Wohnmobil weg.

Erinyes grinst und legt die Hand fester um seine Pistole.

Das ist perfekt.

Er malt sich bereits Joans Miene aus, wenn er ihr Toms abgetrennte Hand überreicht.

* * *

Tom öffnete die Tür des Polizeireviers ...

... roch Blut ...

... ging sofort auf die Knie und zog seine Glock, während an der Stelle, an der er eben noch gestanden hatte, Kugeln durch die Luft flogen.

Er ließ sich von der Schwerkraft auf die Seite ziehen und hob die Waffe, als seine Schulter auf dem Boden aufkam, um auf die Stelle zu zielen, an der er das Mündungsfeuer gesehen hatte, und sechs schnelle Schüsse abzugeben.

Eine Kugel traf die Schreibtischlampe, und es wurde dunkel im Raum.

Tom zog rasch einen Fuß an und stürzte auf die Main Street hinaus. Nach den Schüssen dröhnte es in seinen Ohren, aber er spürte dort noch immer seinen Puls, als würde dieser gerade ein Tommy-Lee-Solo nachahmen.

Er hockte sich hin, drückte den Rücken gegen den Türrahmen und wartete darauf, dass sich der Schütze zu erkennen gab.

* * *

Der Schmerz ist wundervoll.

Erinyes weiß nicht, wie schwer er verletzt ist, aber er spürt das Blut heiß an seinem Arm herunterlaufen.

Er hat auf mich geschossen. Der Mistkerl hat auf mich geschossen.

Es geschieht alles so schnell, und dann liegt Erinyes auch schon blutend und im Dunkeln auf dem Fußboden und weiß nicht mehr weiter.

Verschwinde von hier.

Er legt sich den Riemen seiner Tasche um den Hals und krabbelt auf drei Gliedmaßen durch die Dunkelheit, wobei er versucht, allein aus der Erinnerung die Hintertür zu finden. Sie führt in eine Gasse hinaus, und Erinyes jault, versucht, über das Klingeln in seinen Ohren hinweg etwas zu hören, und hofft wider jegliche Hoffnung, dass Tom ihm folgt.

* * *

Eine Minute verstrich.

Tom wartete und war entschlossen, das Ende dieses Arschlochs abzuwarten.

* * *

Tom taucht nicht auf.

Erinyes wagt es, die Wunde an seinem Oberarm zu betasten. Sie führt einmal über seinen Trizeps und ist so tief, dass er die Rille spüren kann.

Mit zunehmendem Schmerz wird er immer wütender.

Erinyes holt seinen Verbandskasten und öffnet mit den Zähnen ein Päckchen Celox. Dann streut er das Pulver auf die Wunde, um die Blutung zu stoppen.

Jetzt geht es nicht mehr länger nur darum, Tom zu töten.

Erinyes will ihm wehtun.

Er will ihn bestrafen.

Er will ihn leiden lassen, wie noch nie jemand zuvor gelitten hat.

Er will, dass Tom mit ansieht, wie Joan mit dem Fleischermesser geschändet wird, und dass er nicht wegsehen kann, weil ihm die Augenlider abgeschnitten wurden.

Er will Tom die Zähne ausschlagen und seine Finger, seine Zehen, seine Arme und seine Beine brechen und jeden Zentimeter seines Körpers mit einem Schweißbrenner bearbeiten.

Aber wie soll er an ihn herankommen?

Tom ist Polizist. Er hat eine bessere Ausbildung genossen als Erinyes. Und er hat bereits bewiesen, dass er besser schießen kann.

Erinyes starrt in seine Tasche, sucht nach einer Inspiration, und sein Blick fällt auf Joans Handy. Er nimmt es heraus.

Kein Empfang.

Aber ihr Handy hat einen eigenen WLAN-Hotspot.

* * *

Eine weitere Minute verging.

Der Schütze tauchte nicht wieder auf.

Tom beschloss, sein Glück nicht überzustrapazieren, und rannte geduckt die Main Street entlang. Wenn die Gang die hiesige Polizei bereits ausgeschaltet hatte, würde sie bald gegen Jack vorgehen.

Falls das nicht längst geschehen war.

Tom musste sich einen fahrbaren Untersatz suchen, zu Harry und Herb gelangen und sie warnen, bevor …

Sein Handy vibrierte in seiner Hosentasche. Hatte er wieder Empfang?

Er blieb stehen, hockte sich hin und starrte aufs Display.

Kein Empfang, aber sein WLAN war aktiviert. Tom sah eine Nachricht vor sich. Von Joan.

Der Schnippler hat mich

Zuerst begriff Tom nicht, was er da las.

In Spoonward Dunkler Lieferwagen Main Street

Sie war hier? Der Schnippler hatte sie sich geschnappt? Und sie waren in Spoonward?

Tom überprüfte das WLAN-Signal und stellt fest, dass sich sein Handy automatisch in Joans Hotspot eingeloggt hatte.

Wie der allwissende Sergeant Herb Benedict gesagt hatte, musste sie sich in einem Umkreis von dreißig Metern zu ihm befinden.

Kannst du was sehen?, tippte Tom, so schnell er die Finger bewegen konnte.

Er hielt den Atem an, während er auf die Antwort wartete.

Angelladen

Angelladen? Tom konnte sich an kein solches Geschäft erinnern.

Wo in aller Welt ist hier der verdammte Angelladen? Warum habe ich nicht besser …

Augenblick mal! Harrys Karte.

Tom holte die Karte aus der Tasche und hielt sie ins Licht seines Handys.

Der Spoonward-Angelbedarf lag einen Block vom Polizeirevier entfernt, allerdings in der anderen Richtung.

Tom dachte nicht lange nach. Er rannte los.

Als er in der Ferne den weißen Lieferwagen an der Straße stehen sah, lief er sogar noch schneller.

* * *

Kendal blinzelte.

Es fiel ihr nie leicht, diesen sicheren Ort wieder zu verlassen. Aber langsam, ganz langsam kehrte sie wieder zurück.

Als Erstes hörte sie wieder etwas. Jemand schrie sie an.

Dann nahmen ihre Augen den Dienst wieder auf. Eine Frau schrie. Eine Frau, die mit Klebeband gefesselt war.

Dann die Erkenntnis.

Ich sitze in einem Lieferwagen.

Ich bin in der Gewalt eines Psychopathen.

Die Frau hieß Joan, und sie brüllte irgendetwas.

»Das Glas! Heb den Glassplitter auf!«

Das Glas? Was will sie mir damit sagen?

Die Hecktür des Wagens wurde aufgerissen, und Kendal drehte sich um und starrte den seltsamen Mann an, der dort stand.

»Tom!«, brüllte Joan.

Dann fiel der Mann nach hinten, als zwei Schüsse durch die Nacht hallten.

* * *

Tom hatte Erinyes nicht unter dem Wagen gesehen.

Liebe macht blind.

335

Erinyes hat gewartet, bis Tom direkt vor ihm stand, die Hecktür öffnete und die Frau sah, die er liebt.

Dann hat er Tom eine Kugel in jedes Bein gejagt.

* * *

Tom ging zu Boden wie eine Marionette, der man die Fäden durchgeschnitten hatte. Seine Beine gaben einfach nach. Er schaffte es, seine Waffe festzuhalten, doch es war niemand zu sehen, auf den er schießen konnte. Einen kurzen Moment sah er Joan in die Augen, die im Lieferwagen auf dem Boden saß, die Hände hinter dem Rücken und die Füße mit Klebeband gefesselt.

»Er trägt Schwarz!«

Tom sah sich panisch in alle Richtungen um. Nach links, nach rechts, nach hinten, unter den Wagen.

Er konnte nirgendwo jemanden sehen.

Dann kam der Schmerz. Als hätte man ihm mit einem Vorschlaghammer gegen die Schienbeine geschlagen. Tom verzog das Gesicht und schrie auf.

Im nächsten Augenblick spürte er den Lauf einer Waffe am Hinterkopf.

»Wenn du auch nur atmest, drücke ich ab. Lass die Waffe fallen.«

Tom warf Joan noch einen Blick zu. Er versuchte, ihr mit den Augen zu vermitteln, dass er nicht aufgeben würde. Dass er etwas unternehmen würde, selbst wenn es das Letzte war, was er tat.

Joan sagte: »Ich liebe dich.«

Und jemand schlug Tom so heftig mit dem Lauf einer Waffe, dass seine ganze Welt zur Seite kippte und in Dunkelheit überging.

60

Als Tom umfällt, schiebt Erinyes seine Waffe mit dem Fuß weg und holt schnell seine Tasche, die er vor dem Angelladen liegen gelassen hat. Er steckt seine Pistole hinein, tränkt die Maske mit Äther und drückt sie Tom vor das Gesicht, bis er davon überzeugt ist, dass der Polizist das Bewusstsein verloren hat.

Danach sieht er in den Wagen.

Das Terrarium ist zertrümmert.

Anstatt die Schlampen totzuschlagen, bekommen sie beide ein bisschen Äther ab. Joan versucht, den Atem anzuhalten, doch er tritt ihr in den Bauch, damit sie nach Luft schnappt.

Danach muss er sich erst einmal sammeln. Tief durchatmen.

Sein Arm blutet nicht mehr. Er begutachtet die Wunde im Licht des Armaturenbretts.

Widerlich. Wahrscheinlich muss das genäht werden. Er gibt sich mit einer lokalen Betäubung und etwas Tylenol 3 zufrieden.

Als die Wirkung des Medikaments einsetzt, überlegt Erinyes, wie es weitergehen soll. Er ist müde. Sehr müde. Wenn man erschöpft ist, macht man schnell Fehler. Das Klügste wäre, dafür zu sorgen, dass Tom nicht entkommen kann, einen sicheren Ort aufzusuchen und zu schlafen. Das Leiden kann auch morgen früh beginnen, wenn sich Erinyes ausgeruht hat.

Er streut etwas von dem Blutgerinnungspulver auf Toms Beine. Die Verletzungen sind nicht zu schwer, aber es wäre doch schade, wenn Tom verbluten würde, nachdem sich Erinyes all die Mühe gemacht hat.

Es ist nicht gerade einfach, Tom in den Wagen zu schaffen. Der Mann ist groß und lässt sich nur schwer bewegen. Erinyes kann ihn auf keinen Fall in den Wagen heben.

Als die Wirkung des Kodeins einsetzt, kann Erinyes wieder beide Arme einsetzen. Er zerdrückt vier Methylphenidattabletten mit einem Löffel, schnieft sie und trinkt einen ganzen Liter Wasser. Während er darauf wartet, dass die Pillen ihre Magie entfalten, wischt er sich das Vantablack-Make-up ab, säubert den Wagen und schiebt die ganzen Glassplitter mit einem alten T-Shirt auf die Straße. Viele seiner Spinnen sind fort und in die Nacht geflohen. Aber er stellt erfreut fest, dass einige geblieben sind.

Das Amphetamin setzt seinen Metabolismus in Gang, und Erinyes kann Tom jetzt problemlos in den Wagen bringen. Er fesselt ihm die Hände mit Klebeband hinter dem Rücken und klebt Toms gespreizte Beine am Boden fest.

Bis morgen werden sie alle so bleiben müssen.

Aber Erinyes will nicht bis morgen warten. Er ist aufgedreht, schmerzfrei und bereit, ihnen jetzt die Buße angedeihen zu lassen.

Und so zieht er sich Latexhandschuhe über, lässt alle einmal am Riechsalz schnuppern, und schon kann die Show beginnen.

»Bist du wach, Tom?« Er schlägt dem Mann fest ins Gesicht, und Tom blinzelt mehrmals schnell.

»Was ist mit dir, Joan? Du willst das doch nicht verpassen.« Joans Blicke scheinen ihn zu durchbohren.

»Und wie sieht es bei dir aus, Kendal? Bist du bereit, für deine Sünden zu büßen?«

Kendal starrt schon wieder ins Leere. Aber Erinyes kennt sehr viele interessante Methoden, um die Aufmerksamkeit eines Menschen zu erregen.

»Immer schön eins nach dem anderen. Tom, du hast mir vorhin etwas versprochen. Erinnerst du dich? Du hast gesagt, du würdest dich kastrieren, und dein Wort dann doch nicht gehalten.« Erinyes wackelt mit einem Finger vor Toms Nase herum. »Ein Mann ist nur so gut wie sein Wort, Tom. Daher werde ich dir helfen.«

Erinyes zieht den Reißverschluss von Toms Jeans auf.

Und erstarrt.

Das ist nicht richtig. Das ist ganz und gar nicht richtig. Ich sollte das nicht tun.

Das ist nicht meine Aufgabe.

Erinyes weicht vor Tom zurück, geht zur Medikamententasche und nimmt das Fläschchen mit dem Spironolacton heraus.

Das ist ein Job für meine bessere Hälfte.

Er verpasst sich eine Dosis in den Oberschenkel.

»Das ist wie bei Jekyll und Hyde«, teilt er seinem faszinierten Publikum mit und zieht das Oberteil des Anzugs aus. »Ich verwandle mich nicht. Frauen haben Testosteron, Männer Estrogen. Es sind die Proportionen, die uns maskuline oder feminine Eigenschaften verleihen.«

Er blickt auf seine Brust herab und kneift sich in die Brustwarzen. »Mit Hormonen hatte ich mal ein B-Körbchen. Aber mir hat mein Bart gefehlt. Daher wechsle ich nach Lust und Laune hin und her.«

Erinyes geht zu ihrer Tasche und zieht ihre falschen Brüste heraus. Sie stecken bereits in einem BH, sehen sehr echt aus und fühlen sich auch so an.

»Ich wurde nicht als Genderfluid geboren. Ich bin nicht freiwillig trans. Mein Vater hat diese Entscheidung für mich getroffen, als ich fünf war.«

Sie zieht die Schuhe aus und den Anzug herunter, streift sich auch die Boxershorts ab und entblößt ...

»Nichts«, sagt Erinyes und berührt das Narbengeweben zwischen ihren Beinen. »Nur ein Loch zum Pinkeln.«

Die Sünder schweigen. Man hört nur die herumkrabbelnden Spinnen, aber Erinyes weiß, dass sie sich das möglicherweise auch nur einbildet, weil sie gerade Aufputschmittel geschnupft hat. Danke, Ritalin. Das Amphetamin macht sie auch zu einer Plaudertasche, aber das ist nicht weiter schlimm.

Es stört sie nicht einmal, dass es nur ein einseitiges Gespräch ist. Erinyes hat das Gefühl, die ganze Nacht so weiterreden zu können.

»Das tut mir leid«, sagt Tom schließlich.

»Das muss es nicht. Du wirst schon sehr bald wissen, wie es ist, so wie ich zu sein. Na ja, nicht ganz. Ich habe nicht wie du eine normale Pubertät durchgemacht. Oder wie die biologischen Ladys hier. Ich kam dank illegaler Drogen, die ich im Internet bestellt habe, in die Pubertät. Als meine Mutter gegangen ist ... Nein ... Ich greife zu weit voraus.«

Erinyes kramt in der Tasche herum und holt einen pinkfarbenen Slip und ihr Fleischermesser heraus. Sie legt das Messer beiseite und zieht sich die Unterwäsche an.

»Als ich klein war«, fährt sie fort, »dachte ich, meine Mutter hätte uns verlassen. Mein Vater hat mir Geschichten darüber erzählt, was für ein schlechter Mensch sie gewesen ist. Er sagte, sie hätte meinen Penis mitgenommen – was im Nachhinein schon irgendwie witzig ist, aber ich war noch sehr jung und wusste es nicht besser. Dad zog mich als Mädchen auf. Er nannte mich seine kleine Ken-Puppe.«

Sie wirft Kendal einen durchdringenden Blick zu. »Verstehst du? Barbies Freund hat keine Genitalien. Da ist alles glatt. Und so wurde ich zu Kendal, Daddys bravem, kleinem Mädchen. Er hat mir eigentlich sogar einen Gefallen getan. Männer fangen Kriege an. Männer vergewaltigen. Männer zerstören alles, was sie anfassen. Danke, Testosteron.« Erinyes salutiert. »Dad hat mir das alles erspart. Er war mein Held.«

Erinyes kniet sich neben Tom und holt seinen Penis und seine Hoden aus der Hose.

»Jedenfalls war er das. Bis ich herausfand, dass Mom nie weggegangen ist. Er hatte sie im Keller angekettet. Ich habe sie nachts immer schreien gehört. Er sagte, das wäre Erinyes da unten, die Sünder bestraft.«

Erinyes lacht.

»Er hat natürlich gelogen. Das war nicht Erinyes. Es war meine Mutter. Ich habe ihn eines Nachts dabei erwischt, wie er sie nach ihrem Tod im Garten begraben hat. Sie war kaum wiederzuerkennen. Dad hatte sie jahrelang dort unten festgehalten. Er hat ihr alle Finger und Zehen abgeschnitten. Die Zunge. Die Nase. Und sie oft ausgepeitscht.«

Erinyes streckt eine Hand aus und starrt sie an.

»Er hat sogar ständig einen ihrer Finger mit sich herumgetragen, könnt ihr euch das vorstellen? Und dann hat der dumme Wichser ihn fallen gelassen. Jedenfalls hat er, als ich ihn mit der Schaufel und meiner toten Mutter erwischt habe, darauf bestanden, dass Erinyes kein Monster ist. Erinyes sei eine Rachegöttin, die Sünder bestraft. Das ist sogar etwas Gutes. Sünder können durch das Leiden Buße tun und ihre Seelen werden geläutert. Aber er hat nur Mist erzählt. Er war nicht Erinyes.«

Erinyes lächelt. »Ich bin Erinyes.«

Dann packt sie Tom und hält ihm das Fleischermesser unter die Hoden.

61

Kendal hörte dem Gerede des Psychopathen nur mit einem Ohr zu.

Sie war damit beschäftigt, das Klebeband mit dem Glassplitter durchzusägen, den sie sich noch hatte schnappen können, bevor Erinyes alles aus dem Wagen gefegt hatte.

Und dann war sie auf einmal durch. Sie konnte die Hände wieder bewegen.

Nun musste sie irgendwie an die Waffe herankommen. Erinyes hatte die Pistole in die Tasche gesteckt, die nicht weit von Kendal entfernt stand.

Kendal hatte große Angst. Aber ihre Entschlossenheit war noch viel größer.

Es war genug.

Sie wollte nicht mehr das Opfer sein.

Sie wollte nicht länger hilflos sein.

Sie war lange genug als Objekt anstatt als Person behandelt worden.

Als Erinyes mit Tom beschäftigt war, stürzte Kendal vor.

Mit einer schnellen Bewegung beugte sie sich über die Tasche, griff hinein und packte die Pistole.

Erinyes starrte sie mit großen Augen an.

Kendal richtete die Waffe auf Erinyes' Kopf und drückte den Abzug.

Nichts geschah.

Erinyes fing an zu lachen.

»Du dämliches Mädchen. Hast wohl noch nie eine Waffe in der Hand gehabt, was?«

Ihr Vater hatte Kendal vieles gelehrt. Einiges davon war schrecklich. Dinge, die kleine Mädchen überhaupt nicht wissen sollten.

Aber er hatte nicht nur Furchtbares getan.

Das war das, was Kendal am unbegreiflichsten war: Ihr Vater war nicht durch und durch ein Monster. Er hatte Kendal vergewaltigt, aber hatte auch all die anderen Dinge getan, die Väter so machten. Er hatte ihr gezeigt, wie man sich die Schuhe zuband. Er hatte ihr das Lesen und Fahrradfahren beigebracht.

Und wie man eine halbautomatische Pistole abfeuerte.

Erinyes stürzte sich auf sie.

Kendal entsicherte die Waffe und schoss diesem verrückten Arschloch zweimal ins Gesicht.

Erinyes ging zu Boden.

Einige Schädelstücke folgten erst Sekunden später.

Kendal mochte die Zahl zwei nicht. Sie tat lieber alles in Dreierschritten.

Aber aus irgendeinem Grund schaffte sie es, kein drittes Mal auf Erinyes zu schießen.

Das war nicht nötig.

Keine Person, ob sie sich nun als männlich, weiblich oder an einer anderen Stelle des Genderspektrums einordnete, konnte noch toter werden.

62

Sobald Kendal sie befreit hatte, eilte Joan zu Tom, legte ihm die Hände an die Wangen und küsste ihn.

»Ja«, sagte sie an seinen Lippen. »Ich will, ich will, ich will …«

Epilog

Die Wirkung der Medikamente ließ nach.

Der Schmerz kehrte zurück.

Aber Walter Cissick kannte den Schmerz. Er hatte davon mehr ertragen als jeder andere.

Und seine Seele war auf diese Weise geläutert worden.

Er sieht sich in seinem Krankenzimmer um und blickt durch die offene Tür in den Flur.

Seit dem Polizisten, der ihn wegen Dennis befragt hat, ist keiner mehr bei ihm gewesen.

Das ist seltsam. Wirklich seltsam.

Diese dummen Schweine haben ja keine Ahnung. Nicht die geringste.

Sein Sohn/seine Tochter hat ihm alles über die Menschen erzählt, die Buße tun mussten. Die Männer und die Frauen. Er/sie hat jedes Detail beschrieben. Inklusive der Huren aus dieser Schwesternverbindung, über die Walter etwas auf CNN gesehen hat, und des kastrierten Kinderschänders kann Dennis gerade mal die Bestrafung von vierzig Sündern vorweisen.

So wenige. Zugegeben, der Junge/das Mädchen war jung. Aber ihm/ihr mangelte es an Disziplin. Schon immer. Selbst als er/sie alt genug gewesen war, um Walter im Schlaf unter Drogen zu setzen und im Keller anzuketten, hatte er/sie Schwäche gezeigt.

Vierzig ist eine so niedrige Zahl.

Walter Cissick hat über neunzig Sünder büßen lassen.

Und kein Polizist ist ihm je auf die Schliche gekommen. Niemand hat Verdacht geschöpft. Selbst nachdem er auf der Straße den Finger verloren und seine Frau vermisst gemeldet hatte, war nichts passiert. Die Polizei hatte ihn mitfühlend und nicht als Verdächtigen behandelt.

Cissick setzt sich auf. Ihm ist schwindlig. Aufgrund der Schmerzen. Aufgrund der Medikamente. Aufgrund der Möglichkeiten.

Er wird wieder genesen. Bald ist er wieder gesund.

Dann kann er weitere Sünder bestrafen.

Denn er ist Erinyes. Und er wird sie leiden lassen.

Zeitfracht Medien GmbH
Ferdinand-Jühlke-Straße 7
99095 Erfurt, Deutschland
produktsicherheit@kolibri360.de

Druck:
CPI Druckdienstleistungen GmbH
im Auftrag der
Zeitfracht Medien GmbH
Ein Unternehmen der Zeitfracht - Gruppe
Ferdinand-Jühlke-Str. 7
99095 Erfurt